Ruth Gogoll

Verbotene Leidenschaft
Teil 1

Erotischer Liebesroman

el!es

édition el!es

Internet: www.elles.de

E-Mail: info@elles.de

Umschlaggestaltung und Satz: graphik.text Antje Küchler

Druck: Nørhaven Paperback A/S, Dänemark

ISBN 978-3-932499-64-7

Auf dem Bildschirm tanzten die kleinen Buchstaben vor Kims Augen. Sie strich sich erschöpft über die Lider. Stundenlang am Computer zu arbeiten war nicht gerade erholsam. Aber wenn sie nicht mehr konnte, ging sie auf eine ganz bestimmte Internetseite, mit der sie sich ein wenig entspannen konnte. Es gab Geschichten dort, die sie immer wieder las. Ganz besondere Geschichten. Von Frau zu Frau.

Langsam ließ Kim sich in die Geschichte hineingleiten. Die Frau mit dem kastanienbraunen Haar sank auf der Couch zurück, und die andere beugte sich über sie –

»Frau Wolff?«

Kim fuhr herum. Ihre Chefin stand in der Tür. Das kastanienbraune Haar fiel sanft auf ihre Schultern, glänzend und verführerisch. Kim schluckte.

»Haben Sie gerade etwas Dringendes zu tun?« fragte ihre Chefin. »Oder können Sie gleich zu mir kommen?«

»Ich kann ... kommen«, brachte Kim mühsam heraus. Das stimmte wohl. Das hätte sie vermutlich bald gekonnt.

Sonja Kantner, Abteilungsleiterin und der Traum von Kims schlaflosen Nächten, blickte kurz auf den Bildschirm, aber sie war zu weit entfernt, der Bildschirm stand zu schräg, und die Buchstaben waren zu klein. Kim dankte allen Göttinnen im Himmel dafür.

»Ich speichere das nur noch schnell«, bemerkte Kim mit heißem Kopf. Hoffentlich war sie nicht knallrot geworden. Aber eigentlich neigte sie nicht dazu. Das war ihr Glück. Auf jeden Fall in diesem Augenblick.

»Gut, tun Sie das«, bestätigte Sonja Kantner nickend und drehte sich um.

Kim sah ihren knackigen Po aus der Tür verschwinden. Mußte sie so attraktiv sein? Es war eine tägliche Qual.

Sechs Wochen zuvor

Als Kim ihre neue Chefin zum ersten Mal gesehen hatte, bei der Vorstellung vor sechs Wochen im Konferenzraum, war Kim fast in Ohnmacht gefallen. Sie arbeitete sofort einen Plan aus, wie sie das Abteilungsleiter-Büro, das normalerweise direkt neben ihrem lag, aus für die Firma strategisch wichtigen Gründen ans andere Ende des Ganges verlegen konnte – oder am besten in eine andere Etage. Noch besser in ein anderes Gebäude.

»Stellen Sie sich doch selbst einmal vor, Frau Kantner«, forderte der Chef aller ihrer Chefs sie auf, nachdem er einiges über den Werdegang seiner neuen Abteilungsleiterin erzählt hatte.

Er zog sich zurück, und Sonja Kantner trat vor. Sie wiederholte noch einmal in etwas anderer Form, was er schon über sie mitgeteilt hatte, aber das interessierte Kim sowieso nicht. Was sie interessierte, sagte Sonja Kantner gleich zu Anfang: verheiratet, keine Kinder.

»Noch«, fügte sie charmant lächelnd hinzu.

Richtig geraten. Kim seufzte fast, als sie die Bestätigung für das bekam, was sie ohnehin schon wußte. Sonja Kantner war hetero, und zwar massiv. Aber was hätte es auch genützt, wenn es anders gewesen wäre? Kim grübelte wieder über ihren Plan nach, sie in ein anderes Gebäude zu verfrachten. Gab es nicht auch Zweigstellen im Ausland? Konnte Sonja Kantner nicht vielleicht da tätig werden?

Eines jedenfalls wußte Kim: Sie würde es nicht lange aushalten, Sonja Kantner so nah neben sich zu haben, jeden Tag, fast jede Minute. Vielleicht konnte Kim sich an sie gewöhnen, würde mit der Zeit abstumpfen? Kim musterte Sonja Kantners Körper noch einmal von oben bis unten, während sie sprach. – Nein. – Nein, die Wahrscheinlichkeit war ausgesprochen gering. Eher würde das Gegenteil eintreten.

Als die Versammlung sich auflöste, wollte Kim schon gehen, da winkte der oberste Chef in ihre Richtung. »Frau Wolff? Kommen Sie mal?«

Kim atmete tief durch und straffte ihre Schultern. Mut! Sie ging zu den beiden hinüber, und er stellte sie lächelnd vor. »Das, Frau Kantner, ist Ihre engste Mitarbeiterin, Frau Wolff.«

Sonja Kantner lächelte auch und gab Kim die Hand. Kim hätte sie lieber nicht berührt, aber sie konnte sich ja schließlich kaum weigern. Sonja Kantners Hand in ihrer war weich und warm. Am liebsten hätte Kim sie nun gar nicht mehr losgelassen, aber Frau Kantner zog ihre zurück, nach der angemessenen Zeit, wie es sich gehörte.

»Es freut mich, Sie kennenzulernen, Frau Wolff«, sagte sie. »Ich hoffe, wir werden gut zusammenarbeiten.«

Zusammen arbeiten? *dachte Kim, aber laut erwiderte sie, was von ihr erwartet wurde: »Das hoffe ich auch, und ich freue mich ebenfalls darauf.« Sie lächelte zuversichtlich oder hoffte zumindest, daß es so ankam. Das Kribbeln, das sich von ihrer Hand langsam über ihren ganzen Körper ausbreitete, hinderte sie ein wenig daran, ihre Reaktionen kontrollieren zu können.*

»Sie werden Frau Kantner dann durch die Firma führen und ihr alles zeigen, nicht wahr, Frau Wolff?« vermutete ihr oberster Chef in freundlichem Befehlston.

Kim versuchte, nicht zu schlucken. »Ja«, erwiderte sie mühsam beherrscht; deshalb klang ihre Stimme sehr leise, »selbstverständlich. Ich werde ihr alles zeigen.« Wenn das nur gegangen wäre! Was Kim ihr nicht alles hätte zeigen wollen . . .!

Sonja Kantner lachte. »Aber erst morgen! Heute habe ich noch die Tour durch die Chefetage.«

Der oberste Chef schmolz vor ihrem charmanten Lächeln ebenso dahin wie Kim, nur durfte er es zeigen, Kim nicht. Ein Tag Schonfrist! Wenigstens das!

»Dann bis morgen«, lächelte Sonja Kantner jetzt wieder Kim an. »Wann werden Sie da sein?«

»Um acht«, quetschte Kim hervor.

»Gut«, lächelte Frau Kantner. »Ich werde um sieben da sein.«

»Das wäre wirklich nicht nötig gewesen, Frau Wolff«, begrüßte Frau Kantner sie strahlend.

So früh am Morgen schon so gut gelaunt – das konnte ja heiter werden!

Wann war sie aufgestanden? Kim war pünktlich gewesen, aber Sonja Kantner saß schon am Schreibtisch, als Kim ihr Büro betrat.

Sie kam auf Kim zu, um ihr die Hand zu geben. »Guten Morgen«, sagte sie, als sie Kim erreicht hatte, und ihre Augen senkten sich mit einem unwiderstehlichen Blick in Kims.

Wahrscheinlich wußte sie gar nicht, was für eine Wirkung das auf Kim hatte . . . sie *auf Kim hatte –*

»Sie hätten ruhig erst um acht kommen können«, fuhr Frau Kantner fort. »Ich weiß, daß ich alle damit nerve, daß ich so eine Frühaufsteherin bin. Aber ich arbeite morgens gern in aller Ruhe Sachen auf. Dann, wenn noch niemand da ist. Sonst kommt man ja nicht dazu.« Sie lachte ungeheuer sympathisch.

Sie hatte gerade erst angefangen. Was wollte sie da aufarbeiten? Kim rang sich zu einem verständnisvollen Lächeln durch und zog ihre Hand weg, die Frau Kantner immer noch hielt. »Da haben Sie recht«, stimmte sie zu. »Ich mache das allerdings lieber abends, wenn dann alle weg sind.«

Sonja Kantner lachte erneut und ging zu ihrem Schreibtisch zurück. »So hat halt jeder seine Vorlieben«, sagte sie. Sie drehte sich zu Kim um. »Wie lange sind Sie dann abends im Büro?« fragte sie.

»Manchmal bis um zehn«, antwortete Kim, »aber ich komme morgens auch erst –« Sie brach ab. Sie sollte ihrer neuen Chefin vielleicht lieber nicht verraten, wann sie morgens normalerweise kam.

Sonja Kantner lächelte. Sie war zu klug, um sich so einfach hinters Licht führen zu lassen. »Sie kommen morgens weder um sieben noch um acht, nicht wahr?«

Kim seufzte. »Ja«, bestätigte sie. »Aber ich werde das natürlich ändern«, fügte sie hastig hinzu. »Wenn Sie um sieben da sind, werde ich es auch sein.«

»Das ist nicht nötig«, erwiderte Sonja Kantner. »Wie ich zu Beginn schon sagte: Ich weiß, daß ich alle mit meinen frühen Anfangszeiten nerve, aber ich verlange das von niemand.« Sie lächelte wieder. »Abends um zehn liege ich allerdings normalerweise schon im Bett. Also sollten wir uns auf eine Zeit dazwischen einigen.«

Im Bett? Kim sah sie an. Wie verführerisch mußte sie erst aussehen, wenn sie im Bett lag, wo sie tagsüber schon so attraktiv war? Sie hatte sicher wundervolle Dessous für die Nacht . . . und wenn sie gar nichts trug . . .?

»Wann könnten Sie denn frühestens hier sein?« fragte Sonja Kantner nun, während sie in einem Aktenordner auf ihrem Schreibtisch blätterte,

den ihr Vorgänger hinterlassen hatte.

Kim mußte sich erst von ihren Gedanken losreißen. »Halb neun?« schlug sie dann vor. Das würde sie wahrscheinlich gerade mal so schaffen.

Sonja Kantner blickte auf. »Gut«, sagte sie. Dann lächelte sie erneut auf diese ungeheuer sympathische, fast liebevolle Art. »Und wenn es mal neun wird, macht das auch nichts. Ich nehme an, das war die Zeit, die Sie eigentlich vorschlagen wollten, nicht wahr?«

Sie mußte eine Menge Führungsseminare absolviert haben, um so gut zu sein. »Ja«, gab Kim zu.

»Wir werden uns schon zusammenraufen!« lachte Sonja Kantner. »Zeigen Sie mir jetzt die Firma?«

Zusammen raufen – was für eine nette Vorstellung, dachte Kim noch, bevor sie Sonja Kantner den Vortritt ließ, um das Büro zu verlassen.

Und sie hatten sich tatsächlich zusammengerauft, wenn man so wollte. Mit Sonja Kantner zu arbeiten, war ein Genuß. Was Kim weniger genüßlich fand, war die körperliche Nähe, die meistens dabei entstand, und die Sonja Kantner auch gar nicht zu vermeiden versuchte. Sie beugte sich über Kims Stuhl, während sie hinter ihr stand und Kim ihr etwas auf dem Bildschirm zeigte. Wenn sie am Besprechungstisch etwas klärten, saß sie dicht neben Kim, weil sie gemeinsam irgendwelche Papiere studieren mußten. Immer wieder lachte sie, wenn sie sich unterhielten – natürlich rein geschäftlich – und strich Kim dabei über den Arm, daß die Gänsehaut meilenweit zu sehen war – oder zu sehen gewesen wäre, wenn Kim sich nicht angewöhnt hätte, im Büro stets langärmlige Blusen zu tragen.

Heterofrauen! Nie dachten sie darüber nach, daß auch eine Frau vielleicht für solche Dinge empfänglich sein könnte. Für sie existierten in dieser Hinsicht eben nur Männer. Kim grauste jetzt schon vor dem Sommer. Ihre T-Shirts und kurzärmligen Hemden würden wohl im Schrank versauern, und sie würde schwitzen wie ein Schweinepriester. Aber das war ihr immer noch lieber, als wenn Sonja Kantner es sah.

Natürlich sehnte Kim sich auch nach ihrer körperlichen Nähe. Es war gewissermaßen eine süße Qual, wenn ihre Chefin sie zu sich rief oder zu ihr herüberkam, um zu arbeiten. Wenn sie so entsetzlich nah war und Kim ihr doch nicht näherkommen durfte.

Nie hätte Kim gewagt, sie zu berühren, wie sie es mit ihr tat, ihr einfach über den Arm zu streichen . . .

Kim wäre explodiert – auf der Stelle.

Kim kehrte in die Gegenwart zurück. *Ich sollte hinübergehen,* dachte sie. *Sie wird sich schon wundern, wo ich bleibe.*

Als sie Sonja Kantners Büro betrat, lächelte diese sie an wie immer. »Setzen wir uns da hinüber«, sagte sie und wies auf den Besprechungstisch.

O nein, nicht schon wieder! Kim hatte sich noch kaum beruhigt, seit Sonja Kantner sie am Bildschirm so unangenehm überrascht hatte – aber Frau Kantner wußte ja von nichts. Für sie war das alles harmlos. Sie war ja hetero.

Kim ließ sich ergeben auf einem Stuhl nieder und erwartete, daß Sonja Kantner sich neben sie setzen würde, aber das tat sie nicht. Sie setzte sich auf die andere Seite des Tisches und legte Kim einen Prospekt vor.

Kim nahm ihn und blickte hinein. »Sie fahren zu dem Seminar?« fragte sie. *Göttin sei Dank! Ein paar Tage Ruhe!*

»Ja«, erwiderte Frau Kantner, »und ich möchte, daß Sie mitkommen.«

War wohl nichts mit Erholung. »Ich?« fragte Kim erstaunt. »Das ist ein Managerseminar.« Sie blickte Sonja Kantner an. »Brauchen Sie jemand fürs Protokoll?«

»Nein.« Sonja Kantner schüttelte den Kopf. »Sie sollen nicht Protokoll schreiben. Sie sollen daran teilnehmen, genauso wie ich.«

»Aber ich ... ich bin doch keine Führungskraft«, wunderte Kim sich etwas kraftlos.

Sonja Kantner beugte sich vor und sah Kim erneut mit diesem intensiven Blick an, den Kim kaum ertragen konnte. »Aber Sie könnten eine werden«, behauptete sie. Sie lehnte sich wieder zurück. »Ich bin der Meinung, daß Sie in Ihrer jetzigen Stellung weit unterfordert sind. Sie haben ganz andere Qualitäten als die, die Sie hier einsetzen können. Und die will ich fördern. Wenn Sie dieses Seminar absolviert haben, sind formal die Voraussetzungen für eine Beförderung geschaffen. Die könnte dann im Herbst erfolgen.«

Andere Qualitäten? Was meinte sie damit? Hatte sie bemerkt, daß ... Wollte sie Kim loswerden? Kim warf einen kurzen Blick auf ihre Chefin. Nein, sie wirkte freundlich und kompetent wie immer. »Im Herbst?« fragte Kim verdattert.

»Ja, früher geht es nicht«, bedauerte Sonja Kantner. »Beförderungen werden nur einmal im Jahr ausgesprochen.«

»Ich weiß«, erwiderte Kim.

»Und? Was sagen Sie?« fragte Frau Kantner mit einem auffordernden Lächeln. »Fahren Sie mit?«

»Wenn Sie wollen ...«, erwiderte Kim vage. Sonja Kantner war ihre Chefin. Wenn sie sagte, Kim mußte, mußte Kim.

»Nein, nein!« Sonja Kantner schüttelte den Kopf. »Ich will Sie zu nichts zwingen. Sie können auch nein sagen. Aber ich denke, das ist eine große Chance für Sie, oder nicht?« Sie blickte Kim fragend an.

»Ja. – Ja, das ist es wohl«, gab Kim zu.

Kims Bedenken waren ja auch nicht beruflicher Natur. Die Beförderung hätte sie durchaus gern in Anspruch genommen. Das war sicherlich auch mit mehr Geld verbunden. Aber auf so einem Seminar würden sie sich noch näher sein als hier im Büro. Und es gab keinen Feierabend, an dem sie sich trennen würden, um nach Hause zu gehen.

Kim kannte diese Seminarhotels. Da war nichts drumherum. Das hieß, man saß abends gemeinsam in der Bar mit den anderen Seminarteilnehmern, weil man gar nichts anderes tun konnte, trank noch etwas und sprach miteinander. Belanglosigkeiten und normalerweise kein Problem, außer daß die Langeweile unvermeidlich war, aber wenn Sonja Kantner dabei war, würden Kim und sie sich wahrscheinlich ziemlich aufeinander konzentrieren, weil sie niemand anderen kannten. Und das bis weit nach Mitternacht, bis es dann endlich Zeit war, schlafen zu gehen.

Gut, diese paar Stunden allein in ihrem Hotelzimmer würde Kim wenigstens haben, um sich von ihr zu erholen, von ihrem ständigen Anblick, von ihrer ununterbrochenen Gegenwart.

Sonja Kantner betrachtete Kim immer noch und wartete auf ihre Antwort. Wahrscheinlich wunderte sie sich, daß Kim überhaupt zögerte. Jede andere hätte sicherlich sofort begeistert zugesagt.

Kim nickte. »Gut. Ich freue mich.« Sie lächelte Sonja Kantner möglichst enthusiastisch an, um ihr Zögern vergessen zu machen.

»Schön.« Sonja Kantner stand auf. »Haben Sie den Bericht schon fertig, den wir heute morgen besprochen hatten?« fragte sie, während sie zum Schreibtisch zurückging und ihre Gedanken offensichtlich bereits wieder mit etwas anderem beschäftigt waren.

»Fast«, erwiderte Kim. »Die Besprechung mit der Projektgruppe hat länger gedauert. Dadurch bin ich noch nicht dazu gekommen, ihn abzuschließen.« Und dadurch, daß Kim noch einen kleinen Ausflug ins Internet machen mußte . . . Aber das brauchte Sonja Kantner wohl kaum zu erfahren.

»Wann?« fragte ihre Chefin knapp. Sie war äußerst effizient, wenn es um die Arbeit ging.

»In einer Stunde«, versprach Kim.

Ihre Chefin nickte. »Bringen Sie ihn mir dann sofort, bitte.« Sie setzte sich, und damit war Kim entlassen.

Kim blickte noch einmal auf den Prospekt hinunter, als sie aufstand. »Soll ich die Zimmer bestellen?«

Sonja Kantner sah kurz auf. »Nein, das mache ich schon. Das ist mit der Anmeldung gekoppelt. Ich wollte da sowieso noch etwas fragen«, lehnte sie ab und senkte den Blick wieder auf ihre Akten.

Kim nickte, verließ das Büro und suchte erst einmal den Kaffeeautomaten auf. Auf den Schreck mußte sie etwas trinken. Leider hatte die Firmenleitung keine stärkeren Getränke für solche Anlässe vorgesehen. Ein Schnaps wäre ihr jetzt gerade recht gekommen. Kim kannte zwar den einen oder anderen Kollegen, der garantiert eine Schnapsflasche in seinem Schreibtisch versteckte, aber so weit, dort zu fragen, wollte sie denn doch nicht gehen.

Das Seminar fand bereits anderthalb Wochen später statt.

Die Fahrt dauerte knapp zwei Stunden, und sie unterhielten sich über Firmeninterna, Termine der nächsten Woche, wenn sie wieder zurücksein würden, Organisatorisches. Sonja Kantners Nähe wurde Kim immer bewußter, während ihre Chefin fuhr und gleichzeitig redete, ganze Konzepte entwickelte. Kim mußte hauptsächlich zuhören, und so konnte sie Sonja Kantner völlig unverfänglich die gesamte Zeit über betrachten.

Der Wagen, Sonja Kantners Wagen, war groß, doch Kim drängte sich unauffällig an den äußersten Rand, an die Tür. Die breite Konsole der Automatikschaltung in der Mitte trennte sie zwar, aber es war nicht genug, um sie Sonja Kantners Körperwärme nicht mit zunehmender Intensität spüren zu lassen, und ihr Parfüm. Ihren Duft, den Kim kannte, der aber hier in der Enge des Wagens noch verstärkt wurde. Er löste unanständige Phantasien in ihr aus. Kim stellte sich vor, wie sie roch, wenn sie erregt war, wenn sie im Bett lag und die Beine spreizte –

»Denken Sie, so können wir es machen?« fragte Sonja Kantner und blickte kurz zu Kim herüber.

Kim hatte nicht zugehört. »Ja. – Ja, sicher. Auf jeden Fall«, antwortete sie schnell. Irgendwie würde sie später schon herausfinden, auf was ihre Chefin sich bezogen hatte.

Die wandte ihre Aufmerksamkeit wieder von Kim ab und der Straße zu. Zehn Minuten später waren sie da, und kurz darauf steuerten sie die Rezeption an. Frau Kantner erledigte alles, während Kim sich umblickte und darauf wartete, daß der Portier ihr ihren Schlüssel aushändigen würde.

Als Sonja Kantner fertig war, drehte sie sich um und ließ eine Plastikkarte, die hier wohl als Schlüssel diente, vor Kims Gesicht baumeln. »Wollen Sie …?« erkundigte sie sich einladend lächelnd.

»Ist das mein Schlüssel?« fragte Kim zurück. Sie war etwas erstaunt. Normalerweise gab der Portier die doch einzeln aus, und man mußte etwas unterschreiben.

»Unserer«, erwiderte Sonja Kantner ebenfalls leicht verwundert. »Das habe ich Ihnen doch vorhin im Auto erklärt. Die Anmeldung war zu kurzfristig. Sie hatten keine Zimmer mehr frei. Und die anderen Teilnehmer sind alles Männer. Da haben sie uns zwei Mädels zusammengelegt.« Sie lachte über den Witz, erwachsene Frauen als ›Mädels‹ zu bezeichnen. »Vorhin im Auto haben Sie doch zugestimmt. Oder möchten Sie lieber mit einem anderen Teilnehmer –?« Sie brach ab. Noch verwunderter als zuvor.

Mit einem Mann? O nein, sicher nicht! Dann schon lieber mit dir. Obwohl Kim das auch nicht gerade verlockend fand. Das hieß, *verlokkend* schon – aber das würde wohl kaum zur Debatte stehen. Dann war es also noch nicht einmal etwas mit der Erholung nachts allein im Zimmer. Selbst dann würde *sie* da sein.

Warum hatte Kim bloß nicht zugehört vorhin im Auto? Aber was hätte das geändert? Wenn es keine anderen Zimmer mehr gab ...

»Nein, natürlich nicht«, versicherte Kim ihr. »Das ist schon in Ordnung. Ich hatte es nur schon wieder vergessen.«

Sie bezogen das Zimmer, und Kim betrachtete mit großer Sorge das Doppelbett. Es war breit, wie immer in solchen Hotels, aber wie Kim befürchtete, nicht breit genug. Sonja Kantner würde neben ihr liegen, Kim würde sie atmen hören, sie riechen, ihre Wärme spüren ...

Kim stellte ihre Tasche in den Schrank und ging zur Tür. »Ich gehe schon mal runter«, sagte sie. *Wenigstens fünf Minuten. Bitte –! Bitte, laß sie hierbleiben!*

Sonja Kantner nickte. »Ich packe noch ein paar Sachen aus. Dann komme ich nach.«

Aufatmend verließ Kim das Zimmer und schloß die Tür hinter sich. Sie ging zur Treppe und langsam hinunter. Sie brauchte Luft. Den Lift hätte sie jetzt nicht noch einmal ertragen. Darin hing sicher immer noch *ihr* Geruch von eben, als sie gemeinsam in ihm hochgefahren waren. Unten angekommen, durchquerte Kim die kleine Halle zum Ausgang hin und trat auf die Einfahrt hinaus.

Die Landschaft, in die man frech dieses Hotel gesetzt hatte, war herrlich. Nur Berge ringsum, grüne Wiesen, in nicht allzu weiter Entfernung muhte eine Kuh. Vermutlich auf irgendeiner der nahen Almweiden. Es hätte richtig schön sein können, entspannend, erholsam ... Aber war es nicht. Denn dazu hätte Kim mehr Abstand von *ihr* haben müssen – wenigstens nachts.

Nun ja. Kim seufzte. Sie mußte sich damit abfinden, zumindest für diese drei Tage. Auch die würden verstreichen, sie würden zurückfahren, und nichts würde passiert sein. Nichts würde sich geändert haben zwischen ihnen. Das auf jeden Fall schien sicher.

Kim sah auf die Uhr. Für einen Spaziergang war es leider schon zu spät. Das Seminar würde gleich beginnen. Als sie die Halle wieder betrat, kam Sonja Kantner gerade die Treppe herunter. Sie hatte ebenfalls auf den Lift verzichtet, aber – so, wie Kim sie einschätzte – wohl eher wegen der Figur als wegen Kims betörendem Duft. Kim hätte gleich noch mal seufzen können.

Aber da steuerte Frau Kantner schon auf Kim zu. »Gibt es gar nichts zur Begrüßung?« fragte sie lächelnd.

»Doch. – Doch, sicher. Drüben im Empfangsraum.« Kim mußte schlucken. »Kaffee und Croissants.«

»Die könnten sich auch mal was Neues einfallen lassen«, seufzte Sonja Kantner ein wenig, aber trotzdem wandte sie sich in die Richtung, in die Kim gedeutet hatte.

Kim folgte ihr. Sie bekamen zwei Ansteckschildchen mit ihren Namen und eine dünne Mappe mit Unterlagen. Auf den Tischen standen bereits vorbereitete Namensschilder aus Plastik, die bezeichneten, wer welchen Platz einzunehmen hatte. Kim blieb stehen. Ihren eigenen Namen sah sie, aber den ihrer Chefin nicht.

Die ging auf die andere Seite der u-förmig gestellten Tische hinüber. »Ah, hier!« sagte sie lachend und hielt ihr Schild hoch.

Kim versuchte, ihre Erleichterung nicht allzu deutlich zu zeigen. Sie würde nicht den ganzen Tag neben ihr sitzen! Gerettet! Zumindest tags. Was nachts sein würde, war ein anderes Thema ... Welch ein Glück, daß hier irgend jemand die Schilder offensichtlich recht willkürlich verteilt hatte und nicht nach Firmenzugehörigkeit geordnet wie meistens.

Nachdem sie ihre Plätze gefunden und ihre Unterlagen abgelegt hatten, gingen sie noch einmal hinaus und gesellten sich zu den teilnehmenden Herren. Frau Kantner beachtete nicht einmal, wie ihnen allen sofort die Zunge heraushing, als sie sie sahen. Sie hätte zehn Tassen Kaffee und ebenso viele Croissants auf einmal zu sich nehmen müssen, um die Angebote zu befriedigen. Sie wählte gnädig einen älteren Mann.

Kim und sie stellten sich an einen der hohen Bistrotische und warteten auf seine Rückkehr.

»Männer!« bemerkte Frau Kantner. »Mit ihnen kann man nicht leben und ohne sie auch nicht!« Sie lachte noch einmal.

Na, letzteres würde ich stark bezweifeln, dachte Kim. Aber Sonja Kantner kannte es eben nicht anders. »Sie sind doch verheiratet«, meinte Kim dennoch etwas erstaunt. Seit sie in der Firma war, hatten sie nie darüber gesprochen, aber sie wechselten ja auch kaum ein privates Wort miteinander.

»Ja«, erwiderte Sonja Kantner ausgesprochen knapp und lächelte dann gleich darauf ihren zurückkehrenden Diener hinreißend an, der sich verzweifelt bemühte, zwei Kaffeetassen und zwei Croissants mit zwei ungeschickten Männerhänden zu balancieren. Zu Hause tat das wahrscheinlich seine Frau, aber die war vermutlich auch nicht fünfundzwanzig Jahre jünger als er und sah aus wie Sonja Kantner.

»Danke«, sagte sie, als er endlich ankam. Viel Kaffee war in den Tassen nicht mehr. Sie nahm ihm eine ab und stellte sie vor Kim hin, so daß er ihr die zweite mit galanter Geste überreichen konnte.

Sie hatten kaum ihr Croissant probiert, als ein Mann um die Vierzig den Raum betrat – ein für Heterofrauen offensichtlich attraktiver Mann, wie Kim sofort an Sonja Kantners Blick bemerkte. Sie musterte ihn mit deutlichem Interesse. Zudem war er im Gegensatz zu ihrem Kaffee-Galan im richtigen Alter. Sie war fünfunddreißig, wie Kim aus ihrer Personalakte wußte.

Der Neuankömmling stellte sich als ihr Seminarleiter Klaus vor und bat alle, in den Kursraum zu kommen. Er stutzte, als Sonja Kantner an ihm vorbeiging, und sie lächelte, als sie es bemerkte. Die beiden hatten noch kein Wort miteinander gesprochen, aber schon ging es zwischen ihnen ab.

Kim hätte gern mit ihm getauscht.

Während des Seminartages merkte Kim, wie die Spannung zwischen den beiden wuchs. Vielleicht würde sie doch allein in ihrem Zimmer schlafen heute nacht. Eifersüchtig beobachtete sie Sonja Kantner, wenn sie sich dem Kursleiter zuwandte, ihn bezaubernd anlächelte oder ihn etwas fragte.

Kim versuchte, nicht mehr hinzusehen, aber sie konnte nicht. Sonja Kantner saß ihr gegenüber, und manchmal fiel auch ein freundliches Lächeln für Kim ab, wenn sie in ihre Richtung blickte. Aber mit denen, die sie *ihm* schenkte, war das nicht zu vergleichen. Kims Eifersucht wuchs.

Sie ist meine Chefin, verdammt, nicht meine Freundin – und schon gar nicht meine Geliebte. Leider. Kim versuchte sich das immer wieder zu sagen, um dem Seminar wenigstens teilweise folgen zu können. Aber wenn Kim zu ihm blickte, sah sie, wie er Frau Kantner fixierte, also schweiften Kims Augen wieder zu ihr hinüber, und Kim bemerkte ihr Interesse an ihm. Es war teuflisch.

Nach Ende des Seminartages trafen sich alle in der Bar. Klaus ließ sich zwei Gläser geben, Champagnerkelche. Damit kam er an den Tisch und stellte einen davon vor Sonja Kantner hin. Er wußte, was Frauen mochten. Widerwillig machten die anderen Platz, so daß Klaus sich neben Frau Kantner setzen konnte. Sie stießen miteinander an, blickten sich tief in die Augen, und danach riß Klaus sich los und prostete auch den anderen zu.

Klaus achtete darauf, daß Frau Kantners Glas nie leer war, und sie wurde immer vergnügter. Sie lachte gern, selbst im Büro, aber hier an diesem Abend bekam ihr Lachen eine andere Qualität. Sie flirtete mit Klaus und er mit ihr.

Kim beobachtete die beiden, und jedesmal versetzte es ihr einen Stich ins Herz, was sie mitansehen mußte. Ihr Innerstes zog sich zusammen. *Ich sollte ins Bett gehen*, dachte sie, *und mir diesen Anblick ersparen*.

Aber sie konnte nicht. Es war wie eine Sucht, Sonja Kantner ansehen zu müssen, ihr Lachen zu genießen, auch wenn es nicht Kim galt, und ihre Anwesenheit.

Als sie später zur Toilette ging, hörte sie ein unterdrücktes Geräusch auf dem Gang, hinter der nächsten Ecke. Sie folgte dem Geräusch, und sah – ihre Chefin.

Klaus hatte ihren Rock schon halb hochgeschoben und drängte sie an die Wand. Sie küßten sich, und Frau Kantner stöhnte und drängte sich ebenso an ihn wie er sich an sie.

O nein, das muß ich mir wirklich nicht antun! Kim drehte sich weg, aber in diesem Moment hörte sie ihre Stimme.

»Klaus . . . Klaus«, seufzte sie abgehackt und erregt, doch dann wandelte sich ihr Ton. »Nein, Klaus, bitte nicht.«

Er versuchte es weiter. »Ach komm«, sagte er überredend und küßte sie erneut, was Kim sah, da sie wieder um die Ecke spinxte. »Was ist denn schon dabei?«

»Ich bin verheiratet«, erwiderte sie leicht atemlos.

»Ich auch«, sagte er erregt lachend mit heiserer Stimme. »Aber weder dein Mann noch meine Frau sind hier. Also was soll's?« Er küßte sie erneut, und sie wehrte ihn auch in keiner Weise ab.

Das tat sie erst, als er ihr wieder unter den Rock faßte. »Nicht, Klaus«, sagte sie und hielt seine Hand fest. »Nicht so und nicht hier. Das mag ich nicht.«

»Wo dann?« fragte er.

»Höchstens bei dir«, sagte sie. »Ich teile das Zimmer mit meiner Mitarbeiterin.«

»Ja, richtig«, erinnerte er sich. Er ließ sie los. »Machen wir's nicht ganz so auffällig«, schlug er vor. Er tat das sicher nicht zum ersten Mal auf einem seiner Seminare. »Ich gehe zuerst, und du kommst nach. 125.«

Das war wohl seine Zimmernummer. Ob seine Frau wußte, wie er sich vergnügte, wenn er nicht zu Hause war?

Er drehte sich um, und Kim mußte schnell verschwinden, als er auf sie zukam. Sie saß schon fast wieder am Tisch, als er auftauchte. Eine Weile später erschien Frau Kantner, und keine zwei Minuten danach wurde Klaus plötzlich wahnsinnig müde und gähnte. »Ich gehe schlafen«, verkündete er. »War doch ziemlich anstrengend heute.« Er klopfte kurz auf den Tisch. »Gute Nacht.«

Ein allgemeines Nicken und Gemurmel antwortete ihm, und drei der anderen schlossen sich ihm an.

Frau Kantner wartete ein paar Minuten, dann erhob sie sich ebenfalls. »Für mich wird es auch langsam Zeit«, sagte sie. Sie blickte in Kims Richtung. »Sie können aber gern noch hierbleiben«, bot sie ihr an.

Wie großzügig! Aber Kim wußte ja, warum sie es tat. Sie nickte. »Ja«, sagte sie. »Ich bin noch nicht müde.« Kim folgte ihr mit den Blicken, als sie die Bar verließ. Glücklicher Klaus . . .

Kim kam erst gegen zwei in ihr Zimmer, doch Frau Kantner war immer noch nicht da. Sie suchte sich eine Seite des Bettes aus und legte sich hin. Der Alkohol, den sie aus Verzweiflung reichlicher als üblich konsumiert hatte, half ihr beim Einschlafen. Dennoch bekam sie mit, daß Sonja Kantner sich irgendwann später vorsichtig neben sie legte.

Kim lag steif wie ein Brett da, aber so sehr sie es auch versuchte, sie konnte Sonja Kantners Gegenwart nicht ignorieren, ihre Wärme, ihren Duft, der wie ein verführerischer Schleier über Kim hinwegzog. Mit großer Mühe, inklusive Schäfchenzählen, brachte sie es endlich fertig, wieder in einen unruhigen Schlaf zu fallen, doch es war unvermeidlich: Sie träumte von Frau Kantner. Von ihr und von sich. Kim streichelte sie, massierte ihre Brust und strich mit dem Daumen über die Brustwarze. Sonja Kantner seufzte. Kim erwachte mit einem Schlag. Es war bereits hell. Ihre Hand lag auf Frau Kantners Brust, und die seufzte erneut. Schnell zog Kim ihre Hand weg, bevor ihre Chefin aufwachte.

Kim stand hastig auf und stürzte unter die Dusche. Länger neben ihr zu liegen konnte sie nicht aushalten, und wahrscheinlich gab es ohnehin bald Frühstück. Ihr wurde schlecht, als sie daran dachte. Nach Essen war ihr heute wirklich nicht zumute, nach all dem Alkohol. Aber ein paar Alka-Seltzer dürfte das Hotel wohl auch zur Verfügung stellen, nahm sie an.

Sie ging hinunter und fragte die Bedienung danach. Die prompte Erfüllung ihres Wunsches zeigte an, daß Kim vermutlich nicht die einzige war, die nach so etwas zum Frühstück verlangte. Einen Kaffee nahm sie auch noch und setzte sich hin, um darauf zu warten, daß das Medikament wirkte. Es dauerte eine Weile, dann wurden die Kopfschmerzen besser. Langsam bekam sie sogar Hunger.

Sie stand auf und holte sich etwas vom Buffet. Kurz nachdem sie an ihren Tisch zurückgekehrt war, erschien ein anderer Seminarteilnehmer. Er sah zum Fürchten aus. Er schien immer noch zu wanken, als er auf Kim zukam und sich an ihren Tisch setzte.

»Dir scheint's ja gut zu gehen«, bemerkte er mit einem vor Widerwillen verzogenen Blick auf ihren halbgefüllten Teller.

Kim winkte der Bedienung. »Bringen Sie dem Herrn hier das gleiche wie mir vorhin«, bat sie sie.

Die Bedienung nickte und verschwand. Gleich darauf kam sie zurück und stellte das Glas mit der trüben Flüssigkeit vor ihn hin.

»Was ist das?« fragte er mißtrauisch.

»Trink das, dann geht's dir bald besser«, versprach Kim. »So habe ich es vorhin auch gemacht.«

Er trank, und als Kim bereits mit ihrem Frühstück fertig war, trat bei ihm endlich der gleiche Effekt ein wie bei ihr. »Mann, war das 'ne Nacht!« stöhnte er mit um den Kopf gelegten Händen. Dann grinste er. »Habt ihr gut geschlafen, ihr zwei Mädels?« fragte er hinterlistig.

»Versuch's gar nicht erst, ich verrate es dir nicht«, warnte Kim ihn.

Er wollte natürlich wissen, ob Sonja Kantner überhaupt dagewesen war. Keinen hatte das Ablenkungsmanöver der beiden getäuscht. Jeder hatte mitbekommen, wie kurz nacheinander sie gegangen waren.

»Aha«, sagte er, immer noch grinsend. »Sie war also nicht da.«

»Nichts ›aha‹«, erwiderte Kim ärgerlich, »natürlich war sie da.«

Warum verteidigte sie ihre Chefin? Dafür gab es doch gar keinen Grund. Schließlich war Sonja Kantner erwachsen und konnte tun und lassen, was sie wollte. Kim war nicht für ihren Ruf verantwortlich. Wenn sie für Klaus die Beine breitmachen wollte und das alle mitbekommen hatten, war das einzig und allein Frau Kantners Angelegenheit.

»Diese verheirateten Singles«, grinste ihr Gegenüber immer noch. »Die haben sie doch nicht alle. Da bin ich schon lieber ein richtiger.« Er sah Kim interessiert an. »Und du bist doch auch einer, oder?«

Kim blickte zurück. Was sollte sie ihm sagen? Die Wahrheit? »Ja, bin ich«, antwortete sie und trank einen letzten Schluck Kaffee. »Ich bin ein echter Single.«

»Nicht verbandelt, nicht verheiratet?« fragte er sicherheitshalber noch einmal nach und blickte kurz auf ihren Ringfinger. Aber da prangte nichts.

»Weder noch«, bestätigte Kim.

»Ich mag dich«, sagte er mit einem tiefen Blick in ihre Augen. »Sehr.« Er lachte. »Ich habe noch nie eine Frau erlebt, die so viel vertragen kann!«

Kim schüttelte den Kopf. »Wenn das der einzige Grund ist . . .« Sie stand auf.

Als sie am Eingang des Frühstücksraums ankam, stieß sie fast mit Frau Kantner zusammen.

Die Bedienung kam gleichzeitig aus der Küche und sah erst Kims Chefin an und dann Kim. »Alka-Seltzer?« fragte sie mitfühlend.

Kim nickte, da ihre Chefin dessen nicht fähig zu sein schien. Die Bedienung verschwand erneut. Es war schon wie ein eingespieltes Ritual.

Kim wollte weitergehen, aber Sonja Kantner hielt sie am Arm fest. »Ich muß mit Ihnen sprechen, Frau Wolff«, sagte sie etwas mühsam. Sie hatte vielleicht nicht so viel getrunken wie Kim, aber auch eine ganze Menge. Ihr Kopf mußte brummen wie ein Bienenschwarm.

»Das Seminar beginnt gleich«, erwiderte Kim abwehrend. Was

wollte sie? Beichten? Ihr? Das konnte sie sich sparen. Ihr Privatleben ging Kim schließlich überhaupt nichts an, woran sie Kim zu ihrem Bedauern durch ihr Verhalten ja auch stets und ständig erinnerte.

Sonja Kantner sah Kim immer noch an. »Kann ich mich auf Ihre Diskretion verlassen?« fragte sie leise und mit leicht rauher Stimme. Sie war offensichtlich noch ziemlich mitgenommen.

Kim blickte in ihr gequältes Gesicht – möglicherweise mehr gequält wegen des Alkohols als wegen des Seitensprungs, aber auch das ging sie ja nichts an – und nickte. »Natürlich«, sagte sie. Sie schaute zu ihrem Kollegen hinüber, mit dem sie eben noch am Tisch gesessen hatte. »Ich habe behauptet, Sie wären die ganze Nacht dagewesen.«

»Danke«, sagte Sonja Kantner. »Sie wissen, ich bin verheiratet –«

»Ich weiß«, sagte Kim, sie schnell unterbrechend. Sie konnte es nicht mehr ertragen. Sie ließ ihre Chefin einfach stehen und ging.

Beruhigend war zumindest, daß Frau Kantner von Kims morgendlichem Fauxpas im Bett anscheinend nichts mitbekommen hatte. Das wäre dann doch zu peinlich gewesen: so viele Geständnisse auf einmal; und das von beiden Seiten. Kim hoffte nur noch, daß diese drei Tage ohne weitere Zwischenfälle vorübergehen würden.

Vielleicht hatte die freundliche Bedienung auch ein paar Schlaftabletten. Kim würde sie danach fragen.

Während des Tages hielten Klaus und Frau Kantner sich erstaunlich zurück. Keine flirtenden Blicke mehr, keine Fragen von ihrer Seite, und seine Aufmerksamkeit schien sich jetzt auch etwas mehr auf die anderen Teilnehmer zu verteilen, sogar auf Kim. Dieser Casanova! Er blinzelte ihr doch tatsächlich zu!

Aber wahrscheinlich war das alles nur Einbildung. Gestern waren sie alle betrunken gewesen, und heute hatten sie alle einen Kater – die beiden auch. Sein Blinzeln war wahrscheinlich nichts anderes als ein vor Überanstrengung zuckendes Augenlid. Oder war irgend etwas vorgefallen? In seinem Zimmer? Frau Kantner würdigte ihn kaum eines Blickes, und in den Pausen saßen sie so weit wie möglich voneinander entfernt. Selbst beim Mittagessen suchten sie sich Plätze an den entgegengesetzten Enden des langen Tisches.

Vielleicht plagte sie aber beide auch nur das schlechte Gewissen. Verheiratet, wie sie waren. Möglicherweise hatte Kim ihn falsch beurteilt, und er war gar nicht so ein Hallodri. Bei ihr wußte Kim ja auch nicht, ob sie das gewohnheitsmäßig tat, wenn sie mal von zu Hause weg war. So hatte Kim sie bislang eigentlich nicht eingeschätzt. Aber eine attraktive Frau wie sie war natürlich ständigen Versuchungen ausgesetzt. Viele Männer würden es bei ihr probieren. Und einige davon hatten eben Erfolg.

Sonja Kantner hatte noch nie über ihren Mann gesprochen, und er hatte auch noch nie angerufen. Auf ihrem Schreibtisch stand kein Bild wie bei vielen anderen. Aber das mußte ja nichts bedeuten. Sie wollte vielleicht nur ihre Privatsphäre wahren.

Am Abend in der Bar beobachtete Kim die beiden weiter, und tatsächlich unterhielt sich Klaus ostentativ nur mit den Männern und Frau Kantner mit allen außer Klaus.

Kim zuckte innerlich die Schultern. Heterogezicke. Von ihm wie von ihr. Nichts Wichtiges. Für Kim jedenfalls hatte es keine Bedeutung, für sie änderte sich nichts.

Sie beobachtete Frau Kantner, so weit ihr das möglich war, ohne sie auffällig anzustarren. *Sie ist einfach unglaublich schön,* dachte sie. Wenn sie die Haare zurückwarf, sah es aus, als ob Tausende kleiner Federn sich erst in die Höhe erheben und dann wieder zu einem samtenen Kleid zusammenfügen würden. Der dunkelrote Schimmer ihres kastanienbraunen Haares schien zu leuchten, wenn Licht darauf fiel. Wie glattpoliertes, wunderbar gemasertes Holz. Ihre Augen, ihre Lippen, ihre Stirn, wenn sie sie nachdenklich runzelte und dann gleich darauf lachte, daß die winzigen Augenfältchen in sämtliche Richtungen strahlten – alles an ihr war perfekt.

Sie hatte ein kleines Grübchen am Kinn, das man nur sah, wenn es aus einem bestimmten Blickwinkel angeleuchtet wurde und sie gerade den Kopf drehte. Es sah süß aus, und Kim versuchte stets in der richtigen Position zu sitzen, um es sehen zu können. Die ganze Frau war einfach hinreißend.

Ich muß mir das abgewöhnen! Kim straffte ihre Schultern und schaute mit Gewalt in die andere Richtung. *Sie ist hinreißend, ja –*

hinreißend hetero! Es hatte nun einmal keinen Sinn, sich an so eine Frau zu hängen, auch nur einen Gedanken daran zu verschwenden. Als sexuelle Phantasie war sie ja ganz geeignet, aber doch nicht für irgend etwas Reales. Das war eben ausgeschlossen.

Noch zwei Nächte, es sind nur noch zwei Nächte ... Eine Nacht hatte sie schon geschafft, den Rest würde sie auch noch irgendwie hinter sich bringen.

Sie konnte nicht ewig auf den Tresen starren, sie mußte ihren Kopf zurückdrehen und – landete direkt in Sonja Kantners Augen. Anscheinend hatte ihre Chefin sie beobachtet, so wie auch Kim es zuvor umgekehrt getan hatte.

»Sie langweilen sich?« fragte Frau Kantner.

»Oh ... hm ... nein, eigentlich –« Kim war völlig verwirrt von dem samtenen Blick dieser goldbraunen Augen. Noch nie waren sie ihr so nah gewesen und hatten sie so direkt angesehen.

»Es ist nicht gerade aufregend, ich weiß, aber das hatte ich Ihnen ja auch nicht versprochen. Sie brauchen nur das Zertifikat für die Beförderung.« Sie hob leicht entschuldigend die Augenbrauen. »Ich hätte Sie vielleicht vorwarnen sollen.«

»Hm ... nein ... ich –« *Wird das noch mal was heute?* Kim räusperte sich. »Ich kenne ja diese Seminare, nur nicht unbedingt als Teilnehmerin, aber ich habe schon das eine oder andere Mal Protokoll geführt oder die Organisation übernommen.«

»Ich weiß«, sagte Sonja Kantner lächelnd. »Ich kenne Ihre Personalakte.«

Oh, dieses Lächeln ... Verdammt! »Natürlich«, versuchte Kim über einen Frosch im Hals hinweg zu erwidern.

»Das Geschäftsleben ist manchmal recht öde«, seufzte Frau Kantner. »Das läßt sich leider nicht vermeiden. Man muß es sich einfach so angenehm wie möglich machen. Solche Seminare sind auch nicht unbedingt mein Geschmack, aber das Thema wird in anderen Seminaren so selten behandelt, da mußte es einfach sein.«

Kim hob die Hände. »Ich habe absolut nichts dagegen. Ich fand das Seminar bis jetzt recht interessant.« *In verschiedener Hinsicht,* fügte sie in Gedanken hinzu.

»Das freut mich.« Sonja Kantner lächelte wieder, und Kim wußte nicht, wo sie hinschauen sollte, ohne unhöflich zu sein. Diese Lippen ... sie fühlte ihre samtige Weichheit schon, als ob sie sie berühren würden. *Denk an was anderes!*

»Ich glaube, ich gehe heute etwas früher schlafen«, sagte Kim. »Ist doch recht anstrengend, so ein ganzer Tag Zuhören.« Sie gähnte hinter vorgehaltener Hand und stand auf.

»Ich schließe mich Ihnen an.« Sonja Kantner stand ebenfalls auf.

Muß das sein?

»Sonja, kann ich dich kurz sprechen?« Klaus blickte herüber.

Im Seminar duzten sich alle, aber Frau Kantner und Kim hatten bewußt darauf verzichtet, um ihre Arbeit nach dem Seminar wie davor fortsetzen zu können.

Sonja Kantner zögerte unmerklich, nickte dann jedoch. »Selbstverständlich.«

Klaus stand auf und wies auf eine Ecke mit zwei Sesseln, die im Foyer stand. »Dort?«

Er und Sonja Kantner gingen zu der Besprechungsecke hinüber. Ein Schmunzeln ging durch die Reihen, dem sich Kim leider nicht anschließen konnte. Sie verließ die Bar. Auf dem Weg in ihr Zimmer schloß sich ihr Alka-Seltzer-Leidensgenosse ihr an.

»Ob da wieder was läuft zwischen den beiden?« fragte er grinsend.

»Da läuft nichts.« Kim antwortete scharf.

»Meine Güte, bist du eine Glucke! Sieht man dir gar nicht an.« Er lachte. »Sie ist deine Chefin, nicht deine Tochter. Du mußt ihre Tugend nicht schützen.« Er lachte wieder. »Ich glaube, darüber ist sie hinaus. Scheint eine ziemlich heiße Nummer zu sein.«

Kim warf ihm einen vernichtenden Blick zu.

»Oh, Entschuldigung!« Er hob die Hände. »War nicht so gemeint. Die Dame ist höchst attraktiv, wollte ich sagen.«

Kim schwieg.

»Andere Damen aber auch«, fuhr er fort und legte leicht den Kopf schief. »Du zum Beispiel.«

»Was du nicht sagst.« Kim verzog ironisch die Mundwinkel.

»Und ich meine es ernst.« Er blieb neben ihr stehen, während sie die Plastikkarte schon in der Hand hielt, um ihre Zimmertür zu öffnen. »Du bist viel attraktiver als sie – auf deine Art.«

»Auf meine Art? Welche Art ist das denn?« Kim mußte schmunzeln. Sehr fragwürdige Komplimente verteilte ihr Kollege da.

»Du bist eben ... na ja ... netter«, erwiderte er vage. »Du gefällst mir einfach.«

»Weil ich zufällig die einzige Frau außer Frau Kantner auf diesem Seminar bin?« Kim konnte ein Grinsen kaum mehr unterdrücken. »Die Auswahl ist nicht sehr groß, das mußt du zugeben.« Sie steckte die Plastikkarte in den Schlitz an der Tür. Die Tür machte *pling* und schaltete auf grün.

»Gebe ich zu«, sagte er. »Aber auch wenn noch mehr Frauen hier wären –«

»Würdest du dich auf der Stelle in mich verlieben?« Kim lachte. »Das glaube ich sofort.« Sie öffnete die Tür.

Ihr Kollege trat einen Schritt auf sie zu und war so schon mit einem Fuß im Zimmer. »Du bist nicht so kalt wie sie«, flüsterte er heiser. »Die ist doch ein Eisklotz, die reine Sahara.«

»Ein Eisklotz in der Sahara würde vermutlich schmelzen«, sagte Kim, amüsiert aber auch genervt. »Und vorhin hast du noch behauptet, sie wäre heiß.« *Was führe ich hier eigentlich für Gespräche?* dachte sie irritiert.

»Na ja, irgendwie schon, aber –« Er wand sich.

»Aber sie spielt nicht in deiner Klasse. Wolltest du das damit sagen?« Kim schüttelte den Kopf. »Sprich, ich tue das in deinen Augen?« Sie schaute ihn starr an. »Dann laß dir eins gesagt sein, mein Freund, ich spiele noch in einer ganz anderen Klasse als sie. In deiner auf keinen Fall.«

Er blickte sie entgeistert und verständnislos an.

Kim drückte mit ihrem Bein seinen Fuß beiseite, betrat ihr Zimmer und schloß hinter sich die Tür. *Du meine Güte!*

Eine Minute später klopfte es. Kim nahm nicht an, daß es ihr Kollege war, und öffnete. Sie hatte recht gehabt. Sie ließ ihre Chefin herein.

»Entschuldigen Sie«, sagte Sonja Kantner ein wenig verlegen. »Ich wollte nicht ... aber ich muß ja auch irgendwo schlafen.«

Sie wirkte wahnsinnig süß, wie sie da so stand. Warum konnte Kim sie jetzt nicht einfach küssen?

»Wollen Sie nicht zu ihm gehen?« fragte Frau Kantner. »Ich wollte Sie wirklich nicht daran hindern –«

Wie rührend besorgt sie um Kims Sexualleben war! Wenn sie das nur in der richtigen Form gewesen wäre ...

»Nein«, sagte Kim, »Sie haben mich an nichts gehindert. Es ist schon in Ordnung so.« Sie ging zum Bett und holte ihr Nachthemd unter dem Kissen hervor.

»Männer können manchmal schon furchtbar sein«, bemerkte Sonja Kantner plötzlich ziemlich bitter.

Was hatte Klaus ihr nur letzte Nacht getan? Davor war sie doch noch nicht dieser Meinung gewesen.

Konnte Kim sie danach fragen? Wohl kaum. Das ging sie nichts an. Sie war nicht ihre Freundin, sondern ihre Chefin. Sie hatten keinerlei privates Verhältnis, wie sehr Kim das auch immer wieder bedauerte. Das änderte nichts an den Tatsachen.

»Sie sagen es«, stimmte Kim ihr zu und ging ins Bad.

Als sie zurückkam und sich ins Bett legte, bereitete Sonja Kantner sich darauf vor, ebenfalls ins Bad zu gehen. Sie zog sich tatsächlich nackt aus und ging dann so an Kim vorbei.

Kim hielt den Atem an. Ihr Körper war – o Gott, ihr wurde entsetzlich heiß ... Ihr Körper war ein Gedicht. Ihre Brust hatte Kim ja schon berührt, aber auch der Rest ... sie war wirklich schön – und wahnsinnig begehrenswert. Aber was Klaus sich letzte Nacht genommen hatte, konnte Kim nicht haben.

Kim drehte sich um und kuschelte sich in ihre Decke. Ein armseliger Ersatz für ihre Haut, nach der Kim sich sehnte, für das Streicheln ihrer Hand, das Kim nie würde erfahren dürfen, außer wenn sie sie zufällig am Arm berührte, für einen Kuß von ihr, nach dem Kim sich verzehrte.

Und Kim wollte auch noch mehr von ihr. Sie wollte dieselben Laute von ihr, die sie Klaus geschenkt hatte, dieses Seufzen und Stöhnen. Kim wollte, daß sie ihren Namen flüsterte, wie sie seinen geflüstert hatte. Ach, sie war verrückt. Das alles würde nie geschehen, und Kim wußte es.

Sonja Kantner kam aus dem Bad zurück – immer noch nackt – und warf sich erst an ihrer Seite des Bettes ein Negligé über. Kim schloß kurz die Augen, um sich zu beruhigen. Es war ein extravagantes Teil. Ob sie nichts Einfacheres hatte? Nur für eine Fahrt zu einem Seminar? Aber vielleicht hatte sie es darauf angelegt gehabt, sich hier zu vergnügen. Und dementsprechend hatte sie sich vorbereitet.

Sie legte sich hin. »Würde es Sie stören, wenn ich noch etwas fernsehe?« fragte sie, während sie die Decke über sich zog. »Ich bin eigentlich noch gar nicht müde. Ich wollte einfach nur weg von diesen . . . Männern.« Sie sprach das letzte Wort ziemlich verächtlich aus. »Aber wenn Sie schlafen wollen –«

»Nein, gar nicht«, antwortete Kim sofort. »Ich bin auch noch nicht müde.«

Sonja Kantner lächelte ein wenig. »Schön.« Sie stand auf, um die Fernbedienung zu holen.

»Bringen Sie doch noch etwas aus der Minibar mit und ein paar Nüsse oder Chips«, sagte Kim. »Die liegen da irgendwo rum.« Sie schmunzelte etwas. »Ich weiß, man soll nach dem Zähneputzen nichts mehr essen, aber für mich gehört das zum Fernsehen einfach dazu.«

Sonja Kantner nickte. »Ja, für mich eigentlich auch. Obwohl sich meine Mutter solche Mühe mit dem Zähneputzen bei mir gegeben hat.« Sie schmunzelte nun auch.

Sie brachte die Sachen mit, und sie klopften ihre Kissen auf, damit sie sie in den Rücken stopfen konnten.

Wie ein altes Ehepaar, dachte Kim.

Sonja Kantner schaltete den Fernseher ein, und sie einigten sich auf eine Woody-Allen-Komödie, eine richtige, nicht eine derjenigen mit dem jammerigen Unterton.

Es war herrlich. Sie saßen im Bett, knabberten Chips und Erdnüsse, tranken Cola und Wein – wen interessierte schon, ob das zusammenpaßte? – und lachten sich halbtot über Woody Allens Späße. Ab und zu sah Kim zu Sonja Kantner hinüber, wenn sie es nicht bemerkte, und genoß es, ihr lachendes, entspanntes Gesicht von der Seite zu betrachten. Was für eine wunderbare Frau.

Als der Film endete, unterhielten sie sich noch ein bißchen darüber, lachten erneut über ein paar sehr lustige Szenen und legten sich dann schlafen.

Sonja Kantner löschte das Licht auf ihrer Seite und Kim auf ihrer. Kim hörte, wie sie einschlief, ihr Atem wurde tiefer, ruhiger. Sie grummelte ein bißchen vor sich hin, als sie schließlich ganz hinübersank.

Kim begehrte sie, hätte sie gern berührt, aber gleichzeitig genoß sie auch einfach nur ihre Gegenwart, selbst jetzt, während sie schlief. Es war schön zu wissen, daß sie da war, daß sie neben ihr lag, daß sie miteinander gelacht und sich gut verstanden hatten.

Das alles war schon ein großer Teil von dem, was Kim sich von einer Frau, *ihrer* Frau, wünschte.

Der Rest – nun ja, das würde nie geschehen, und das war auch gut so. Kim seufzte. Sie konnte sich nicht länger wehren, als der Schlaf nach ihr griff, ihr Sand in die Augen streute und ihr deutlich befahl, jetzt endlich ihren Motor abzuschalten.

Sie sank hinüber in einen Traum, der durchaus Ähnlichkeit mit dem von letzter Nacht besaß, nur daß ihre Chefin diesmal noch verführerischer aussah, weil Kim nun ihren nackten Anblick, den sie ihr aufgedrängt hatte, in ihre Traumsequenzen einbauen konnte.

Kim erwachte, weil sie jemand weinen hörte. Zuerst dachte sie, es sei eine Sinnestäuschung, ein Überbleibsel ihres Traumes, obwohl darin niemand geweint hatte, ganz im Gegenteil, aber dann bemerkte sie, daß die Geräusche, die von der anderen Seite des Bettes kamen, echt waren. Kim beugte sich hinüber und berührte Sonja Kantners abgewandte Schulter. Das fahle Mondlicht ließ ihren Rücken hell schimmern.

Sie schien nicht wach zu sein; sie schlief immer noch. Aber sie weinte – sie weinte im Schlaf, eindeutig. Was sollte Kim tun? Sie wecken? Vielleicht war es ihr peinlich, wenn sie bemerkte, daß Kim es mitbekommen hatte. Aber Kim konnte sie doch nicht einfach so weinen lassen. Sonja Kantner schluchzte. Es war herzzerreißend.

»Frau Kantner ...« Kim schüttelte sie ganz vorsichtig an der Schulter. »Frau Kantner, bitte wachen Sie auf.«

Sie warf sich plötzlich mit einem Ruck herum und an Kims Brust. »Halt mich!« schluchzte sie. »Bitte, halt mich fest!«

Sie war wohl immer noch nicht wach. Dennoch tat Kim, um was sie sie bat, und hielt sie in ihren Armen, streichelte tröstend ihren Rücken und ließ sie weinen. Sonja Kantner beruhigte sich langsam, das Schluchzen wurde leiser, die Abstände dazwischen, in denen sie tief ein- und ausatmete, größer.

Es schien, als schliefe sie an Kims Brust einfach weiter. Nun ja – so richtig hatte Kim ja nichts dagegen, aber es machte sie doch an, wie sie so in ihren Armen lag, wie ihr Atem ihre Haut streifte und Kim ihre spüren konnte, genauso weich, wie sie sie sich vorgestellt hatte.

Kim hob ihre Hand und strich ganz vorsichtig über Sonja Kantners Gesicht, nur mit einem Finger und ganz leicht, damit sie nicht aufwachte. Oh, es war wundervoll! Was hätte Kim darum gegeben, sie weiterstreicheln zu dürfen. Nicht nur ihr Gesicht, ihren ganzen Körper, ihre Brüste, ihren Bauch, ihre Schenkel, und dann dazwischen –

Irgend etwas an Sonja Kantners Haltung veränderte sich plötzlich, sie erstarrte in Kims Arm und schien kaum mehr zu atmen – sie war aufgewacht.

Kim nahm schnell ihre Hand weg, und Sonja Kantner schlug die Augen auf, bemerkte, wo sie lag, und zog sich blitzartig auf ihre Seite des Bettes zurück. »Was ... was ist passiert?« fragte sie verstört.

»Nichts«, versicherte Kim ihr beruhigend. Sie griff zum Lichtschalter. Mit etwas Beleuchtung war das alles hier vielleicht nicht so intim.

»Nicht«, sagte Frau Kantner. »Bitte nicht.«

Kim ließ ihre Hand sinken und starrte weiter durch das nur schwach erleuchtete Dunkel zu ihrer Chefin hinüber. Erkennen konnte sie kaum etwas, aber in Frau Kantners Augen bildeten sich schimmernde Reflexe, wenn sie sich bewegte.

Doch sie bewegte sich kaum. Sie saß nur zitternd da – das Zittern spürte Kim durch das Bett; sehen konnte sie es nicht – und wartete offensichtlich auf irgend etwas, eine Reaktion von Kim oder daß sie aus diesem bösen Traum erwachte. Aber es war kein Traum mehr.

»Was ist passiert?« fragte sie noch einmal, diesmal fester und mit wacherer Stimme, aber sie klang trotzdem immer noch verstört.

»Sie haben geweint, im Schlaf, und dann haben Sie bei mir ... Schutz gesucht, und ich habe Sie festgehalten. Dann sind Sie aufgewacht. Den Rest wissen Sie«, erklärte Kim ihr so besänftigend wie möglich.

»Es ... es tut mir leid«, sagte Sonja Kantner mit einem Ausdruck äußerster Beschämung in der Stimme. »Entschuldigen Sie bitte, daß ich Sie so belästigt habe. Ich weiß nicht, wie das geschehen konnte. Verzeihen Sie bitte.«

»Sie haben schlecht geträumt«, beschwichtigte Kim sie. »Das passiert doch jedem mal hin und wieder.«

Sonja Kantner lachte todunglücklich auf. »Aber nicht jeder wirft sich deshalb in die Arme einer Frau! Zumal wenn man selbst eine Frau ist.« Sie richtete sich etwas mehr auf. »Ich muß mich aufrichtig bei Ihnen entschuldigen. Das war sicher ... nicht sehr schön für Sie.«

Sie tat Kim leid. Das war nicht fair. Sonja Kantner dachte, es sei ihr höchst unangenehm gewesen, und dabei hatte Kim es ja genossen. Kim bedauerte sogar sehr, daß sie aufgewacht war. »Das würde ich so nicht sagen«, erwiderte Kim nun ehrlich. Sie wollte sie nicht mehr länger belügen. »Ich bin das gewöhnt.«

Aus der Dunkelheit antwortete ihr nur Schweigen. Dann, nach einer Weile: »Wie ... wie meinen Sie das?« Sonja Kantner lachte etwas nervös auf. »Trösten Sie öfter mal jemand an Ihrer Brust?«

»Das weniger«, gab Kim zu. »Obwohl – ist natürlich auch schon vorgekommen. Aber was ich meinte, ist, daß ich es gewöhnt bin, eine Frau im Arm zu halten.«

Sonja Kantner stand auf, ging zum Bad hinüber und machte dort das Licht an. Durch den Schein, der aus der Tür fiel, war es nicht mehr so dunkel. Aber richtig hell war es auch nicht. Das wollte sie offensichtlich immer noch vermeiden. Ihr Gesicht lag weiterhin im Schatten. »Das bedeutet ...?« fragte sie unsicher.

Sie wußte schon, was es bedeutete, nahm Kim an, sonst wäre sie nicht so schnell aufgestanden. »Da ich weder Krankenschwester noch Sozialarbeiterin bin«, seufzte sie, »bedeutet es genau das, was ich sage: Ich stehe nicht auf Männer, sondern auf Frauen.« *Wie Sie,* hätte Kim am liebsten noch hinzugefügt, aber das hätte der anderen dann vielleicht doch einen zu großen Schlag versetzt.

Sonja Kantner verschränkte die Hände vor ihrem Schoß und ging zu der kleinen Sitzgruppe hinüber, die in einer Ecke des Zimmers stand, zwei Sessel und eine winzige Sitzcouch. Sie ließ sich in einem der beiden Sessel nieder.

In ihrem dünnen Negligé! dachte Kim besorgt. *Sie sollte sich etwas anziehen.*

Frau Kantner sagte nichts, saß einfach nur da und starrte vor sich hin.

»Sie werden sich erkälten«, sagte Kim. »Wollen Sie nicht lieber wieder ins Bett kommen?«

Sonja Kantners Kopf schnellte hoch. Nein, das wollte sie offensichtlich nicht . . .

Kim wußte auch nicht, was sie sagen sollte. Eigentlich war nichts geschehen. Also füllte sich der Raum mit Schweigen.

Es dauerte einige Zeit, bis Sonja Kantner sprach. »Die Situation ist etwas . . . fremd für mich«, bemerkte sie kühl. »Sie verzeihen, wenn ich nicht genau weiß, wie ich darauf reagieren soll.« Ihre Stimme klang ausdruckslos.

Sie mußte der Situation irgendwie die Spannung nehmen. Kim lachte auf. »Nun ja, für mich ist die Situation auch etwas fremd. Ich habe noch nie mit einer Frau im Bett gelegen, die ich sieze«, sagte sie, »und die zudem meine Chefin ist.«

Sonja Kantner sah zu ihr herüber und sagte wieder nichts. Kim mußte das beenden. Ihre Chefin hatte ein Riesenproblem mit ihr und augenscheinlich auch eins mit sich selbst, das sie im Schlaf weinen ließ. Wenn sie nicht darüber reden wollte, war das ihr gutes Recht. Aber dann konnte Kim ihr auch nicht helfen.

»Sie werden sich den Tod holen«, seufzte Kim und stand auf. »Bitte gehen Sie wieder ins Bett. Ich werde auf der Couch schlafen.«

Frau Kantner blickte kurz zu dem winzigen Teil hinüber. »Dann müßten Sie Liliputanerin sein«, meinte sie trocken. Sie stand ebenfalls auf. »Nein, bleiben Sie nur da, wo Sie sind. Ich benehme mich albern. Es war wohl etwas zuviel für mich in den letzten Tagen. Aber deshalb müssen Sie ja nicht darunter leiden. Sie haben recht. Das Bett ist schließlich groß genug für uns beide.«

Etwas, das sie gesagt hatte, klang in Kim nach: *Es war wohl etwas zuviel für mich in den letzten Tagen.* Was meinte sie damit? Warum sprach sie sich nicht aus? Wäre das denn so schlimm für sie gewesen? Was war passiert? Aber sie wollte eben nicht.

Sie kam zum Bett zurück, und Kim legte sich ebenfalls wieder hin. Als sie sich unter ihrer Decke verkroch, ohne Kim anzusehen, stand Kim noch einmal auf und löschte das Licht im Bad. Vielleicht hatte sie es absichtlich brennen lassen, um Kim auf Abstand zu halten, aber dann sollte sie etwas sagen. Das tat sie nicht.

Als Kim sich zum Schluß endgültig auf ihre eigene Seite schob, bemerkte sie, daß die andere fast auf der Kante ihres Bettes lag. Wenn sie sich auch nur ein bißchen bewegte, würde sie hinausfallen.

Mein Gott, muß sie Angst vor mir haben! Was dachten Heterofrauen eigentlich von Lesben? Daß sie nichts anderes im Sinn hätten, als über sie herzufallen? So sah es jedenfalls aus.

Aber das mußte Kim ja nicht unbedingt interessieren. Sie legte sich in die Mitte ihrer Matratze und drehte sich um.

Wenn *sie* so unbequem schlafen wollte – bitte.

Aber Kim würde das sicher nicht tun.

Als Kim aufwachte, war ihre Chefin schon weg. Beim Frühstück, wie Kim annahm. Sie wollte wohl jede weitere allzu private Situation vermeiden. War Kim auch recht. Sie duschte und ging hinunter.

Sonja Kantner saß allein an einem Tisch. Es war noch recht früh. Die anderen schienen noch nicht aufgestanden zu sein.

Kim ging zum Buffet und versorgte sich, dann wollte sie einen anderen Tisch ansteuern. Sich zu ihrer Chefin zu setzen, wäre ihr zu aufdringlich erschienen. Das wollte die sicher nicht.

Aber als Kim in die andere Richtung schwenkte, rief Frau Kantner sie. »Frau Wolff?«

Kim ging zu ihr hinüber, setzte sich aber nicht. »Guten Morgen«, sagte Kim.

»Guten Morgen«, erwiderte Frau Kantner. Sie musterte Kim, während sie vor ihr stand. »Bitte setzen Sie sich zu mir. Lassen Sie uns zusammen frühstücken.«

Kim zog die Augenbrauen hoch. Das hatte sie nicht erwartet. Aber da ihre Chefin es wünschte, ließ sie sich ihr gegenüber nieder. Die Bedienung brachte den Kaffee, den Kim schon beim Eintritt bestellt hatte.

Eine Weile saßen sie sich stumm gegenüber. Sonja Kantner aß nichts, sondern trank nur Tee. Kim hatte Hunger und biß herzhaft in ihr Brötchen. Angenehm war ihr dieses schweigsame Frühstück nicht, aber deshalb würde sie noch lange nicht darben.

Dann endlich räusperte Sonja Kantner sich. »Ich muß mich erneut bei Ihnen entschuldigen«, sagte sie. »Ich habe mich sehr dumm benommen heute nacht. Verzeihen Sie. Ich wollte Sie nicht beleidigen.«

Kim schüttelte den Kopf. »Sie haben mich nicht beleidigt«, sagte sie. »Es ist alles in Ordnung. Nichts ist passiert.«

Sonja Kantner lachte trocken auf und lehnte sich zurück. »O doch!« sagte sie. »Eine ganze Menge ist passiert!« Sie sah Kim merkwürdig an. »Bei Ihnen vielleicht nicht, aber bei mir schon«, fuhr sie fort. »Sie müssen bedenken, ich habe noch nie . . . ich habe noch nie an der Brust einer Frau gelegen, außer an der meiner Mutter.«

»Und daran werden Sie sich wohl kaum noch erinnern«, schmunzelte Kim.

Ihre Chefin lachte nun etwas entspannter. »Stimmt«, sagte sie. Sie betrachtete Kim erneut mit diesem sonderbaren Ausdruck. »Sie . . . Sie sind immer mit Frauen zusammen?«

Kim nickte. »Ja. Ausschließlich.« Sie bestrich eine weitere Brötchenhälfte mit Butter und wartete, was nun kommen würde.

»Und waren Sie nie . . . ich meine –« Sonja Kantner brach ab. Es war ihr offensichtlich peinlich. »Entschuldigen Sie«, bat sie schon wieder. »Ich belästige Sie mit meinen Fragen. Das geht mich ja alles nichts an.«

Kim ließ ihr Brötchen liegen und sah sie freundlich an. »Es ist aber auch nichts dabei«, sagte sie. »Für mich ist es ganz normal. Und um Ihre Frage zu beantworten: Ich war nie mit Männern zusammen.« Sie lachte etwas belustigt auf. »Außer in meiner Teenagerzeit. Da denkt man ja immer, man muß so sein wie alle anderen und will es auch ausprobieren. Aber ich habe sehr schnell herausgefunden, daß das nichts für mich ist.«

»Wie –?« setzte ihr Gegenüber an, ließ es aber gleich wieder sein. Sie schüttelte den Kopf, anscheinend über sich selbst. »Ich bin furchtbar«, sagte sie dann. »So neugierig bin ich doch sonst nicht. Ich weiß gar nicht, was los ist.« Sie lachte etwas verlegen.

Ich könnte dir schon sagen, was los ist, dachte Kim leicht amüsiert. *Du interessierst dich dafür. Vielleicht bist du doch nicht ganz so hetero, wie du denkst.*

»Was möchten Sie wissen?« ermutigte Kim sie. »Sie können mich alles fragen. Ich habe absolut kein Problem damit. Wie gesagt: Für mich ist es normal.«

Sonja Kantner musterte Kim erneut, diesmal noch intensiver. *Uh, den Blick sollte sie etwas vorsichtiger einsetzen!* »Wenn es für Sie so normal ist, warum haben Sie es mir dann nie gesagt?« fragte sie.

»Haben *Sie* mir gesagt, daß Sie hetero sind?« fragte Kim etwas süffisant zurück.

Sonja Kantner lachte überrascht auf. »Nein, natürlich nicht. Das ist ja –« Diesmal brach sie ab, weil ihr offensichtlich eine Erkenntnis gekommen war.

»Das ist ja normal, wollten Sie sagen?« erkundigte Kim sich immer noch etwas amüsiert. »Sehen Sie, das ist es für mich auch. Also warum sollte ich ständig darüber reden?«

Ihre Chefin saß etwas verblüfft da. »Sie haben recht«, sagte sie. »So habe ich das noch nie betrachtet.«

»Das glaube ich Ihnen«, bemerkte Kim und verzog belustigt die Mundwinkel. »Heterofrauen denken über so etwas nie nach.«

»Heterofrauen!« Sonja Kantner stieß das Wort hervor, als ob es eine unanständige Bezeichnung wäre. Dann lachte sie wieder etwas nervös. »Schon allein das –«, fuhr sie fort. »Daß Sie das so differenzieren. Das ist total fremd für mich. Für mich gab es bisher nur Männer und Frauen. Mehr nicht.«

Kim mußte nun doch leicht spöttisch lächeln. »Es gibt eine ganze Menge mehr«, klärte sie auf. »Die Auswahl, die Sie da getroffen haben, ist etwas unvollständig.«

»Ist sie das?« Wieder sah Sonja Kantner Kim so komisch an, als ob mehr dahintersteckte. »O Gott, da habe ich mich ja jetzt ganz schön blamiert«, meinte sie dann in der herrlich trockenen Art, die Kim so gern an ihr mochte.

»Aber nein«, wiegelte Kim zuvorkommend ab. »Woher sollten Sie das denn wissen? Wenn es in Ihrem Leben keine Rolle spielt.«

»Sie sind sehr freundlich«, sagte Frau Kantner. »Aber deshalb ist es trotzdem peinlich. Ich komme mir vor wie ein kleines Kind.«

In diesem Moment kamen zwei der anderen Teilnehmer herein und setzten sich zu ihnen, nachdem sie sich am Buffet bedient hatten. Damit war die Unterhaltung beendet, denn in Gegenwart der Männer wollten weder Frau Kantner noch Kim sie weiterführen. Darüber waren sie sich einig, ohne es aussprechen zu müssen.

Aber etwas fiel Kim auf, als die beiden sich zu ihnen setzten: Sonja Kantner kontrollierte auf einmal ihre Reaktionen den Männern gegenüber. Sobald sie etwas tat oder sagte, merkte Kim, wie es in ihr losratterte. Jedesmal. Ein einfaches Kompliment, das sie bislang stets mit einem schlichten, automatischen Lächeln quittiert hatte, brachte sie nun zum Staunen. Sie lehnte sich des öfteren zurück und sah die Männer an, als ob sie sie noch nie betrachtet hätte, als ob die ganze Spezies ihr plötzlich fremd geworden sei. Wahrscheinlich fielen ihr Dinge an ihnen auf, über die sie bisher noch nie nachgedacht hatte.

Sie sollte sich nicht zuviel damit beschäftigen, dachte Kim innerlich seufzend. *Es wird sie nur verwirren*. Sie schauderte ein wenig, wenn sie daran dachte, daß sie noch eine Nacht gemeinsam im selben Zimmer verbringen mußten, im selben Bett. Und das, nachdem nun alles klar war. Nachdem sie darüber gesprochen hatten.

Kim hatte ihr zwar nicht gesagt, daß sie sie begehrte und wie sehr – das würde sie auch in Zukunft für sich behalten. Das war ganz sicher zuviel für eine Frau wie Sonja Kantner –, aber alles andere, was Kim ihr gesagt hatte, war vermutlich schon genug, um sie ein wenig aus der Bahn zu werfen. Das merkte man jetzt schon deutlich.

Kim war froh, als endlich das Seminar begann und sie sich trennen konnten. Der arme Klaus! Heute betrachtete Sonja Kantner ihn mit ganz anderen Augen als gestern oder gar vorgestern. Sie ermordete ihn fast mit ihren Blicken. Er wußte gar nicht mehr, wo er hinschauen sollte, und wurde immer nervöser. Beim Mittagessen entschuldigte er sich, er hätte noch etwas zu erledigen. Kim grinste. Er wollte ihren stechenden Augen entkommen, wenigstens für eine Stunde.

Aber auch der Nachmittag ging vorbei, und Kim und Frau Kantner zogen sich nach dem Abendessen früh in ihr Zimmer zurück.

»Ich würde gern noch einen Spaziergang machen«, sagte Kim. »Die Landschaft ist so herrlich, und ich habe noch gar nichts davon gehabt. Haben Sie Lust, mitzukommen?«

Frau Kantner schüttelte den Kopf. »Ich lese ein bißchen«, sagte sie. »Das entspannt mich am besten.«

Hm. Und dabei hätte Kim ihr so entspannende Dinge zeigen können ... Sie grinste in sich hinein und zog die festen Schuhe an.

Ihr Spaziergang dauerte länger, als Kim erwartet hatte – sie war froh, daß sie sich vom Portier eine Taschenlampe hatte geben lassen, sonst wäre sie beim Zurückkommen in der Dunkelheit gestolpert –, und als sie das Zimmer betrat, lag Frau Kantner schon im Bett und schlief.

Kim lächelte und betrachtete sie kurz ... sie war so süß ..., dann ging sie leise ins Bad und duschte. Kaum hatte sie sich in die Horizontale begeben, schlief sie ebenfalls. Der Spaziergang und die viele frische Luft waren das beste Schlafmittel gewesen.

Diesmal wachte Kim nicht von Weinen auf, sondern von einer Berührung – einer Berührung an ihrer Brust! Sie konnte es kaum fassen. Sollte sie sich kneifen, um zu überprüfen, daß es kein Traum war?

Doch nein – es war kein Traum. Eine Hand lag auf ihrer Brust und streichelte sie vorsichtig, fast ängstlich. Forschend strich sie darüber und glitt – wahrscheinlich zufällig – über die Brustwarze, die sich ihr sofort entgegenreckte. Die Hand hielt schlagartig inne, und Kim mußte sich auf die Lippe beißen, um nicht zu stöhnen.

Aber warum eigentlich? *Sie* hatte angefangen. »Das ist sehr schön, was du da machst«, flüsterte Kim. Jetzt war endgültig Schluß mit dem ›Sie‹!

Sonja Kantner zog sofort ihre Hand zurück und legte etwas mehr Abstand zwischen sich und Kim. »Entschuldigung«, sagte sie betreten. Und dann noch einmal »Entschuldigung, ich weiß nicht, was ... was in mich gefahren ist.«

Kim richtete sich ein wenig auf. »Du willst es ausprobieren, nicht wahr?« fragte sie sanft.

Sonja Kantner wandte den Kopf zu ihr, und Kim sah nur die Reflexionen in ihren Augen. »Ich weiß nicht«, erwiderte sie. »Ich weiß wirklich nicht. Es ist so ... deine Brust, sie ist so weich ... so wunderbar weich.« Ihre Stimme klang verwundert.

Kim lachte. »Ja, das ist so bei Frauen«, sagte sie. »Bei dir ja schließlich auch.«

»Ja, eben«, sagte Sonja Kantner. »Aber das ist mir noch nie aufgefallen. Vor allem wußte ich nicht, wie ... wie schön das ist.«

Kim glitt zu ihr hinüber. »Es gibt noch viele andere Dinge zwischen zwei Frauen, die schön sein können«, sagte sie leise. »Sehr schön.« Sie beugte sich zu Sonja Kantner hinunter und küßte sie ganz leicht. Ihre Hand suchte Sonjas Brust und strich darüber, genauso sanft und vorsichtig, wie Sonja es bei ihr getan hatte.

Sonja wehrte sich nicht, aber sie tat auch nichts. Sie lag einfach nur still da und ließ Kim machen. Kim merkte, daß ihr Atem sehr flach ging. Sie ließ die Erregung nicht zu.

Kim küßte sie zärtlich weiter, obwohl Sonja sie nicht zurückküßte – Kim hoffte, sie würde es noch tun –, und fuhr mit ihrer Hand an Sonjas Körper nach unten, suchte den Saum ihres Negligés und schob ihn hoch.

»O nein, nein!« keuchte Sonja plötzlich, indem sie sich von Kims Mund löste. »Nein, ich kann das nicht. Bitte –«

Kim ließ ihre Hand liegen, wo sie war, und sah sie an. »Du mußt nichts tun, was du nicht willst«, beruhigte sie sie. »Ich richte mich ganz nach dir.«

»Ich ... ich kann nicht«, sagte Sonja mit einer ganz leisen, unterdrückten Stimme. »Ich kann nicht, glaube ich. Es ist so ungewohnt.«

Kim zog ihre Hand unter dem Negligé hervor und brachte sie wieder nach oben. Sie legte sie auf Sonjas Brust. »Ist es so besser?« fragte sie.

»Das ist –« Sonja brach ab. »Ja«, sagte sie dann. »Besser.« Aber sie atmete immer noch flach und ängstlich.

Kim beugte sich zu Sonjas Ohr hinunter. »Möchtest du nicht, daß ich dich streichle?« fragte sie flüsternd. »Ich tue dir nichts. Glaub mir. Hab keine Angst.« Sie richtete sich ein wenig auf und wartete auf Antwort.

Sonja drehte sich von ihr weg und betrachtete die Zimmertür. Kim mußte sich mit ihrem Rücken begnügen, ihre Hand war von ihrer Brust geglitten und lag nun locker auf ihrer Seite.

Sonja sagte eine ganze Weile nichts. »Ich ... ich sehne mich danach, gestreichelt zu werden«, fuhr sie dann wispernd fort, Kim konnte sie kaum verstehen, »aber immer, wenn ich daran gedacht habe, war es ein Mann, der es hätte tun sollen, keine Frau.«

»Also willst du es von mir nicht«, sagte Kim. Sie strich noch einmal zärtlich über Sonjas Schulter und zog sich auf ihre Seite des Bettes zurück. Dann nicht. Sie konnte sie nicht zwingen, und das wollte sie auch nicht. Ihr ganzer Körper war in Aufruhr, sie begehrte sie, sie wollte sie, sie war ganz wild nach ihr. Aber das hatte keine Bedeutung, das war ihr Problem, nicht Sonjas.

»Doch«, kam es plötzlich fast nur gehaucht von Sonjas Seite. »Doch, ich würde gern. Aber ich habe Angst davor.«

»Wovor hast du Angst?« Kim beugte sich zu Sonja hinüber und strich sanft über ihr Haar. »Was soll denn schon passieren?«

»Ich ... ich weiß nicht. Ich fühle mich so unwohl bei Dingen, die ich nicht kenne.« Sonjas Stimme war immer noch leise.

»Du bist ein Kontrollfreak!« lachte Kim. »Das habe ich schon bei der Arbeit gemerkt.« Sie beugte sich noch mehr über Sonjas Schulter und flüsterte in ihr Ohr. »Aber das hier hat nichts mit Arbeit zu tun. Da mußt du nichts kontrollieren. Im Gegenteil. Laß dich einfach gehen.«

»Das ... das kann ich nicht.« Sonja drehte sich zu Kim um und rückte gleichzeitig von ihr ab. »Ich habe noch nie ... es ist nicht meine Art –« Sie schob sich im Bett nach oben, bis sie saß, und zog sich die Decke bis unter das Kinn. »Ich bin nicht gerade der spontane Typ«, sagte sie.

»Das heißt, Klaus und du hattet euch vorher verabredet?« fragte Kim zu schnell, bevor sie überlegen konnte. »Entschuldige.« Sie schaute von Sonja weg. »Geht mich ja nichts an.«

»In der Tat nicht«, sagte Sonja, und jetzt klang ihre Stimme kühl und beherrscht. »Aber wenn du es genau wissen willst: Nein, hatten wir nicht.«

»Das heißt, du bist nur bei Frauen nicht der spontane Typ, bei Männern schon, wolltest du mir das damit sagen?« Kim merkte, wie es sie innerlich aufwühlte, ein solches Gespräch zu führen.

»Ich wollte gar nichts damit sagen«, erwiderte Sonja. »Du hast mich dazu gezwungen.« Sie schien wieder ganz sie selbst zu sein. Nichts mehr von Unsicherheit und Angst.

»Ach.« Kim starrte sie an. »Genauso wie ich dich gerade eben wahrscheinlich zum Sex zwingen wollte, ist es das? Wenn etwas passiert, bin ich schuld, du hast nichts damit zu tun.« *Immer dasselbe mit diesen Heteroziegen!* »Tut mir leid«, sagte Kim. Sie stand auf und wollte sich anziehen. Sie brauchte jetzt wirklich ein bißchen frische Luft. »Tut mir leid, daß ich nicht das bin, was du brauchst«, bedauerte sie noch einmal. *Und das, wo du so sehr das bist, was ich brauche!* Es war schon ein Kreuz.

Kim nahm ihre Hose und streifte sie über.

»Was machst du?« fragte Sonja irritiert.

»Ich gehe«, erwiderte Kim. »Ich werde dich nicht mehr belästigen.« *Obwohl heute ja eigentlich sie mich belästigt hat* ... »Dann kannst du in Ruhe schlafen. Und wenn du willst, komme ich nicht mehr zurück bis zur Abfahrt. Du nimmst mich doch mit, oder?« Sie machte Licht, um ihr Hemd zu suchen.

Sonja starrte Kim an und sagte keinen Ton. Vielleicht würde sie sie tatsächlich nicht mitnehmen. Kim konnte ja mal den Portier fragen, was es noch für andere Möglichkeiten gab.

»Und selbstverständlich«, sagte Kim, als sie ihr Hemd endlich gefunden hatte und es überzog, »werde ich Sie ab sofort wieder siezen, Frau Kantner. Es tut mir leid, daß ich mich so vergessen habe.«

»Warum bist du denn auf einmal so beleidigt?« fragte Sonja verwundert.

»Ich bin nicht beleidigt!« fuhr Kim auf. »Ich bin nur ... es hat ein bißchen was in mir ausgelöst, was du ... was Sie getan haben. Bei Ihnen nicht, das kann ich mir vorstellen, aber ich stehe nun mal auf Frauen, und Sie sind eine sehr begehrenswerte Frau. Deshalb sollte ich jetzt besser gehen, um –«

Sie kann mich mal! Was erzähle ich ihr da eigentlich alles? Das geht sie doch überhaupt nichts an!

»Du findest mich begehrenswert?« fragte Sonja interessiert.

O Mann! »Ja«, knirschte Kim. Sie wollte endlich weg hier! »Ich glaube, Sie wissen selbst gut genug, wie Sie aussehen. Und die Reaktion der Männer darauf haben Sie ja auch kaum übersehen.«

»Ja –«, erwiderte Sonja sehr gedehnt, »die der Männer nicht. Aber deine anscheinend schon.«

Kim ging zur Tür. »Klar. Die interessiert Sie ja auch nicht.«

»Halt!« Es klang wie ein Befehl.

Kim erstarrte mit der Klinke in der Hand.

»So kommst du mir nicht davon«, sagte Sonja. »Ich bin immer noch deine Vorgesetzte.«

»Ich werde kündigen, sobald wir zurück sind«, entgegnete Kim mit starrem Blick auf die Tür. »Keine Angst.«

Kim hörte, wie Sonja hinter ihr aus dem Bett aufstand und auf sie zukam. Warum konnte sie sie nicht einfach gehenlassen? Sie fühlte Sonjas Atem an ihrem Ohr. »Ich will nicht, daß du kündigst«, flüsterte sie. »Und ich will auch nicht, daß du jetzt gehst.«

Sie legte ihre Arme um Kim und hielt sie fest.

»Ach – und was wollen Sie dann, Frau Kantner?« fragte Kim bissig.

»Bitte, hör auf«, sagte Sonja mit leiser Stimme. »Hör auf damit, mich so zu behandeln.«

Kim spürte sie an ihrem Rücken, ihre Brüste, ihre Wärme, ihre Nähe. Es war so wundervoll – und so furchtbar. »Ich kann nicht bleiben«, quetschte Kim mühsam zwischen ihren Lippen hervor. »Ich will mit dir schlafen, aber du willst es nicht, und das respektiere ich natürlich. Wenn es nun einmal so ist, kann ich es nicht ändern, aber dann kann ich auch auf keinen Fall bleiben. Ich kann deine Nähe nicht ertragen. Verstehst du das denn nicht?«

»Natürlich verstehe ich das«, antwortete Sonja immer noch leise. »Aber ... aber ich habe ja gar nicht gesagt, daß ich nicht will.«

Kim drehte sich überrascht um, so daß Sonja ihren Griff lösen mußte. »Das hast du wohl!« protestierte sie, während sie Sonja anstarrte, die nun direkt vor ihr stand.

»Ich bin nicht sehr spontan in diesen Dingen, das habe ich gesagt, und das ist nun wirklich nicht dasselbe«, verteidigte sich Sonja.

Kim starrte sie immer noch an. »Du hast gesagt, alle deine Phantasien kreisen um Männer. Da ist kein Platz für eine Frau.«

»Männer sind das einzige, was ich kenne«, sagte Sonja ernst. »Um wen sollten meine Phantasien sonst kreisen? Vielleicht vergaß ich es zu erwähnen, aber ich bin nicht nur nicht besonders spontan, sondern auch nicht besonders phantasiebegabt. Meine Phantasien sind nichts als ... Erinnerungen. Ich kann mich nicht an etwas erinnern, das nicht geschehen ist.«

»Du hast noch nie von einer Frau geträumt?« fragte Kim.

»Nein.« Sonja schüttelte bedauernd den Kopf. »Noch nie.«

»Also dann bleibt es dabei«, sagte Kim aufseufzend. »Ich werde gehen.«

Sie wollte sich wieder umdrehen, aber Sonja ließ sie nicht. Sie umarmte sie und drängte sich an sie, so daß Kim gegen die Tür zurücktaumelte. »Nein«, sagte sie, »das wirst du nicht.« Sie suchte Kims Augen. »Daß ich ein wenig Angst habe vor etwas Neuem, Fremdem, das wirst du mir ja wohl zugestehen. Und daß ich zu wenig Phantasie habe, mir etwas Unbekanntes vorzustellen, das noch nicht geschehen ist ... ja gut, ich gebe es zu, meine Schuld. Hast du denn schon immer alles vorher gewußt? Bevor du das erste Mal mit einer Frau geschlafen hast, hast du da gewußt, wie es sein würde?«

»Ich habe es mir vorgestellt«, sagte Kim.

»Und es war eine schöne Vorstellung für dich?« fragte Sonja.

»O ja.« Kim lächelte. »Sehr schön.«

»Und als es dann geschehen ist ... war es da ... genauso schön?« Ihre Stimme wurde zum Schluß leiser.

»Nein!« Kim lachte. »Es war ganz, ganz anders, als ich es mir vorgestellt hatte.« Sie schüttelte in liebevoller Erinnerung den Kopf. »Aber schön ... ja, schön war es schon. Anders schön.«

»Dann hast du mir einiges voraus«, sagte Sonja. »Ich habe mir nicht viel vorstellen können, bevor ... bevor es geschah. Und schön ... nein, schön war es auch nicht.« Sie schaute Kim fast flehend an. »Diesmal wird es ... schön sein, nicht wahr?«

»Sonja, ich –« Wie konnte sie diesen flehenden Augen widerstehen? Sie legte ihre Arme um Sonja. »Ich will nur nicht, daß du etwas tust, was du nachher bereust«, sagte sie leise.

Sonja begann zu lächeln. »Ich glaube, ich bin erwachsen genug«, sagte sie. »Ich kann das selbst entscheiden.«

Und was war mit Klaus? Das hast du doch eindeutig bereut, schon sehr bald, dachte Kim, aber sie sagte es nicht laut.

»Du hast vorhin behauptet, daß du nicht das bist, was ich brauche«, fuhr Sonja fort, »aber ich glaube, das Gegenteil ist der Fall: Ich brauche dich. Ich brauche dich sogar sehr.«

Sie neigte sich zu Kim und bot ihr ihre Lippen zum Kuß dar. Selbst wollte sie es anscheinend nicht tun. Sie schloß die Augen und wartete auf Kim. Sich jetzt noch zurückzuhalten wäre Wahnsinn gewesen. Kim konnte es auch gar nicht mehr. Sie legte ihre Arme noch enger um Sonja und genoß die Empfindung, als sie ganz weich wurde und gegen sie sank. Mit einer Hand fuhr Kim in ihren Nacken, streichelte ihr Haar und zog sie dann näher zu sich heran.

Sie küßte Sonja zärtlich, öffnete ihre Lippen mit ihrer Zunge und drang vorsichtig ein. Sonja seufzte, als Kim ihren Mund erforschte, die Innenseiten streichelte und dann an ihren Lippen zupfte, als sie sich wieder zurückzog.

Sonja öffnete die Augen und sah sie an. »Was war das?« fragte sie erstaunt.

»Ein Kuß?« schlug Kim vor, ebenso erstaunt. Was sollte die Frage?

»Ein Kuß«, wiederholte Sonja immer noch verwundert.

»Entschuldige, wenn ich nicht deinen Geschmack getroffen habe«, versetzte Kim etwas pikiert.

»Das . . . das ist es nicht«, erwiderte Sonja, streichelte kurz, fast beiläufig über Kims Gesicht, verhielt erneut wie erstaunt, drehte sich dann um und setzte sich auf die Bettkante.

»Soll ich nicht vielleicht doch lieber gehen?« fragte Kim. Anscheinend war Sonja außerordentlich verwirrt. Das konnte nicht gutgehen.

Sonja blickte hoch. »Nein. Nein, auf keinen Fall«, widersprach sie fest. »Bitte . . . bitte laß dich nicht irritieren von meinem Verhalten. Es ist alles so neu für mich. Du findest mich wahrscheinlich ziemlich merkwürdig.«

Kim ging auf sie zu und hockte sich vor sie hin. »Ich verstehe, daß das nicht einfach für dich ist«, sagte sie leise, während sie Sonjas in sich gekehrtes Gesicht betrachtete.

Sonjas Blick kam wieder hervor, suchte Kims Augen und musterte dann ihr ganzes Gesicht, als wäre es eine exotische Landschaft, die sie zum ersten Mal sah. Sie sagte nichts, griff an ihr Negligé, zog es aus und legte sich dann nackt hin.

Kim hielt einen Moment die Luft an ob dieser Selbstverständlichkeit. Ihr Unterleib zog sich vor Verlangen zusammen, und sie sah, wie Sonjas Bauchdecke vor Aufregung flatterte. Ihre Brustwarzen standen hervor und schienen zu winken. Ihr Körper überwältigte Kim erneut, genau wie in der Nacht, als sie nackt ins Bad gegangen war. Sie atmete jedoch genauso flach wie beim ersten Mal, als Kim versucht hatte, sie zu berühren. Sie hatte Angst.

Kim setzte sich neben sie aufs Bett. Sonjas Anblick hatte sie vollkommen verstummen lassen, aber nun mußte sie etwas sagen. »Du mußt dich zudecken«, bemerkte sie liebevoll, »sonst frierst du.« Sie zog die Decke über Sonjas Körper und sah sie an.

Sonjas Blick wurde zunehmend verwirrter, wie es Kim schien. Die Idee hierzubleiben war nicht so gut gewesen. Sie hätte gehen sollen.

Sonja streckte einen Arm unter der Decke hervor und griff nach Kim, umfaßte ihren Nacken und zog sie zu sich herunter. Ihre Lippen berührten Kims, und diesmal spürte Kim auch ihre Zunge, wie sie nach ihrer suchte. Kim antwortete ihr, und so spielten sie ein wenig miteinander, ließen ihre Zungen hinein- und hinausgleiten, streichelten gegenseitig ihre Lippen.

Sonja begann zu seufzen und zog Kim noch näher zu sich heran, bis Kim eine Hand unter die Decke gleiten ließ und sie berührte. Nur ihren Bauch, jedoch Sonja erstarrte. Dann spürte Kim, wie sie langsam ihre Schenkel öffnete.

Kim schluckte. »Sonja ...«, flüsterte sie.

Sie zog schnell ihr Hemd aus, doch weiter kam sie nicht, denn nun griff Sonja nach ihrer Brust. Mit einem verwunderten Gesichtsausdruck betrachtete sie sie und strich darüber. Dann nahm sie auch ihre zweite Hand dazu und wog beide Brüste in ihren Händen. Ihre Finger streichelten die Haut, bis sie an die Brustwarzen kam, die sich erhoben, und Kim stöhnte auf.

Sonja hielt inne.

»O bitte, mach weiter«, flehte Kim sie an. Ihre Stimme klang ihr selbst rauh in den Ohren. »Das ist so schön.«

»Ich weiß nicht, was ich tun soll«, erwiderte Sonja leise und beschämt.

Kim beugte sich zu ihr hinunter. »Nimm sie in den Mund«, bat sie mit nun noch heisererer Stimme. »Bitte.« Sie lachte ein wenig. »Und dann versuch dich zu erinnern, was du bei deiner Mutter getan hast, als du noch ein Säugling warst.« Sie war bestimmt ein süßer Säugling gewesen, dachte Kim sich dabei, ein süßes kleines Mädchen.

»Daran erinnere ich mich nicht«, lachte Sonja nun auch, »das sagte ich doch schon mal.« Aber trotzdem nahm sie eine der Brustwarzen in den Mund und saugte daran, als ob sie sich erinnern würde.

Kim stöhnte noch tiefer auf. Obwohl sie noch nicht ausgezogen war, schob sie sich weiter über Sonja und aufs Bett. Sie konnte einfach nicht anders.

Sonja verwöhnte ihre Brüste mit Zunge und Lippen, als ob sie noch nie etwas anderes getan hätte. Es schien ihr zu gefallen, Kims Erregung zu steigern, und sie genoß es, sie dann wieder abflauen zu lassen. Sie machte Kim so verrückt, daß es kaum noch auszuhalten war. Sie ließ sich keuchend neben Sonja auf den Rücken fallen.

»Ziehst du mich aus?« fragte Kim immer noch um Atem kämpfend. »Ich glaube, ich schaffe es allein nicht mehr.«

Sonja beugte sich kurz über sie und blickte ihr in die Augen. Sie lächelte leicht. »So schlimm?« fragte sie.

»O ja!« bestätigte Kim, dann betrachtete sie sie schmunzelnd. »Wart's nur ab«, kündigte sie an. »Gleich bist du dran. Dann wirst du sehen, was ich meine.«

Ein Schauer fuhr durch Sonjas Körper, und ihr Lächeln verschwand. Sie legte ihre Hand auf Kims Hose und strich leicht darüber. Gleichzeitig starrte sie auf Kims Brüste. Nach einiger Zeit riß sie sich von dem Anblick los und ließ ihre Augen tiefer schweifen, auf Kims Bauch. Ihre Hände begannen, Kims Hose zu öffnen. Dann fuhr sie hinein. »O Gott«, sagte sie.

Kim biß die Zähne zusammen. Sonjas Finger lagen genau auf ihrer Mitte, und es hatte sie wie ein Stromschlag getroffen, als sie sie berührte. Ihre Hand lag immer noch an derselben Stelle, bewegungslos. Dann begann sie Kim zwischen den Beinen zu streicheln, mit dem Stoff des Slips als trennender Barriere.

Kim hätte laut aufschreien können. »Wolltest du mich nicht ausziehen?« fragte sie mit sehr gepreßter Stimme. Ihr Unterleib loderte allein von der sanften Berührung.

»Oh – ja.« Sonja lachte leicht. »Das hatte ich schon fast wieder vergessen. Es war so überraschend –«

»Schon gut«, sagte Kim. Sie zog sich schnell selbst aus.

»Bist du sauer?« fragte Sonja vorsichtig, weil Kim sie dadurch etwas unsanft zur Seite schob.

»Nein.« Kim wandte sich wieder zu ihr um. »Ich bin nicht sauer. Ich bin wild auf dich, und ich will dich jetzt – sofort.« Sie drehte Sonja auf den Rücken und legte sich mit einer schnellen Bewegung auf sie. Sonja öffnete sofort ihre Schenkel und schlang sie um ihre Hüften. »Du erwartest das Falsche«, lachte Kim ein wenig. »Aber wir können so anfangen, wenn du willst.«

Sonja drehte ihren Kopf zur Seite. Kim beugte sich hinunter und küßte sie auf den Hals. Sonja erzitterte unter ihren Lippen. »Entschuldige«, flüsterte Kim. »Ich hätte das nicht sagen sollen. Es ist mir so rausgerutscht.«

Kim fuhr mit ihren Lippen an Sonjas Hals entlang, bis sie die Gänsehaut fühlte, die sich an seiner Oberfläche bildete. Sonjas Atem wurde schwerer.

Sie ließ sich auf Sonja hinuntersinken, bis ihre Brüste sich berührten. Sonja hielt den Atem an und lag ganz still. Nach einer Weile löste sich ein tiefer Stoßseufzer aus ihrer Kehle. »Das ist wundervoll«, wisperte sie.

Kim fühlte es überall an ihrem Körper kribbeln. Sie ließ ihre Lippen noch einmal an Sonjas Hals entlangstreichen; die Weichheit ihrer Haut überwältigte sie erneut. Sie spürte die Brustwarzen, die hart in ihr Fleisch stachen, und gleichzeitig fühlte Kim, wie ihre ebenso steifen Knospen in Sonjas Weichheit versanken. Es war ein solch himmlisches Gefühl. Allein dafür hatte es sich schon gelohnt. Aber Kim wollte mehr.

Sie glitt mit ihren Lippen an Sonjas Hals aufwärts und sah das Blut in ihrer Ader pochen. Es wirkte bereits leicht hektisch, obwohl man ihr sonst noch nicht viel anmerkte. Kim suchte ihren abgewandten Mund, und als sie näherkam, drehte Sonja sich ihr sehnsuchtsvoll entgegen und seufzte erneut. Ihre Lippen waren bereits leicht geöffnet, und Kim drang ein und küßte sie, zuerst vorsichtig, dann konnte sie sich nicht mehr beherrschen. Sie nahm ihren ganzen Mund in Besitz. Er war so süß, so weich, so einladend. Wild stieß Kim in sie hinein und stöhnte auf, als sie die Blitze in ihren Unterleib fahren fühlte.

Sonjas Hände hoben sich zu Kims Nacken und gruben sich in ihr Haar. Sie streichelte den Haaransatz mit sanften Fingern, dann plötzlich stöhnte sie auch und hob ihren Unterleib an, schob sich gegen Kims Bauch, versuchte aufwärtszustoßen, immer wieder.

Ihre Erregung wuchs, und Kim stieß zurück, bis Sonja wieder stöhnte, fast verzweifelt. Ihre Bewegungen wurden schneller, heftiger, sie krallte sich in Kims Rücken, daß der Schmerz Kim kurz durchbohrte und sie nun beinahe deshalb aufgestöhnt hätte. *So* kurz waren ihre Fingernägel denn auch nicht ... Dann ließ Sonja los und fiel in die Laken zurück, warf sich herum, ihr Kopf wirbelte von einer Seite auf die andere.

Kim schob sich ein wenig an ihr abwärts und nahm eine ihrer Brustwarzen in den Mund, fuhr mit ihrer Zunge darüber.

»O nein, nein!« Sonja schrie spitz auf, unterdrückt, weil sie sich des Ortes bewußt war, der Nachbarschaft der anderen Hotelgäste. Aber diesmal meinte sie nicht wirklich nein wie noch vor einiger Zeit. Das war deutlich an ihrer Reaktion abzulesen. Noch einmal stieß sie mit ihren Hüften nach oben, aber Kim hielt sie auf der Matratze, weil sie jetzt etwas anderes wollte.

Sonjas Beine lösten sich von Kims Hüften, als Kim den Druck verstärkte und sie sie nicht mehr halten konnte. Weiter reizte Kim ihre Brüste, erst die eine, dann die andere, und erneut von vorn. Sonja stöhnte. Sie seufzte. Sie wand sich. Sie war kaum mehr bei sich. Es war schön, ihr zuzusehen, ihre Erregung zu spüren, die immer noch anstieg.

Kim verließ Sonjas Brüste, streichelte sie noch ein wenig – sie waren so wundervoll, es war schwer, sich von ihnen zu trennen –, dann glitt sie tiefer, küßte Sonjas warme, weiche Haut, genoß das Pulsieren darunter, den hart pochenden Herzschlag, der sich auf Kims Lippen übertrug.

Langsam kam Kim bei Sonjas Bauchnabel an, fuhr mit ihrer Zunge hinein, Sonja zuckte hoch, stöhnte und seufzte. Kim glitt tiefer, berührte ihre Leiste, Sonja schrie erneut auf, leise, unterdrückt, gequält. Noch einmal fuhr Kim mit ihrer Zunge über die weiche Haut kurz vor dem Übergang zu ihren Schenkeln.

»Was tust du ... was tust du ...?« murmelte Sonja, während sie wieder ihren Kopf von einer Seite auf die andere rollte, ohne Unterbrechung. Ihre Hüften zuckten, als ob sie sich Kim entziehen wollte, als ob sie es nicht mehr aushielt.

»Gefällt es dir nicht?« fragte Kim etwas neckisch.

Sonja stieß einen tiefen Seufzer aus, weil Kim sie für einen Moment in Ruhe ließ, sie mit dem Reiz verschonte. Ganz gemächlich fuhr Kim streichelnd mit ihrer Hand über Sonjas Hüfte, berührte ihren Bauch, nicht aber ihre Brüste oder ihre Leisten, wo sie so empfindlich war.

Sonjas Atem senkte sich ein wenig, wurde gleichmäßiger. »Es ist wundervoll«, flüsterte sie, »so ... sanft.«

Kim begab sich noch einmal zu ihr in Augenhöhe und sah sie an. Ihr Gesicht, schön, wie es war, aber auch ausdrucksvoll, berührte sie tief. Kim merkte, daß sie mehr von ihr wollte als nur diese eine Nacht, als nur Sex. Sie wollte *Sonja* – sie ganz persönlich, sie wollte mit ihr einschlafen und aufwachen, ihr zärtliches Lachen hören, wenn sie mit ihr im Bett lag und kuschelte oder sie sich Geschichten erzählten, mit ihr vor dem Fernseher sitzen und Nüsse knabbern, wie sie es schon getan hatten. Kim wollte sie im Arm halten und spüren, ihre Wärme in sich aufnehmen, ihre Nähe genießen, nicht nur heute, nicht nur hier in diesem Hotel, wo sie Zeit und Raum vergessen hatten und ihre berufliche Beziehung.

Kim seufzte. Leicht senkte sie ihre Lippen auf Sonjas und berührte sie mit einem gehauchten Kuß, nur einer liebevollen Geste, die nicht erregen sollte, sondern auf andere Art berühren.

»Was hast du?« fragte Sonja und strich durch ihr Haar, ebenso liebevoll und sanft, wie Kim sie geküßt hatte. Sie streichelte sie, und Kim seufzte erneut.

»Nichts«, sagte Kim. »Es ist nichts.« Sie wollte wieder an Sonja hinabgleiten, dort weitermachen, wo sie sich selbst unterbrochen hatte, aber Sonja hielt sie auf.

Aufmerksam musterte sie Kims Gesicht. »Du hast doch irgend etwas«, sagte sie.

»Nein, nichts Besonderes«, versicherte Kim ihr. Sie lächelte auf Sonja hinunter. »Ich möchte dich nur glücklich machen, ich möchte, daß du es genießt, daß du keine Angst mehr hast, daß du diese Nacht nie vergißt.«

Sonja streichelte immer noch sanft Kims Haar und beobachtete sie. »Das werde ich nicht«, sagte sie leise. »Nie.«

Kim ließ ihre Hand hinab zu Sonjas Bauch gleiten und dann tiefer, zwischen ihre Schenkel. Sonja schnappte nach Luft, als Kim endlich ihre Feuchtigkeit erreichte, darüberstrich, ohne einzutauchen.

»Ja«, hauchte Sonja leise, noch leiser als zuvor. Sie schloß die Augen, und als Kim den Druck ihrer Finger verstärkte, preßte Sonja ihren Kopf ins Kissen, spannte ihren Körper an und drückte ihr Kreuz leicht nach oben. »Mhm«, seufzte sie mit geschlossenen Lippen, als ob sie nicht zuviel von ihren Gefühlen verraten wollte.

Kim war hin- und hergerissen. Sie wollte hinunter, zwischen ihre Beine, aber sie wollte ihr gleichzeitig auch zusehen – dabei zusehen, wenn sie zum ersten Mal in den Armen einer Frau kam. Sie wollte wissen, wie sie dabei aussah. Sie beschloß, beides zu tun, nacheinander.

Zuerst einmal streichelte Kim sie weiter, und sie spürte, wie

Sonja sich immer mehr anspannte, als Kim ihre Nässe mit den Fingern verteilte, immer noch sanft, ohne zuviel Druck. Kim vermied es, ihre Lippen zu berühren, obwohl sie die Schwellungen spürte, fuhr nur außen entlang und dann an die Innenseiten ihrer Schenkel, bis Sonja erregter seufzte, wieder begann, sich zu bewegen, ihre Hüften Kim entgegenzudrängen, ihre Hand einzufangen versuchte, um sich endlich Befriedigung zu verschaffen.

Aber Kim ließ sie nicht zu nah kommen. Immer wieder wich sie aus, und Sonjas Seufzen wurde hektischer, ungeduldiger. »Komm«, murmelte sie, »komm ...«

Kim umfaßte mit dem freien Arm Sonjas Schulter, so daß sie sich an sich anlehnen konnte, dann glitt sie mit einem Finger zwischen die geschwollenen, nassen Lippen, drang nur kurz ein, zog sich wieder zurück.

Sonja stöhnte tief auf, erst erregt, dann enttäuscht. »Bitte ...«, hauchte sie, »bitte ...«

Das nächste Mal drang Kim mit zwei Fingern in sie ein, und Sonja stöhnte noch tiefer auf. »Ja!«

Kim suchte den Punkt hinter dem Eingang und rieb ein wenig, während sie mit ihren Fingern immer noch sanft hinein- und hinausfuhr, jeweils nur ein kleines Stück. Sonja konnte ihre Hüften nicht mehr ruhighalten, rutschte hin und her, stieß nach oben. Als Kim den Druck in ihr noch ein wenig verstärkte, entwand sie sich ihr fast, so heftig bewegte sie sich.

»Oh ... oh ... oh ...« Sonja seufzte und stöhnte ununterbrochen. Als Kim nun mit dem Daumen ihre Perle berührte, wurde das letzte »Oh ...!« zu einem »O Gott!« Sie schrie auf, lauter als bisher, wahrscheinlich hatte sie die Umgebung vergessen, gab sich nur noch ihrer Lust hin. Und Kim.

Auf einmal flüsterte sie ihren Namen. Endlich. »Kim ... Kim ... o Kim, was tust du ... mit mir?« tropfte es mühsam von ihren Lippen. Eigentlich konnte sie nicht mehr sprechen.

Kim atmete tief durch, um ihre eigene Erregung noch einen Augenblick zu dämpfen, denn dieser Moment gehörte allein Sonja. Was Kim hatte hören wollen, hatte sie gehört. Sie preßte ihren Daumen von oben auf Sonjas Perle und von innen ihre Finger dagegen, dann bewegte sie beides gegeneinander, immer schneller, reibend, gleitend, bis Sonja vor lauter Stöhnen kaum noch Luft bekam, bis ihr Atem stockte und ihre Hüften nur noch wild und unkontrolliert in die Luft stießen; immer mehr drückte sie sich nach oben, ihr Kreuz in die Luft, ihr Körper gespannt und erwartungsvoll dem Augenblick entgegenfiebernd, da die Entspannung kommen würde.

Sie erstarrte. »Aaaah!« stieß sie langgezogen hervor, und dann noch einmal leiser und gedehnt »Ja . . .«, als sie niedersank in Kims Arm, gegen sie fiel und ihr Gesicht an ihrer Brust vergrub wie schon einmal, aber diesmal nicht weinend, sondern in wachem Zustand, mit Absicht.

Sie keuchte, rang nach Luft, beruhigte sich nur langsam. Kim hauchte einen Kuß auf ihr Haar und streichelte sie leicht, ihren Rücken, ihre Seite, ihre Schenkel, ihren Po, nur ganz sanft. Als Kim merkte, daß sie wieder zu sich kam, ließ sie sie ein wenig zurücksinken und lächelte sie an.

Sonja schlug die Augen auf. »O mein Gott«, sagte sie.

»So schlimm?« fragte Kim lächelnd.

Sonja nickte, sagte nichts und rollte sich auf den Rücken, von Kim weg, immer noch hob ihr Brustkorb sich heftig in dem Verlangen nach Sauerstoff.

Kim nutzte die Gelegenheit und glitt an ihr abwärts, zwischen ihre Beine, drückte sie auseinander und hob sie an –

»O nein!« schrie Sonja entsetzt, anscheinend wirklich. »Nein, nein, bitte nicht . . .!«

»Warum nicht?« fragte Kim erstaunt. Eben hatte es ihr doch gefallen. Was war denn nun auf einmal?

»Ich . . . ich . . . nein, bitte . . .«, wiederholte Sonja nur, immer noch nicht ganz Herrin ihrer Lungenkapazität und nun auch noch aufgewühlt durch etwas, das Kim nicht verstand.

Kim ließ ihre Beine sinken und richtete sich zwischen ihnen kniend auf. »Es ist schön«, sagte sie überredend und leicht verwirrt, »du wirst sehen. Noch schöner als das, was ich eben mit dir gemacht habe. Und das hat dir doch gefallen, oder nicht?«

Sonja atmete tief ein. »Ja, hat es«, bestätigte sie leise. »Aber das . . . das kann ich nicht.«

»Warum nicht?« fragte Kim erneut und legte sich neben sie, um in ihr Gesicht sehen zu können. Es trug einen leicht verängstigten Ausdruck, wie zu Anfang.

Sonja drehte den Kopf weg. Sie wollte Kim nicht in ihr Gesicht blicken lassen. »Ich ... ich kann das eben nicht«, erklärte sie mit noch leiserer Stimme. »Nicht ... nicht beim ersten Mal. Ich tue das nie beim ersten Mal.« Sie zögerte. »Laß uns einfach schlafen«, sagte sie dann. »Schluß damit.« Sie drehte sich ganz von Kim weg, ihr Rücken wie die unüberwindliche Chinesische Mauer gegen sie gewandt.

Kim schmunzelte. O nein! So einfach ließ sie sie nicht davonkommen. Die Nacht war noch lange nicht zu Ende, und ganz egal, was *sie* wollte, Kim hatte auch noch ein paar Wünsche. So einseitig war die Angelegenheit nicht.

»Ist das eine Anordnung, Frau Kantner?« fragte Kim fast schon lachend.

»Du bist albern«, sagte Sonja, aber ihre Stimme klang ... nun ja ... nicht ganz so böse, wie sie getan hatte.

»Du bist meine Vorgesetzte«, erinnerte Kim sie. »Wenn du mir eine Weisung erteilst, muß ich sie befolgen.«

»Aber doch nicht hier, im Bett!« widersprach Sonja ärgerlich und drehte sich nun doch wieder zu Kim, um sie unwillig anzustarren.

»Nicht?« zog Kim sie auf. »Freut mich zu hören.« Sie beugte sich über Sonja und küßte sie.

Zuerst verweigerte Sonja sich ihr, kniff ihre Lippen zusammen und wollte sich nicht küssen lassen, aber als Kim sie streichelte, sanft und zärtlich, mit ihrer Hand an Sonjas Körper und ihrer Zunge an ihren Lippen, gab sie endlich nach und öffnete sie, um sie einzulassen.

»Du bist unmöglich«, seufzte sie, als Kim sie losließ. »Was habe ich mir da nur eingehandelt?« Aber der Blick, mit dem sie Kim musterte, schien eher liebevoll als strafend.

»Ich weiß nicht«, schmunzelte Kim. »Eine Frau?«

Sonja ließ ihre Blicke über Kims Körper schweifen. »Ja, eindeutig«, stellte sie fest. Dann hob sie ihre Hand und strich damit über Kims Gesicht. »Bitte, sei mir nicht böse«, bat sie. »Ich kann das eben einfach nicht. Es tut mir leid. Wünschst du es dir sehr?« Sie sah Kim nun wieder etwas scheu an. So, wie Kim sie erst hier kennengelernt hatte, erst im Bett. Im Büro war sie nie so.

Kim seufzte. »Schon«, sagte sie. »Ich finde, es ist das schönste, was zwei Frauen miteinander im Bett machen können. Denkst du nicht?«

Sonja lachte etwas irritiert auf. »Das fragst du mich? Ich weiß nicht, was zwei Frauen miteinander im Bett machen können. Mir fehlt da die Erfahrung. Hast du das schon vergessen?«

Kim beugte sich wieder über sie. »Fast«, sagte sie lächelnd. »Du warst so gut, man merkt es dir kaum an.«

Sonja legte sich zurück und musterte Kim. »Es ist komisch, so etwas von einer Frau gesagt zu bekommen«, sagte sie.

»Was?« Kim runzelte die Stirn.

»Daß man . . . gut im Bett ist.« Sonja verzog das Gesicht.

»Ich wollte dich nicht beleidigen«, entschuldigte Kim sich. »Es sollte ein Kompliment sein.«

»Ja. – Ja, das soll es vermutlich immer sein«, seufzte Sonja etwas resigniert.

Kim legte eine Hand auf ihr Herz. »Ich schwöre hiermit, es nie mehr zu erwähnen, bei meiner Ehre«, gelobte sie ernsthaft, wenn auch ein wenig schmunzelnd.

»Du bist schon wieder albern«, sagte Sonja. Ihre Mundwinkel zuckten. »Im Büro habe ich das nie an dir bemerkt.«

»Im Büro arbeite ich. Da habe ich keinen Grund, albern zu sein«, erwiderte Kim. »Außerdem war ich das nicht. Ich habe alles ganz ernst gemeint.«

»Auch etwas, was ich noch nie an dir bemerkt habe«, sagte Sonja. »Du neigst zu Übertreibungen.«

»Wenn ich dir sage, daß du eine wunderschöne Frau bist, nennst du das dann auch eine Übertreibung?« fragte Kim leise, beugte sich über Sonja und küßte sie sanft.

Sonja erwiderte den Kuß vorsichtig und löste sich dann von Kim. »Darauf antworte ich nicht«, sagte sie. »Es bestätigt aber meinen Eindruck durchaus.«

Kim betrachtete ihr Gesicht, und es durchströmte sie ganz warm. »Du bist die schönste Frau der Welt für mich«, sagte sie leise. »Du hast wunderschöne Augen, eine wunderschöne Nase, einen wunderschönen Mund . . .« Sie berührte Sonjas Lippen leicht mit ihren und zog sich wieder zurück.

Sonjas Augen wanderten über Kims Gesicht, schienen an der einen oder anderen Stelle zu verharren, wanderten weiter. Plötzlich schlang sie ihre Arme um Kim und zog sie zu sich heran. Ihr Kuß wurde immer süßer. Sie seufzten beide gleichzeitig auf, als ihre Zungenspitzen sich trafen. Ihr weicher, milder, sanfter Mund verwöhnte Kim mit unglaublichen Empfindungen, und Kim spürte, wie die Nässe, die sich schon seit Stunden zwischen ihren Beinen gesammelt hatte, auf einen Schlag zunahm, wie ihr Bauch von Blitzen getroffen wurde, die das Feuer, das die ganze Zeit nur geschwelt hatte, wieder entfachten.

Kim stöhnte auf und preßte sich auf Sonjas Schenkel, versuchte ihn zwischen ihre zu klemmen, um endlich zum Schluß zu kommen. Sie rieb sich an ihr und spürte die ersten kleinen Wellen schon nahen, da drückte Sonja sie von sich weg und rollte sich mit ihr herum, drehte sie auf den Rücken.

Kim keuchte, als der Reiz zwischen ihren Beinen verschwand. »Bitte, Sonja, laß mich kommen«, flehte sie. »Ich halte es bald nicht mehr aus . . .«

Sonja lehnte über ihr und sah nun auf Kim hinunter. Ihr Blick war undefinierbar.

»Ich verlange nichts mehr von dir danach, das verspreche ich«, versicherte Kim ihr bittend. Vielleicht hatte sie Angst, daß Kim dann noch einmal versuchen würde, sie davon zu überzeugen, was sie nicht wollte?

Sonja senkte ihre Lippen auf Kims Brust und begann die hart angeschwollene Knospe zu verwöhnen. Kim stöhnte tief und laut auf. War ihr doch egal, wer nebenan schlief! Morgen würden sie ohnehin abreisen. Kim griff nach Sonja, wollte sie festhalten, wollte sie streicheln, aber sie entzog sich ihr und glitt tiefer.

Ihre Hand streichelte Kims Bauch, ihre Leisten, daß Kim sich um Atem ringend herumwarf, und tastete sich dann vorsichtig zwischen ihre Beine. Sie verhielt, als sie Kims Schamlippen berührte.

»Sonja, Sonja . . .«, flüsterte Kim. »Bitte . . .«

Sonjas Hand suchte und fand den Eingang, ein Finger glitt hinein, und Kim hob sich stöhnend an, um ihr entgegenzukommen. Sonja rutschte nun noch ein Stück tiefer. Kim hob ihren Kopf mühsam vom Kissen und sah, wie Sonja zwischen ihre Beine starrte, als sähe sie ein Weltwunder dort.

»Sonja, bitte . . .«, wiederholte Kim. Sie versuchte, sich um Sonjas Finger zu krampfen und spürte ihn auch, aber sie wollte mehr.

Sonja blickte kurz hoch, in Kims Gesicht, dann zog sie ihren Finger heraus und stieß mit einem tiefen, harten Stoß wieder in Kim hinein. Das gleiche sofort wieder und noch einmal und noch einmal und noch einmal – gleichmäßig, rhythmisch. Als ob sie versuchte, einen Mann zu imitieren. Kim stöhnte jedesmal auf, wenn Sonja in sie hineinstieß, weil sie ihr fast wehtat, aber es erregte sie nicht besonders.

»So ... geht ... es ... nicht«, versuchte Kim ihr zwischen ihren harten, heftigen Stößen beizubringen.

Sonja hörte auf und senkte ihren Mund auf Kim hinab.

»O nein, Sonja!« protestierte Kim aufgeschreckt. Sonja stieß sie wirklich von einer Empfindung in die andere. Wie eine Achterbahnfahrt. »Du magst das doch nicht. Es reicht, wenn du ... mit der Hand ...« Kim versuchte ihre Beine zu schließen, aber Sonja kniete dazwischen. »Bitte ...«, keuchte Kim, »Ich möchte nicht, daß du etwas tust, das du nicht willst.«

Sonja hob ihren Kopf und blickte kurz zu Kim hoch. »Das ist etwas anderes«, sagte sie, während sie sich schon wieder hinabbeugte. »Das habe ich immer getan.«

Sie berührte Kim mit ihrem Mund, und Kim stöhnte auf. Es war so herrlich. »Vielleicht magst du es nicht«, protestierte sie dennoch schwach. Ihr fehlte die Kraft zu mehr, denn Sonjas Zunge fuhr schon über ihre Schamlippen und erforschte alle Winkel. Kim stöhnte erneut auf. »Oh, Sonja ...«, flüsterte sie ohne den Wunsch, sie noch einmal davon abzuhalten.

Sonja widmete sich all den Punkten, die sie mit ihrer Zunge erreichen konnte, dann glitt sie in Kim hinein, ein weiches, warmes Gefühl, das Kim erfüllte und sie ohne Ende seufzen ließ.

»Ist es so richtig?« fragte Sonja zwischendurch, worauf Kim nur mit einem mühsam gehauchten »Ja« antworten konnte.

Ihre Lippen schlossen sich um Kims Perle und drückten sie zusammen. Kim stöhnte und hob ihre Hüften an, Sonja entgegen, woraufhin die den Vorgang wiederholte. Ihre Zunge kam dazu und traf die Mitte. Kim schrie. Es gab kein Halten mehr. Sonja leckte um ihre Perle herum, fuhr darüber, immer wieder, und Kim kam in langen, nicht enden wollenden Wellen, während sie sich ein Kissen aufs Gesicht drückte, um nicht zu laut zu sein. Selbst so hörte man sie noch.

Kim blieb keuchend liegen und wäre fast unter dem Kissen erstickt, da hob Sonja es an und linste keck darunter. Kim schnappte heftig nach Luft. »Du bist ein Naturtalent!« japste sie ermattet.

Sonja lächelte, legte das Kissen beiseite und sich darauf. »Danke, aber so schwierig ist das auch wieder nicht«, meinte sie gnädig. »Ich hatte es mir komplizierter vorgestellt. Ich bin selbst überrascht.«

»Komplizierter?«

»Na ja, ich dachte ... eigentlich konnte ich es mir gar nicht vorstellen. Wenn man zwanzig Jahre lang nur die eine Art kennt, denkt man, es geht gar nicht anders«, gab Sonja etwas verlegen zu. Sie lächelte, während sie ihren Kopf zu Kim wandte. »Bisher hatte ich da ja auch keinen Vergleich.«

»Was hättest du getan, wenn du ihn gehabt hättest?« fragte Kim.

»Oh, ich weiß nicht«, antwortete Sonja nachdenklich. »Möglicherweise hätte es gar keinen Einfluß gehabt.«

Kim zog sich innerlich zurück. Das bedeutete, es hatte auch jetzt keinen Einfluß. Sonja hatte keinerlei Bedürfnis, dieses Erlebnis zu wiederholen. Hatte sie, Kim, etwas anderes erwartet? Sie hatte es doch gewußt.

Sonja drehte sich zu Kim um, und ihre wunderschönen Augen lächelten Kim an, als ob sie ihre Schlußfolgerung widerlegen wollten. »Außerdem wäre das auch nicht sehr fair gewesen, nicht wahr?« meinte sie zwinkernd. »Ich habe mit ... hm ... einigen Männern geschlafen und lediglich mit einer Frau. Das ist kaum genügend Vergleichsmaterial auf der einen Seite.«

Und sie würde dieses Ungleichgewicht wohl auch kaum ausgleichen wollen, nahm Kim an. Sie packte der Mut der Verzweiflung. Auch wenn sie nicht in einer Nacht alle Erfahrungen mit Männern aufwiegen konnte, um ein Gleichgewicht zu schaffen, so konnte sie doch versuchen, das Gewicht in der einen Waagschale etwas zu erhöhen.

Kim schob ihre Arme um Sonja und zog sie zu sich heran.

Sonjas Augen blickten forschend in ihr Gesicht, jetzt wieder ernst, und schienen nicht entscheiden zu können, was nun kommen sollte.

Aber Kim hatte bereits entschieden. Sie wollte diese Nacht ausnutzen, die einzige, die letzte – die erste.

Kim näherte sich Sonjas Gesicht und sah noch, wie sie die Augen schloß, bevor Kim sie küßte.

Wie schon beim letzten Mal, als sie erwacht war, fand Kim sich allein im großen Doppelbett, als sie die Augen aufschlug.

Sie blickte auf die Uhr. Oh, sie hatte ganz schön verschlafen! Sie lächelte. Kein Wunder nach dieser Nacht. Wann waren sie überhaupt eingeschlafen? Sie wußte es nicht mehr. Sie wußte nur noch, daß Sonja unersättlich gewesen war, daß sie Kim immer wieder mit neuen Einfällen überrascht hatte, und daß die Zeit völlig aus ihrer Wahrnehmung entschwunden war.

Mit einem Satz sprang Kim aus dem Bett. Sie hatte vielleicht nicht viel geschlafen, aber das Training heute nacht hatte sich anscheinend ausgezahlt und ihren Körper gestählt. Sie lachte – laut. Sie fühlte sich wunderbar glücklich und schwebte wie auf Wolken.

Ein rascher Sprung unter die Dusche, und schon war sie auf dem Weg nach unten. Das Frühstück war eigentlich schon vorbei, und sie konnte auch gar nichts essen. Es kam ihr vor, als ob sie gerade erst ein Fünf-Gänge-Menü verspeist hätte. Sie schnappte sich nur schnell einen Kaffee und ging dann zum Seminarraum.

Als sie die bereits geschlossene Tür öffnete, blickten ihr alle entgegen. Sie war die letzte. Sie nickte Klaus entschuldigend zu – wenn er wüßte, warum sie zu spät war! – und setzte sich auf ihren Platz. Mit einem schnellen Blick suchte sie Sonjas Gesicht. Sonja schaute ernst zu ihr hinüber und wandte ihre Aufmerksamkeit dann wieder Klaus zu, der die Abschlußbesprechung moderierte.

Als die Abschlußbesprechung beendet war, verteilte Klaus an alle Seminarteilnehmer ein Zertifikat, das die Teilnahme bestätigte. Danach war die Veranstaltung beendet, alle verabschiedeten sich voneinander und begaben sich schnell zu ihren geparkten Autos. Sie stoben fast auseinander wie eine Herde aufgeschreckter Rinder.

Sonja und ein weiterer Teilnehmer kamen auf Kim zu. »Matthias fährt mit uns zurück«, sagte Sonja ohne große Betonung. »Er muß zum Flughafen.« Sie wich Kims Blick aus.

Schade. Dann waren sie auf der Rückfahrt nicht allein. Aber wenigstens fuhren sie zusammen. »Schön«, sagte Kim. »Gehen wir packen?«

»Ich habe schon gepackt«, sagte Sonja. »Meine Sachen sind bereits im Wagen.«

Oh, noch eine Überraschung. Noch nicht einmal ein paar Minuten im Zimmer allein. Kim räusperte sich. »Dann hole ich meine schnell. Nur fünf Minuten.«

»Wir warten draußen«, sagte Sonja und ging mit Matthias, einem älteren Seminarteilnehmer, zum Parkplatz.

Kim sprintete die Treppe hinauf und warf hastig ihre Sachen in die Reisetasche. Keine zwei Minuten später war sie ebenfalls auf dem Parkplatz.

Sonja und Matthias saßen bereits im Auto, auf den vorderen Plätzen, Kim blieb nur die Rückbank. Sie verstaute ihre Reisetasche im Kofferraum und setzte sich in den Wagen. Sonja unterbrach ihre Unterhaltung mit Matthias nur kurz, um den Wagen zu starten. Sie beachtete Kim gar nicht.

Nun ja, in Matthias' Gegenwart konnte sie wohl auch nichts anderes tun, dachte Kim. Das war nicht besonders schön, aber sie würde es aushalten.

Durch ihren Sitzplatz auf der Rückbank fühlte Kim sich etwas abgeschnitten. Zwar konnte sie der Unterhaltung von Sonja und Matthias folgen, aber es war schwierig, sich daran zu beteiligen. Sie sprachen über das Seminar, über andere Seminare, über ihren beruflichen Werdegang. Eigentlich jedoch – so beobachtete Kim es von hinten – genoß Matthias nur, daß er neben Sonja sitzen konnte. Er warf ihr Blicke zu, die sein Interesse deutlich widerspiegelten.

Sonja hingegen schien nur an der Unterhaltung interessiert, an nichts sonst. Was sollte sie auch mit einem Mann wie Matthias, der mindestens zwanzig Jahre älter war als sie?

Kim fragte sich, wie die Fahrt verlaufen wäre, wenn sie nicht dabeigewesen wäre – oder wenn *er* nicht dabeigewesen wäre. Sie sehnte sich danach, Sonja zu berühren, sie wenigstens einmal ansprechen zu können, in ihre Augen zu blicken. Aber das einzige

Thema, das sie dazu benutzen konnte, war das Seminar. Alles andere war tabu.

Sonja schaute in den Rückspiegel, um Kim zu antworten, nachdem sie etwas gefragt hatte, und für einen kurzen Augenblick trafen sich ihre Blicke im Spiegel, verweilten ineinander und huschten ganz schnell wieder davon, als Sonja sich abwandte und auf die Straße sah.

Was war das gewesen, was sie da gerade in Sonjas Augen gelesen hatte? Kim ließ sich in die Lederpolster sinken und grübelte nach. Sonjas Blick – er hatte seltsam in ihrem verharrt, nicht zärtlich, nicht fragend, nur . . . nachdenklich. Vielleicht war das der richtige Ausdruck. Nachdenklich, wie es sicherlich angebracht war, nach allem, was geschehen war. Oder nachdenklich, wie es eine Situation erforderte, die Sonja nicht angenehm war.

Hatte sie Matthias gefragt, ob er mitfahren wollte, damit sie nicht mit Kim alleinsein mußte? Kim ärgerte sich, daß sie nicht früher aufgestanden war, daß sie Sonja nicht mit einem Kuß geweckt hatte. Dann hätte sie sich nicht so leicht entziehen können.

Sie mußte einfach warten, bis sie allein waren. Die Fahrt verlief ruhig und ereignislos, auch die Unterhaltung versiegte nach einiger Zeit, da alle vom Seminar ziemlich erschöpft waren. Kim duselte ein wenig auf dem Rücksitz ein. Als sie erwachte, waren sie bereits am Flugplatz, und Matthias stieg gerade aus.

»Auf Wiedersehen«, sagte er und reichte Sonja die Hand. »Vielen Dank fürs Mitnehmen.«

»Gern geschehen.« Sonja nickte ihm zu.

Matthias winkte auch Kim ein kurzes Adieu zu, dann ging er zum Flugplatzterminal hinüber.

Kim wollte aussteigen und sich nach vorn setzen, aber Sonja stieß bereits aus der Parklücke zurück und fuhr weiter. »Sonja?« fragte Kim vorsichtig.

»Wo soll ich dich absetzen?« fragte Sonja zurück. »Willst du ins Büro oder lieber in die Stadt?«

Das Bürogebäude lag zu Fuß nur zehn Minuten vom Stadtzentrum entfernt.

»Eigentlich ist das hier Arbeitszeit«, sagte Kim.

»Offiziell dauert das Seminar noch bis heute abend«, sagte Sonja. »Wird alles bezahlt. Du kannst die Zeit verbringen, wie du willst.«

»Gehst du ins Büro?« fragte Kim.

»Nein«, sagte Sonja.

»Oh.« Kim war überrascht. Sonja arbeitete doch immer. »Also habe ich deine offizielle Erlaubnis als meine Vorgesetzte?« Kim schmunzelte ein wenig.

»Ja«, sagte Sonja. »Ich werde die Stunden als Arbeitszeit abzeichnen.« Sie war von Schmunzeln weit entfernt. Ihre Stimme klang sachlich ernst.

»Ich . . . Sonja . . .« Kim schluckte. »Ich wollte eigentlich noch mit dir reden.«

»Das können wir am Montag tun«, sagte Sonja. »Wenn wir im Büro sind. Jetzt habe ich keine Zeit.«

»Du kannst mich absetzen, wo du willst«, sagte Kim resigniert. »Büro oder Stadt, ist mir gleich.« Ihr lag ein Stein im Magen. Die Hochstimmung des Morgens war verflogen.

»Dann Büro.« Sonja sagte nichts mehr, fuhr weiter und bog endlich in die Einfahrt des Bürogebäudes ein. Sie hielt an, aber sie stieg nicht aus.

Kim holte irritiert ihre Reisetasche aus dem Kofferraum und ging dann nach vorn zur Fahrerseite. Daß sie sich hier, direkt vor der Firma, nicht mit einem Kuß von Sonja verabschieden konnte, war klar, aber sie konnte doch nicht einfach so –

Sonja nahm ihr die Entscheidung ab. Kaum daß Kim neben der Fahrertür stand, fuhr Sonja in der Einfahrt zurück und wendete auf der Straße.

Eine Minute später war sie verschwunden.

Kim fuhr nach Hause und dachte währenddessen über Sonjas Verhalten nach. Gut, es war eindeutig, sie wollte nicht reden. Sie war heiß gewesen heute nacht, und jetzt war sie kalt wie ein Eisblock. Vielleicht war das ihre normale Methode. Die Sache mit Klaus war ja ähnlich abgelaufen.

Kim seufzte. Gestern hatte sie sich selbst gesagt, daß es nur eine Nacht geben würde, nicht mehr, aber heute morgen, als sie aufgewacht war – irgendwie hatte sie gehofft, daß sich diese Annahme nicht bestätigen würde. Sonja war so . . . süß gewesen heute nacht, so hingebungsvoll und leidenschaftlich und auch so zärtlich, daß Kim sich eine Fortsetzung wünschte.

Hatte sie sich verliebt? Sie horchte in sich hinein. Sie konnte es nicht sagen. Die Hormone schrien zu laut.

Sex. War es nur das?

Kim atmete tief durch. Auf jeden Fall wollte das ihr Körper. Allein beim Gedanken an Sonja kribbelte es überall. Das war schon öfter so gewesen, bei einigen Frauen, und es hatte nichts mit Liebe zu tun gehabt. Das war wohl die Bestätigung.

In ihrer Wohnung angekommen packte sie die Reisetasche aus und setzte die Waschmaschine in Gang. Hausarbeit war angesagt, das hatte sie in letzter Zeit etwas vernachlässigt.

Als sie in die Küche ging, fiel ihr Blick auf den großen Kalender an der Wand.

Ach ja, heute war Frauencafé und morgen Disco, es war das erste Wochenende im Monat. Keine schlechte Idee, sich abzulenken.

Wo versteckte man am besten ein Sandkorn?

Am Strand.

Und wo versteckte man am besten ein Sandkorn namens Sonja?

In einem Meer von Frauen, das den Sand an den Strand spülte und damit alles überdeckte.

»Huhu, wer bin ich?«

Zwei Hände legten sich von hinten über Kims Augen.

»Andrea, Carla, Melanie, Sophie –« Kim grinste.

»Och, du kennst so viele Frauen, daß du sie nicht mehr auseinanderhalten kannst?« beklagte sich eine enttäuschte Stimme. Das dazugehörige Gesicht schob sich in Kims Blickfeld.

»Warte, wie heißt du noch mal? Ich komme gleich drauf.« Kim zog angestrengt die Augenbrauen zusammen, als ob sie schwer überlegen müßte.

»Du bist unmöglich.« Jennifer lachte und setzte sich an Kims

Tisch. »Schon so früh hier? Du kommst doch sonst immer später.«

»Ich mußte heute nicht so lange arbeiten«, sagte Kim.

»Ah«, erwiderte Jennifer. »Wird ja auch langsam Zeit, daß du dich wieder mal dem Vergnügen widmest, nicht nur der Arbeit.«

»So schlimm ist es auch wieder nicht«, sagte Kim. »Ich komme zwar immer spät, aber ich komme.«

»Ach, sag an . . .« Jennifer stützte ihr Kinn in die Hand und blinzelte schelmisch.

»Ja, das auch«, sagte Kim trotzig. »Ich bin gut versorgt, danke der Nachfrage.«

»Jemand Spezielles?« fragte Jennifer.

»N-nein«, antwortete Kim zögernd.

»Also immer noch das alte Bäumchen-wechsel-dich-Spiel«, sagte Jennifer grinsend.

»Wie bei dir«, sagte Kim. »Sonst wären wir vermutlich das Paar des Jahrhunderts geworden.«

»Eine Nacht ist doch auch ganz schön«, sagte Jennifer. »Unsere war's jedenfalls.« Sie lächelte in liebevoller Erinnerung.

»Ja«, sagte Kim, aber sie lächelte nicht. Sie dachte an eine andere Nacht als Jennifer.

»Wir waren eben nicht füreinander bestimmt«, sagte Jennifer. »Dafür sind wir jetzt die besten Freundinnen. Das ist doch auch viel wert.«

»Sicher«, sagte Kim.

Jennifer runzelte die Stirn. »Du bist komisch heute«, sagte sie. »Ist irgendwas?«

Kim schüttelte den Kopf. »Ich bin wohl noch etwas erschöpft. Ich war auf einem Seminar in den letzten Tagen und bin erst heute zurückgekommen.«

»Interessantes Seminar?« fragte Jennifer.

»Teilweise«, erwiderte Kim. *Die Tage nicht so, aber die Nächte*, dachte sie. »Es war rein beruflich. Ein Managerseminar. Meine Chefin will mich befördern, und dafür mußte ich so etwas machen.«

»Deine Chefin will dich befördern und schickt dich zu einem Managerseminar?« Jennifer nickte anerkennend. »Klingt gut.«

»Na ja . . .« Kim zögerte. »Ist schon in Ordnung.«

»Du reißt dich nicht gerade um die Beförderung«, sagte Jennifer.

Kim zuckte die Schultern. »Ich habe keine Ahnung, was ich dann machen muß«, sagte sie. *Und Sonjas Büro wäre vermutlich Kilometer von meinem entfernt*, dachte sie.

»Aber mehr Geld bekommst du?« Jennifer blickte fragend.

»Natürlich.« Kim nickte. »Das ja.«

»Die meisten Leute wären damit zufrieden«, sagte Jennifer, »aber du anscheinend nicht.«

»Doch.« Kim wollte das Thema beenden. »Eigentlich schon.«

»Eigentlich«, wiederholte Jennifer. Sie blickte Kim mit schiefgelegtem Kopf an. »Schätzchen, wir hatten vielleicht nur eine Nacht, aber seitdem hatten wir viele gemeinsame Tage. Du erzählst mir nicht, daß da nichts ist. Dafür kennen wir uns zu lange.«

»Da ist nichts«, sagte Kim. »Es war nur – Zufällig hatten meine Chefin und ich dasselbe Zimmer auf dem Seminar.«

»Oh, wow!« Jennifers Nase wurde zwei Zentimeter länger vor lauter Neugier. »Doppelbett?« fragte sie.

»Ja.« Kim wäre am liebsten gegangen. Warum hatte sie das nur erwähnt?

»Wie alt ist sie?« fragte Jennifer. »Hat es sich gelohnt?«

»Das Seminar war gut«, sagte Kim.

Jennifer lehnte sich grinsend zurück. »Soso«, sagte sie. »Du willst nicht darüber reden. Dann muß es ja sehr gut gewesen sein.«

»Sie ist meine Chefin!« erwiderte Kim ärgerlich.

»Wer hat's nicht gern mal mit dem Boss?« sagte Jennifer. »Kommt öfter vor.« Sie stützte die Ellbogen auf den Tisch und beugte sich vor. »Na, komm schon«, sagte sie. »Wie war sie?«

»Sie ist verheiratet, stockhetero und eine Nervensäge«, sagte Kim. »Genügt dir das?«

»Alles kein Grund«, sagte Jennifer. »Wie sieht sie aus?«

Phantastisch, dachte Kim. »Normal«, sagte sie.

»Oh-oh-oh«, sagte Jennifer. »Wenn du so verschlossen bist, steckt doch mehr dahinter.«

»Nicht wirklich«, sagte Kim seufzend. »Ja, sie sieht gut aus, aber ... wie du schon sagtest, sie ist mein Boss, also –« Sie ließ den Rest im Raum stehen.

»Also kommt sie nicht in Frage?« Jennifer schüttelte den Kopf. »Du hast neben ihr im Bett gelegen und nichts gespürt?«

Ein Kribbeln durchzog Kims Körper und verursachte ihr eine

Gänsehaut.

Jennifer sah es. »Also doch!« sagte sie triumphierend. »Ihr hattet Sex!«

»Sex bedeutet gar nichts«, sagte Kim abwehrend. »Das siehst du ja an uns.«

»Oh, mir hat es schon etwas bedeutet«, sagte Jennifer. »Es hat nur nichts mit Liebe zu tun. Das darf man nicht verwechseln. Jetzt liebe ich dich – als gute Freundin, damals waren es eben nur die Hormone.«

»Und bei ihr war es vermutlich ebenso«, seufzte Kim. Das war die einzige Erklärung, wenn man richtig darüber nachdachte. Sonja war ohne Zweifel eine sehr leidenschaftliche Frau, und sie konnte vielleicht tatsächlich keine drei Tage ohne Sex auskommen. Also hatte sie sich geholt, was sie brauchte.

»Bei dir nicht?« fragte Jennifer.

»Wahrscheinlich«, erwiderte Kim.

»Aber du bist dir nicht sicher?« Jennifer ließ nicht locker.

»Sie hat mir vorher schon gefallen«, sagte Kim. Sie atmete tief durch. »Sie ist erst seit ein paar Wochen in unserer Firma, und jeden Tag, wenn ich sie gesehen habe, habe ich Schwierigkeiten gehabt, mich auf die Arbeit zu konzentrieren.«

»Schwere Hormonkrise«, grinste Jennifer.

»Ja, genau.« Kim nickte. »Vermutlich ist es ausschließlich das. Sie sieht einfach verdammt gut aus – und sie ist sehr charmant.«

»Bring sie doch mal mit.« Jennifer grinste noch mehr. »Hört sich interessant an.«

»Ich glaube kaum –« Kim brach ab. »Wie gesagt, sie ist verheiratet«, ergänzte sie dann.

»Das ist ja nun wirklich kein Hindernis.« Jennifer drehte sich ein wenig um und wies in den Raum. »Dahinten steht mindestens ein halbes Dutzend von der Sorte.« Sie verzog die Mundwinkel. »Eine davon ist ziemlich heiß. Es hat manchmal eben doch Vorteile, daß Männer nichts vom Sex mit Frauen verstehen. Die sind reichlich ausgehungert, kann ich dir sagen.« Wieder überzog ein freches Grinsen ihr Gesicht.

»Ich weiß«, sagte Kim etwas betrübt. Langsam wurde ihr bewußt, daß Jennifer und sie von verschiedenen Dingen sprachen. Sie begehrte Sonja – zweifellos. Aber als Sonja in jener Nacht an ihrer Brust gelegen und geweint hatte, war da noch etwas anderes gewesen. Das hatte nichts mit Sex zu tun gehabt. Sie hatte Sonja einfach nur beschützen wollen, halten und trösten. Weil sie eben eine ganz besondere Frau war.

»Ich werde mal die Speisekarte rüberbringen«, sagte Jennifer und erhob sich. »Vielleicht sucht sich eine von denen was aus.« Jetzt grinste sie wirklich unverschämt. Die Speisekarte war natürlich sie selbst.

Kim nickte und verfolgte mit den Augen, wie Jennifer sich zu einer Frau gesellte, die etwas verschüchtert in der Ecke stand. Jennifers Speisekarte schien ihren Geschmack zu treffen, denn schon nach zwei Minuten strich Jennifer ihr über den Arm, sie lachten beide, und die fremde Frau begann aufzutauen.

»So allein, junge Frau?«

Kim wandte ihren Blick von Jennifer und ihrer neuesten Eroberung ab und der Frau zu, die vor ihrem Tisch stand und sich nun setzte. Gab es diese einfallslose Anmache wirklich immer noch? dachte Kim verwundert.

Die andere musterte Kims Gesicht. »War das deine Freundin?« Sie schaute kurz in die Ecke hinüber, in der Jennifer nun bereits zum körperlichen Angriff übergegangen war. Sie küßte ihre neue Bekanntschaft und tastete interessiert ihren Körper ab, während die andere sich an sie preßte.

»Nein«, sagte Kim. »Das heißt, ja«, korrigierte sie sich sofort. »Wir sind befreundet, aber nicht –«

Ein breites Lächeln überzog das Gesicht ihres Gegenübers. »Freut mich zu hören«, sagte sie. »Ich habe nicht gern Ärger mit eifersüchtigen Partnerinnen.«

»Ich auch nicht«, sagte Kim. »Deshalb habe ich keine.« Was machte es schon? Sollte sie sich alle Kontakte verbieten, nur weil es da eine Frau gab, die . . . die . . . was auch immer.

»Wunderbar«, sagte die andere, und ihr Lächeln verstärkte sich. »Ich habe dich schon eine ganze Weile beobachtet. Du gefällst mir.« Ihre Hand hob sich, und ein Finger strich über Kims Wange. »Interessiert?« Sie blickte fragend.

Kim betrachtete die andere genauer. Das Streicheln ihrer Hand hatte nicht viel in Kim ausgelöst, und auch sonst war sie nicht gerade ihr Typ. Aber was machte das schon aus? Wie Jennifer gesagt hatte: Es ging nicht um Liebe, nur um Sex. Sie verzog die Lippen. »Unter Umständen«, sagte sie.

»Ich heiße Jo«, sagte die andere.

»Kim.« Kim nickte ihr zu.

»Okay, Kim.« Jo grinste. »Willst du etwas trinken?«

»Nein, danke«, sagte Kim. »Laß uns lieber ...«

»Hmm, du bist ja von der ganz schnellen Truppe«, sagte Jo. Sie war entzückt. »Sollen wir nach hinten gehen?«

»Ja.« Kim erhob sich.

Jo folgte ihr, und sie begaben sich ins Hinterzimmer des Cafés, den Darkroom.

Kim ließ Jo den Vortritt, und sie öffnete Kim mit einem breiten Grinsen die Tür. Kim zögerte einen Moment – der Darkroom war nicht unbedingt ihr Revier, sie zog normalerweise ein Bett vor, dennoch hatte sie ihn auch schon das eine oder andere Mal benutzt –, aber dann trat sie ein, und Jo schloß die Tür hinter ihr, während sie Kims Arm umfaßt hielt, um sie in der Dunkelheit nicht zu verlieren.

Jo drückte sie an die Wand, und Kim spürte ihren heißen Atem in ihrem Gesicht. »Du bist eine heiße Nummer«, flüsterte Jo erregt. »Wahnsinnig geil ...« Ihre Zunge strich über Kims Wange und schlängelte sich dann in ihr Ohr.

Kim mochte das gar nicht und verzog unangenehm berührt das Gesicht. Jo konnte es ja nicht sehen. »Mach schnell«, flüsterte Kim in die Dunkelheit. Sie wollte diese fremde Frau nicht länger als nötig in ihrer Nähe haben.

Jo lachte rauh. »So hast du gar nicht ausgesehen, Süße. Aber um so besser.« Ihre Hände fuhren an Kims Körper hinab und suchten ihren Hosenbund. Sie öffnete mit geübten Fingern schnell Knopf und Reißverschluß.

Kim wartete auf die übliche Erregung, wenigstens ein bißchen davon, aber Jos Hände, die ihr Hose und Slip von den Hüften streiften, ließen sie kalt. »Nimm meine Brüste«, flüsterte sie Jo zu. Meistens half das.

Jo, die begeistert ihren Po gestreichelt hatte, ließ ihre Hände höherwandern und schob Kims T-Shirt hoch. Sie schnappte nach Luft, als sie Kims Brüste berührte, die Rundungen streichelte. »Hm, schön ...«, flüsterte sie. Sie suchte mit dem Daumen nach der Brustwarze und strich darüber.

Obwohl Kim immer noch nicht erregt war, reagierten ihre Brustwarzen selbständig. Sie wurden hart.

»Ja, Baby, komm!« flüsterte Jo heiser. Sie beugte sich hinunter und leckte über eine Brustwarze, nahm sie in den Mund, leckte wieder, saugte.

Was ist los? dachte Kim. *Warum spüre ich nichts?* Das war ihr noch nie passiert. Wenn sie wollte, konnte sie auch. Sicher, Jo war niemand, die sie näher kennenlernen wollte, aber das hatte doch beim Sex nichts zu sagen. Sie gab sich Mühe, und sie tat absolut das Richtige. Aber es bewirkte nichts bei Kim.

Sie stieß einen frustrierten Seufzer aus, den Jo falsch interpretierte. »Ja, Baby, laß dich gehen, genieß es«, raunte sie.

Sonja! Verdammt, es war Sonja! Sie blockierte alles. Obwohl sie in der Dunkelheit nichts sehen konnte, wußte Kim natürlich, daß Jo nicht Sonja war. Sie hörte es und sie fühlte es. Aber das hatte einfach keinen Einfluß zu haben! Was hatte die eine Frau mit der anderen zu tun? Sonja war nicht hier, aber Jo war es, und sie gab sich alle Mühe, Kim von ihren sexuellen Künsten zu überzeugen.

Sonja hingegen . . . Sonja war jetzt bei ihrem Mann zu Hause, er hatte sie bestimmt schon sehnsüchtig erwartet nach ihrer Abwesenheit, und sie taten genau das, was Kim und Jo auch tun wollten. Sonja lag mit ihm im Bett, sie würde die Beine breitmachen –

Kim stöhnte auf, sie griff mit beiden Händen nach Jos Kopf, zog ihn zu sich hoch und suchte ihren Mund. Ihre Lippen trafen heftig aufeinander, Kim drang in Jos Mund ein, die sofort kraftvoll zurückstieß, und »O Baby, Baby . . .« murmelte, als sie sich nach diesem höchst gewalttätigen Kuß trennten.

»Ich wußte ja, daß du gut bist«, fügte sie schweratmend hinzu. Ihre Hand glitt an Kims Seite hinab und suchte den Weg zwischen ihre Beine.

Sie schob Kims Schenkel weiter auseinander und versuchte zwischen ihren Schamlippen einzudringen. »Gefällt es dir nicht?« fragte sie irritiert.

Kim spürte selbst, wie trocken sie war. »Doch«, sagte sie.

»Ah.« Jo nickte verständnisvoll, auch wenn Kim die Bewegung mehr spürte als sah. »Dann werde ich es anders machen. Ich hatte schon mal eine Freundin mit demselben Problem.« Sie glitt an

Kim hinab und kniete sich vor sie hin.

Kim fühlte, wie Jos Haare an den Innenseiten ihrer Schenkel entlangstrichen, noch weiter öffnete sie Kims Beine, um ihr Gesicht dazwischenlegen zu können. Kim lehnte ihren Kopf an die Wand und starrte an die Decke – wenn sie sie denn hätte sehen können in der Dunkelheit. *Schnell*, dachte sie. *Hoffentlich klappt es wenigstens so.* Sie fühlte sich bereits jetzt ausgebrannt und leer, und ihre Geduld war erschöpft.

Jos Zungenspitze tippte auf Kims Perle, reizte sie ein wenig und leckte darüber.

Kim fühlte nichts. *Das kann doch nicht wahr sein!* Sie konnte es nicht fassen, und sie wollte auch nicht länger darüber nachdenken. »Ich kann nicht, Jo, tut mir leid«, stieß sie hervor, schob Jos Oberkörper zur Seite, zog ihre Hose hoch und ihr T-Shirt herunter und tastete sich schnell zum Ausgang.

Als sie die Tür öffnete, stieß sie fast mit Jennifer und ihrer Eroberung des heutigen Abends zusammen. Jennifer stutzte etwas, dann grinste sie. Sie schob die andere Frau in den Darkroom hinein, drehte sich kurz noch einmal um und flüsterte: »Dein Reißverschluß«, dann war sie hinter der sich schließenden Tür verschwunden.

Kim griff betreten an ihren Reißverschluß und zog ihn hoch. Das hatte sie in der Aufregung doch glatt übersehen. Auch eine Premiere. Heute passierten ihr Sachen, die vorher noch nie passiert waren. Es war wie eine Slapstick-Komödie, nur leider sah sie nicht zu, sondern war mittendrin, die Hauptdarstellerin.

Doch sie fühlte sich nicht zum Buster Keaton berufen.

Schnell verließ sie das Café und ging nach Hause.

Das Telefon klingelte am späten Vormittag.

»Na, wie wär's mit einem kleinen Brunch im Frauencafé?« fragte Jennifers gutgelaunte Stimme. »Ich weiß allerdings nicht, ob der Darkroom so früh schon geöffnet hat.« Ihr Grinsen kam frech durch die Leitung gekrochen.

»Ich glaube nicht, daß ich mich im Frauencafé heute wohlfühlen würde«, erwiderte Kim zurückhaltend.

»Oh, war's nicht gut?« fragte Jennifer erstaunt. »Also ich kann nicht klagen.« Nun hing ihr Grinsen als Poster an der Wand.

»Dann geh doch mit ihr«, sagte Kim. »Sie freut sich bestimmt.«

»Sie ist längst wieder bei ihrem Dreibein zu Hause«, bemerkte Jennifer fröhlich. »Sie wollte noch nicht einmal die Nacht hier verbringen.«

»Tut mir leid«, sagte Kim.

»Mir nicht.« Jennifer atmete tief durch und gähnte. »Gut, daß es den Darkroom gibt. Sie war heiß, wahrscheinlich weil sie sich unbeobachtet fühlte. Aber danach habe ich die Erholung allein in meinem Bett schon sehr genossen. Ich muß das nicht haben, dieses Gesülze von ›Werden wir uns wiedersehen?‹, ›Liebst du mich?‹ und so. Du weißt ja –«

»Ja, ich weiß«, sagte Kim. »Aber wenigstens hast du mich nicht in den Darkroom geschleift.«

»Da kannst du mal sehen, wie sehr ich dich damals schon geschätzt habe«, lachte Jennifer. »Ich fand das Bett angemessener.«

»Danke«, sagte Kim. »Wie überaus gnädig von dir.«

»Und wie«, bestätigte Jennifer. »Also was ist nun mit dem Brunch? Mir knurrt der Magen.«

»Ich weiß nicht ...« Kim war unschlüssig. »Eigentlich ... eigentlich würde ich heute lieber zu Hause bleiben.« Immerhin bestand die Möglichkeit, daß Jo auch zu diesem Frühstück im Frauencafé kam, und dann hätte sie einiges erklären müssen. Das wollte sie sich ersparen. Außerdem hatte sie wirklich keine Lust auf Leute, auch wenn sie nicht Jo hießen.

»Wieso bist du heute so ungesellig?« fragte Jennifer verwundert. »Das ist doch sonst nicht deine Art.«

»Ich bin nicht so gut drauf heute«, sagte Kim. »Das kommt doch schon mal vor.«

»Bei dir allerdings eher selten«, sagte Jennifer. »Aber gut – wenn du nicht willst. Dann kommst du dafür heute abend zur Disco – versprochen?«

Kim stöhnte auf. »Muß das sein?«

»Eins von beidem«, sagte Jennifer bestimmt. »Ich lasse dich nicht in deiner Hütte versauern, wenn nur einmal im Monat Disco ist, das kann ich meiner besten Freundin nicht antun.«

»Ich danke für deine Fürsorge«, sagte Kim ironisch. »Du willst nur, daß ich dabei zusehe, wen du heute wieder abschleppst. Hast du überhaupt noch Platz genug für all die Kerben in deinem Bett?«

»Ich habe ein Metallgestell, wie du weißt«, erwiderte Jennifer würdevoll. »Und außerdem – was ist mit dir? Wieviel Kerben hast du denn?«

»Nicht so viele wie du, glaube ich«, sagte Kim lachend. »Also in Ordnung – ich lasse mich breitschlagen und komme heute abend. Aber wenn du dann wieder nur im Darkroom verschwindest und wir uns nicht sehen, war das das letzte Mal.«

»Gleichfalls«, sagte Jennifer, »Frau Gestern-noch-erhitzt-an-der-Darkroomtür-getroffen.«

»Erhitzt wohl kaum«, sagte Kim leise. Sie antwortete automatisch, ohne es zu merken.

»Dein Reißverschluß war offen!« erinnerte Jennifer sie. »Also habt ihr wohl nicht nur Scrabble gespielt da drin.«

»Dafür ist es da viel zu dunkel, das weißt du ganz genau«, sagte Kim.

»Du machst mich neugierig«, sagte Jennifer. »Wenn du heute abend nicht kommst, komme ich zu dir. Ich will den Rest hören. Jetzt habe ich einen Wahnsinnshunger, das beeinträchtigt mein Konzentrationsvermögen.«

»Dann bis heute abend«, sagte Kim seufzend.

»Hundertprozentig!« rief Jennifer in den Hörer und legte auf.

Kim dachte noch am Nachmittag daran, sich der Disco zu entziehen, aber da sie es Jennifer versprochen hatte, und auch, weil es sie nach Ablenkung dürstete, ging sie dann doch.

Und es kam, wie es kommen mußte: Noch bevor sie Jennifer überhaupt von weitem sah, lief ihr Jo über den Weg.

»Süße, was war denn los gestern?« fragte die sofort, als sie sich trafen. »Warum bist du weggelaufen? Habe ich irgend etwas falsch gemacht?«

»Aber nein.« Kim runzelte die Stirn und versuchte, über Jos Schulter hinweg Jennifer zu entdecken. »Du hast nichts falsch gemacht.«

»Was dann?« fragte Jo.

»Nichts.« Kim seufzte genervt. »Es hat nichts mit dir zu tun.«

»Hast du ein Problem?« fragte Jo besorgt. »Ich meine, ich weiß, daß es so etwas gibt ... Frauen, die nicht ... na ja ... können.«

Kim starrte sie an. In was für eine Kategorie wurde sie denn da auf einmal eingeordnet? Es kam so überraschend für sie, daß sie nichts sagen konnte.

»Kim! Hier!«

Jennifer! Kim atmete erleichtert aus. »Nein«, sagte sie schnell. »Zu diesen Frauen gehöre ich nicht. Wie ich schon sagte: Es lag nicht an dir. Es war wohl einfach der falsche Zeitpunkt.« Sie ging mit großen Schritten an Jo vorbei und strebte auf Jennifer zu.

»Na?« fragte Jennifer schelmisch. »Schon 'ne Frau klargemacht für nachher?«

»Pft!« Kim ließ sich neben Jennifer auf dem nächsten Barhocker nieder. »Wir haben uns gestern getroffen, nichts weiter.« Sie bestellte ein Bier bei der Servicefrau hinter der Theke.

»Oh, sie war diejenige, mit der du –« Jennifer schaute sich um und versuchte Jo zu entdecken. »Sieht doch gar nicht so übel aus«, sagte sie, als es ihr gelungen war. »Hat sie irgendwelche perversen Gelüste, weil du so sauer auf sie bist?«

»Ich bin nicht sauer auf sie.« Kim nippte an ihrem Bier. »Sie ist vollkommen harmlos. Keine Perversionen.«

»Und trotzdem hat irgend etwas deine Laune verdorben«, sagte Jennifer. »So habe ich dich ja noch nie erlebt. Was war es? Was hat sie getan – oder nicht getan?«

»Gar nichts.« Kim wurde ärgerlich. »Weder noch. Sie hat nur völlig normale Sachen getan ... versucht.«

»Versucht?« Jennifer wurde schlagartig aufmerksam. »Was heißt das denn? Ich dachte, ihr hättet –«

»Haben wir ja auch. Ich meine, hätten wir, wenn ich nicht ... vorher gegangen wäre.« Kim nahm nun einen sehr großen Schluck von ihrem Bier und gleich darauf einen zweiten.

»Du bist *vorher* gegangen?« Jennifers Gesichtsausdruck zeigte äußerste Verwunderung. »Ich meine, ich verstehe ja, wenn man *danach* geht, aber vorher?« Sie zog die Augenbrauen zusammen. »Es muß doch einen Grund dafür geben. Ich kann mir zwar keinen vorstellen, aber du mußt wohl einen gehabt haben.« Sie schaute Kim auffordernd an.

»Ich ... ich ... Es hat mich eben nicht angemacht«, sagte Kim wütend. »Kann doch mal vorkommen.«

»Es gibt Frauen, bei denen so etwas vorkommt«, sagte Jennifer, »aber bislang dachte ich immer, wir zwei gehören nicht dazu.«

»Dann bist du eben jetzt allein«, erwiderte Kim patzig, trank ihr Bier aus und bestellte ein neues.

»Ihr streitet euch doch nicht etwa meinetwegen?« Eine neue Stimme gesellte sich zu Kims und Jennifers hinzu.

Kim starrte Jo an, die plötzlich neben ihr stand. »Sicher nicht«, sagte sie.

»Da Kim uns garantiert nicht vorstellen wird ... Ich bin Jennifer«, sagte Jennifer. Sie warf einen Blick aus dem Augenwinkel auf Kim und blinzelte Jo zu.

»Jo«, sagte Jo. »Ich weiß nicht, warum«, fuhr sie fort, »aber irgend etwas hat sie gestern verschreckt, und sie will mir nicht sagen, was.«

»Mir auch nicht«, sagte Jennifer. »Da haben wir dasselbe Problem.« Sie schaute Jo streng an. »Was hast du mit ihr gemacht?«

Jo hob beide Hände in einer beschwichtigenden Geste. »Gar nichts, ich schwöre. Jedenfalls nichts Besonderes«, fügte sie dann grinsend hinzu.

»Wenn ihr beide euch nur amüsiert«, sagte Kim giftig. »Deshalb bin ich nicht gekommen.«

»Du hast mir versprochen, mir die ganze Geschichte zu erzählen«, beklagte sich Jennifer. »Davon sehe ich nichts. Du ergehst dich in rätselhaften Andeutungen. Das kenne ich nun wirklich nicht von dir. Was ist auf einmal mit dir los?«

»Ähm ... hattet ihr mal was miteinander?« fragte Jo vorsichtig. »Dann gehe ich lieber.«

»Nein, nein, bleib ruhig.« Jennifer war in ihrem Element. »Das, was wir miteinander hatten, ist schon lange her.« Sie lächelte Kim an. »Eine wundervolle Nacht. Und seither sind wir Freundinnen ohne jegliche weitere Verpflichtung. Also keine Angst.«

»Bist du sicher?« Jo war immer noch nicht ganz überzeugt. »Kim hat zwar gestern auch so etwas Ähnliches gesagt, aber so, wie ihr euch verhaltet ...«

»Mach dir keinen Kopf«, sagte Jennifer. »Wir verhalten uns immer so. Aber deshalb schlafen wir trotzdem nicht miteinander.

Das ist wahrscheinlich der Grund, warum wir schon so lange befreundet sind.« Sie hob schmunzelnd die Mundwinkel.

»Ja, manchmal«, sagte Jo, »ist das wohl besser als –« Sie schaute von Jennifer zu Kim und zurück. »Eine wundervolle Nacht hattet ihr?«

»O Gott!« Kim stöhnte auf. »Ist jetzt bald mal Schluß?«

»Ja, hatten wir«, antwortete Jennifer trotzdem und warf einen Blick auf Kim. »Und ich erinnere mich immer wieder gern daran.« Sie verzog vielsagend die Lippen.

»Schade.« Jo seufzte. »Das hätte ich auch gern gehabt.« Sie schaute Kim an.

»Ich gehe«, sagte Kim. »Tauscht ihr euch nur weiter über mich aus.« Sie rutschte vom Barhocker.

»Nun sei doch nicht so empfindlich. Ich weiß wirklich nicht, was du hast«, sagte Jennifer. »Du solltest dich mal wieder entspannen. Wie wär's mit einem flotten Dreier?« Sie schaute auf Jo. »Damit wir alle etwas davon haben.« Sie lachte.

»Ihr seid doch nicht ganz dicht!« schimpfte Kim. »Alle beide. Ich hätte gar nicht erst herkommen sollen. Viel Spaß noch.«

Sie drehte sich um, wurde aber von Jo am Arm festgehalten. »Tut mir leid«, sagte Jo. »Wir haben es vielleicht ein bißchen übertrieben, aber ich wußte nicht, daß du das so furchtbar ernst nimmst.«

Jo ließ ihren Arm los, und ihr um Entschuldigung bittender Blick besänftigte Kim. »Ist schon gut«, sagte sie. »Ich . . . ich habe vielleicht auch etwas überreagiert.« Sie fuhr sich ratlos durch die Haare.

»Ich glaube, es hängt mit ihrer neuen Chefin zusammen«, sagte Jennifer zu Jo. »Sie hat mit ihr im Doppelbett geschlafen . . . auf einem Seminar.« Sie hob bedeutungsvoll die Augenbrauen.

»Danke für deine Diskretion«, sagte Kim bissig. »Ich dachte, ihr wolltet euch jetzt benehmen.«

»Tun wir doch«, sagte Jennifer. »Aber ich finde, Jo hat ein Anrecht darauf, zu wissen, warum du im Moment nicht du selbst bist. Sie bekommt ja einen ganz falschen Eindruck von dir.«

»Na, meinetwegen.« Kim seufzte ergeben und schob sich wieder auf den Barhocker. »Aber eigentlich geht das niemand etwas an.«

»In der Lesbenszene geht alle alles etwas an«, sagte Jennifer grinsend. »Das weißt du doch.«

»Etwas mehr Rücksichtnahme könnte manchmal nicht schaden«, sagte Kim.

»Okay, du hast recht.« Jennifer nickte. »Aber wie soll man das machen – wenn jede jede kennt?«

»Ich kannte euch noch nicht«, sagte Jo, »aber ich bin auch noch nicht lange in der Stadt.«

»Das ist der einzige Grund«, sagte Jennifer. »Und wenn jemand seine neue Flamme nicht mitbringt.« Sie schaute Kim an.

»Sie ist nicht –« Kim atmete tief durch. »Warum laßt ihr mich nicht endlich in Ruhe?«

»Tanz mit mir«, sagte Jo lächelnd. »Dann lasse ich dich in Ruhe. Ich sehe ein, daß wir nicht füreinander bestimmt sind – auch wenn ich mir das gewünscht hätte –, aber ich würde dich trotzdem gern näher kennenlernen.« Sie wandte sich zu Jennifer um. »Und dich auch. Kein Sex, aber Freundinnen, das wäre mal ganz etwas Neues für mich.« Sie lachte.

Dieses Lachen überraschte Kim. Und auf einmal fand sie Jo sehr sympathisch. »Es tut mir wirklich leid, Jo«, sagte sie. »Aber ich tanze gern mit dir.«

»Dann schaue ich mich auch mal nach einer Tanzpartnerin um«, sagte Jennifer. »Langsam sind ja ein paar Frauen mehr eingetroffen als dieses junge Gemüse von vorhin. Mit denen kann ich nichts anfangen.«

»Alles Schutzbehauptungen.« Kim zwinkerte Jo zu. »Sie hat die höchste Jungfrauenrate in der ganzen Stadt.«

»Na ja, zur Not . . .«, grummelte Jennifer und verschwand.

»Ihr seid lustig«, sagte Jo, als sie und Kim zur Tanzfläche gingen. »Ihr wirkt wie ein altes Ehepaar, und doch –« Sie fingen an, sich zur Musik zu bewegen.

»Und doch haben wir keinen Sex?« Kim schüttelte lächelnd den Kopf. »Ja, manchmal finde ich das auch komisch, aber irgendwie gefällt es mir. Sex ist nicht alles.«

»Weise gesprochen, junge Frau«, sagte Jo lachend. »Wenn ich das vorher gewußt hätte . . .«

»Hättest du mich trotzdem angemacht«, schmunzelte Kim. »Du bist halt so.«

»Wie gesagt, ich bin neu in der Stadt«, verteidigte Jo sich. »Wie soll man denn sonst Kontakte knüpfen, wenn man niemand kennt?«

»Und hinterher kennt man dann alle«, erwiderte Kim seufzend. »Und jede hat mit jeder schon einmal etwas gehabt.«

Jo zuckte die Schultern. »Was soll man machen? Wir sind halt nur so wenige. Und davon kommen noch nicht einmal alle zu Discoabenden oder sonstigen Veranstaltungen. In Wirklichkeit sind wir doch alle nur auf der Suche nach der großen Liebe.«

»Sind wir das?« Kim runzelte zweifelnd die Stirn.

»Mehr oder weniger«, sagte Jo. »Du etwa nicht?«

Kim antwortete nicht.

»Keine Antwort ist auch eine Antwort«, sagte Jo grinsend.

Kim war am Sonntagmorgen erst gegen sechs nach Hause gekommen und hatte deshalb den Rest des Tages hauptsächlich schlafend im Bett verbracht. Sie hatte sich auf der Tanzfläche dermaßen verausgabt, daß sie Erholung brauchte. Da sie schon lange nicht mehr so intensiv getanzt hatte, begrüßte sie sogar ein Muskelkater, als sie erwachte.

So kann man es auch kompensieren, dachte sie, *wenn es im Darkroom nicht klappt.* Es war ihr immer noch ein Rätsel. Aber sie hatte während der ganzen Zeit in der Disco nicht an Sonja denken müssen – oder nur selten. Hätte sie sich nicht so verausgabt, hätte sie vielleicht gegrübelt und gegrübelt.

Sonja hatte das bestimmt nicht getan. Sie hatte ihr normales Leben wieder aufgenommen, und am Montag würden sie beide wieder Büro an Büro sitzen, als ob nichts gewesen wäre.

Montag morgen fand Kim Sonja wie immer bereits arbeitend vor. Als ob nichts gewesen wäre.

»Guten Morgen«, sagte Kim und bemühte sich um einen neutralen Ton. Es fiel ihr schwer, denn Sonja sah großartig aus und brachte ihr Herz zum Pochen. Wie gern hätte sie sie in den Arm genommen, über ihr glänzendes, samtweiches Haar gestreichelt ...

Als ob nichts gewesen wäre ...! Ha! Kim wurde sich bewußt, daß sie sich nur etwas vorgemacht hatte. Für sie war sehr viel gewesen, das konnte sie nicht mehr länger verdrängen. Sie wollte es nicht. Sie wollte sich diese Qual nicht antun, aber sie konnte sich nicht dagegen wehren. Warum mußte es ausgerechnet Sonja sein und nicht irgendeine Frau aus der Disco, mit der sie die Begegnung leicht hätte vermeiden können?

Sonja erwiderte Kims Gruß nicht, saß überlegend hinterm Schreibtisch und beobachtete sie. Dann stand sie auf. »Aus der Tatsache, daß du abends oft sehr spät arbeitest, schließe ich, daß du keine feste Beziehung hast. Die meisten Män-« Sie brach ab. »Die meisten Leute«, korrigierte sie sich dann, »mögen es nicht besonders, wenn ihre Frau so spät nach Hause kommt.«

Was sollte das jetzt? Kim saß ein Kloß im Hals. Doch obwohl sie den Inhalt irritierend fand, jagte Sonjas Stimme heiße Schauer durch ihren Körper. Sie nickte bestätigend, weil sie nicht sprechen konnte.

»Ich fürchte, ich bin nicht in der Lage –«, begann Sonja etwas zögerlich. »Ich meine, ich *habe* schon eine feste Beziehung. Ich bin verheiratet.«

Ah, das war es! Sie wollte damit sagen, daß Kim sich die Aussicht auf sie als Freundin abschminken konnte. Kims Magen krampfte sich zusammen, obwohl sie das eigentlich schon erwartet hatte. Wie sollte es auch anders sein?

»Das weiß ich«, sagte sie so beherrscht wie möglich. »Schon seit dem ersten Tag, seit du dich im Konferenzraum vorgestellt hast.« *Gerade deshalb hätte ich nie etwas mit ihr anfangen sollen*, dachte sie. *Warum mußte ich auch so dumm sein?*

Sonja verzog beinahe schmerzhaft das Gesicht. »Vielleicht sollten wir uns hier in der Firma nicht weiter duzen«, sagte sie. »Es tut mir leid, daß ich eben damit angefangen habe. Es war mein Fehler.«

Kim ging zur Tür und schloß sie. Sonja sah ihr etwas argwöhnisch dabei zu. Was dachte sie? Daß Kim sie hier am frühen Morgen vergewaltigen wollte?

»Wir haben miteinander geschlafen«, bemerkte Kim dann mit gedämpfter Stimme. Wieder verzog Sonja das Gesicht. »Das ist der Grund, warum wir uns duzen. Und ich fürchte, das kann ich nicht so leicht vergessen. Kannst du es denn?« Kim korrigierte sich. »Entschuldigung: Sie.«

Sie betrachtete Sonja, und es riß ihr fast das Herz aus der Brust. Sie war so weit entfernt, als wäre sie auf dem Mond.

Sonja winkte ab. »Du hast recht. Das ist albern. Aber – nun ja, diese Anrede sollte niemals diesen Raum verlassen. Erklärst du dich dazu bereit?«

Kim nickte. »Selbstverständlich.« Dann räusperte sie sich nervös. »Ich glaube, es wäre angebracht, wenn du mir sagen würdest, was du jetzt vorhast.« *Ich weiß es nämlich nicht*, dachte sie. *Aber ich ahne es.* Sie gab sich einen Ruck. Am besten war es, ihre Ahnung auszusprechen, dann war die Sache vielleicht schnell erledigt. »Soll ich meinen Schreibtisch sofort räumen, oder gewährst du mir noch einen Aufschub?« fragte sie.

Sonja musterte sie. Nachdenklich fuhr sie sich mit einer Hand über das Kinn und ließ sie dort liegen, während sie Kim weiter betrachtete. »Gute Frage«, sagte sie.

Habe ich es doch gewußt! Kim versuchte ruhig stehenzubleiben. Am liebsten wäre sie sofort gegangen.

Nach einer sehr langen Pause erst, die Kim immer nervöser werden ließ, fuhr Sonja fort: »Ich habe noch nie mit einem Mitarbeiter etwas angefangen.« Dann lachte sie trocken auf. »Geschweige denn mit einer Mitarbeiterin! Das bringt nur Ärger. Ich habe immer tunlichst zwischen Geschäft und Privatleben getrennt.« Wieder legte sie eine Pause ein. »Ich werde deine Beförderung mit erhöhter Priorität betreiben«, sagte sie dann. Fast schien es, als wollte sie sich nervös räuspern, aber sie unterdrückte es. »Vielleicht kannst du dein neues Büro dann schon etwas eher beziehen. Bist du damit einverstanden?«

Kim nickte, leicht verwirrt. Also kündigen wollte sie ihr nun nicht? Kim überlegte. Vielleicht sollte sie es selbst tun? Aber dann würde sie Sonja vielleicht nie mehr wiedersehen.

Sonja machte eine Geste, die wohl *Ende des Gesprächs* bedeuten sollte. »Oder hast du noch Fragen?« fügte sie hinzu.

Fragen? Tausende! Aber Sonja würde ihr wohl keine einzige davon beantworten. Somit schüttelte Kim langsam den Kopf.

»Na dann . . .«, sagte Sonja und begab sich hinter ihren Schreibtisch zurück.

Kim verließ ihr Büro, und zum ersten Mal, seit sie zusammenarbeiteten, schloß Sonja eine Minute später die Verbindungstür zwischen ihren beiden Räumen.

Die nächsten Wochen verliefen so kühl zwischen ihnen, daß Kim meinte, in einem Eisschrank gelandet zu sein. Keine Besprechungen mehr mit viel Nähe, keine zufälligen Berührungen, kein Lachen, das aus Sonjas Büro klang.

Es war so eindeutig, daß Sonja keinerlei Wert auf eine Erwähnung der Vorkommnisse während des Seminars legte, daß Kim es unterließ, sie darauf anzusprechen, obwohl ihr das äußerste Beherrschung abverlangte. Sonja jeden Tag zu sehen war schon schlimm genug. Ihr Verhältnis war auf das zwischen Vorgesetzter und Mitarbeiterin reduziert, etwas anderes gab es nicht.

Kim ging es jedesmal durch Mark und Bein, wenn sie Sonja ansah. Sie fühlte die Sehnsucht wie am ersten Tag, und sie konnte es nicht verhindern, daß sie Sonja wieder vor sich sah, wie sie damals gewesen war, in jener, der einzigen, Nacht.

Aber solche Nächte schienen ihr nichts zu bedeuten, dachte Kim. Sie hatte eine mit Klaus verbracht, und danach hatte sie ihn fast mit ihren Blicken erdolcht. Da konnte sie sich ja noch glücklich schätzen, daß sie nicht dasselbe mit ihr, Kim, tat.

Eines Morgens rief Sonja sie zu sich ins Büro. »Deine Beförderung ist durch«, sagte sie sachlich. »Die Hausverwaltung wird dein neues Büro in den nächsten Tagen einrichten. Sie geben dir dann Bescheid, wann du einziehen kannst.«

»So schnell schon?« Kim fühlte ein leichtes Zittern in sich. »Ich dachte, erst im Herbst –«

»Es gab eine freie Stelle als Teamleiterin, die schnell besetzt werden mußte«, sagte Sonja kühl. »Da habe ich dich vorgeschlagen.«

»Ich ... Danke«, stammelte Kim.

»Ich sagte dir ja, daß ich deine Beförderung mit höchster Priorität betreiben würde«, fuhr Sonja immer noch sachlich und bestimmt fort. »Das habe ich getan.«

»Ich ... ja ... welche Stelle?« Kim fühlte sich unfähig, einen vollständigen Satz zu bilden. In den nächsten Tagen! Dann war die Qual des Sich-aus-dem-Weg-Gehens vorbei, aber was kam danach?

»Das Service-Team am Michelbergring«, sagte Sonja. »Oder ist dir das nicht recht?«

Michelbergring. Das war am anderen Ende der Stadt. Kim hätte fast gelacht. Am Anfang hatte sie überlegt, wie sie Sonjas Büro möglichst weit weg verlegen könnte, um ihr nicht so nah sein zu müssen, und nun tat Sonja dasselbe tatsächlich mit ihr.

»Doch ... Doch, natürlich.« Sie räusperte sich. »Das ist mir recht.«

»Das neue Gehalt und die sonstigen Einzelheiten besprichst du am besten mit der Personalabteilung«, sagte Sonja. »Die haben alle Unterlagen.« Sie las etwas auf ihrem Schreibtisch, und als Kim sich nicht rührte und auch nichts sagte, schaute sie auf und fügte hinzu: »Ist noch etwas?«

Kim schüttelte langsam den Kopf. »Nein«, sagte sie leise. *Ich fürchte nicht*, ergänzte sie in Gedanken. *Ich fürchte, da ist gar nichts mehr.*

Zwei Tage später bereits bekam Kim Nachricht von der Hausverwaltung, daß das neue Büro für sie bereitstand. Wahrscheinlich hatte Sonja noch einmal Druck gemacht, damit es schneller ging als geplant. Nach ihren eigenen Erfahrungen mit der Hausverwaltung hatte Kim eher mit einer Woche gerechnet.

Sie ging zögernd zu Sonjas Büro hinüber und klopfte. Es war immer noch ungewohnt, daß die Tür geschlossen war, vor kurzer Zeit noch hätte sie einfach nur hineingehen müssen.

»Herein!« rief Sonjas Stimme.

Kim öffnete die Tür und betrat das Zimmer. »Mein neues Büro ist fertig«, sagte sie.

»Ah.« Sonja hob, wie es schien, erfreut die Augenbrauen.

Sie wird mich nicht vermissen, dachte Kim.

»Du kannst gleich hinüberfahren«, sagte Sonja. »Wenn du willst.«

Nein, will ich nicht. »Ja«, sagte Kim. »Werde ich tun. Aber –« Sie zögerte. »Meine Nachfolgerin – soll ich sie nicht einarbeiten?«

»Das mache ich dann«, erklärte Sonja bereitwillig. »Sie kommt nächste Woche. Bis dahin werde ich es schon allein schaffen.« Sie lächelte leicht. Das erste Mal seit langer Zeit.

Sie freut sich, daß sie mich endlich los ist, dachte Kim. »Gut«, sagte sie. »Wenn du noch Fragen hast oder etwas nicht findest, kannst du mich ja anrufen.«

»Ich glaube kaum, daß das nötig sein wird«, erwiderte Sonja. »Deine Ablage ist sehr übersichtlich.«

Sie wird es tunlichst vermeiden, mit mir Kontakt aufzunehmen, dachte Kim. »Wer ... wer wird meine Nachfolge antreten?« fragte sie.

»Eine Frau Mayrhofer«, sagte Sonja. »Du kennst sie nicht. Sie ist gerade erst aus München hergezogen.«

Kim nickte. Nun konnte sie es wirklich nicht mehr länger hinauszögern. »Ich gehe dann«, sagte sie.

»Auf Wiedersehen«, sagte Sonja und widmete sich wieder den Akten auf ihrem Schreibtisch.

Wohl kaum – wenn du es verhindern kannst, dachte Kim. Sonja gab ihr noch nicht einmal die Hand zum Abschied. Nicht einmal diese kleine Berührung gönnte sie Kim.

Kim atmete innerlich durch und verließ Sonjas Büro.

Am Michelbergring erwartete sie ihr neues Team schon mit Neugier. Kim kannte keines der Teammitglieder, da die beiden Verwaltungsgebäude so weit voneinander entfernt lagen, daß sich die Angestellten nie begegneten. Sie wurde von ihrem neuen Abteilungsleiter, einem älteren, gemütlich aussehenden Herrn, begrüßt und allen anderen vorgestellt.

Es war ein großer Konzern, der Elektronikgeräte herstellte, für den Kim arbeitete, und ihr Team hatte die Aufgabe, die Kundenanfragen zu bearbeiten, die per Mail, Brief, Fax oder telefonisch hereinkamen. Kein leichter Job, denn die Kunden waren meist nicht sehr freundlich, da ihr Gerät ihnen normalerweise sehr viel

Ärger verursacht hatte, bevor sie anriefen.

Bislang hatte Kim eher im Hintergrund gearbeitet und kaum Kundenkontakt gehabt, nun war sie an der Front. Sie spürte jedoch, daß die Mitglieder ihres Teams Profis waren. Sie sprachen besänftigend mit den Kunden, wenn die sich aufregten, und meist ließen sich die Fehler der Geräte ohne großen Aufwand beseitigen.

Der erste Tag, oder eigentlich Nachmittag, verging wie im Fluge, und Kim hatte keine Zeit, an Sonja zu denken. Kim blieb fast bis Mitternacht im Büro, um sich einen Überblick über ihre neuen Aufgaben zu verschaffen. Auf einmal hatte sie die Funktion, anderen Anweisungen zu erteilen, und sie konnte das nicht tun, wenn ihre Mitarbeiter und Mitarbeiterinnen mehr von der Materie verstanden als sie selbst. Grundsätzlich war sie mit den Abläufen zwar vertraut, aber im direkten Kundenkontakt sah einiges doch anders aus als in der Theorie.

Aufseufzend lehnte sie sich zurück, als sie endlich das Gefühl hatte, ein wenig Einblick gewonnen zu haben. Sie würde sich morgen von ihren Teammitgliedern noch genauer informieren lassen. *Es ist wirklich nicht einfach, die Chefin zu sein*, dachte sie.

Chefin – Stichwort – Sonja ... die Gedankenverknüpfungen in ihrem Gehirn bildeten sich von selbst.

Nun war es wohl endgültig vorbei. *Aber das ist ja auch gut so*, dachte sie ärgerlich. *Sonja hat mir sehr deutlich gezeigt, daß alles, was zwischen uns gewesen ist, keine Bedeutung hat. Ich sollte froh sein, daß ich sie nicht mehr sehen muß ... daß ich nicht ständig durch ihre Gegenwart daran erinnert werde.*

Sie war aber nicht froh, das war das Problem.

ଔଡ଼

Die ganze nächste Woche war für Kim eine rasante Achterbahnfahrt durch einen 16-Stunden-Tag nach dem anderen. So anstrengend hatte sie es sich nicht vorgestellt. Aber ihr Team war gut, und die Zusammenarbeit machte Spaß.

Ihr Telefon klingelte von morgens bis abends, heute sicherlich schon zum zehnten Mal. Sie nahm ab.

»Frau Wolff? Hier ist Mayrhofer. Ich bin die neue Assistentin von Frau Kantner.«

Kims Finger krampften sich um den Hörer. »Ja?« fragte sie möglichst ruhig.

»Frau Kantner ist nicht im Hause, und sie hat mir einen Auftrag erteilt, aber ich finde die Unterlagen nicht. Können Sie mir vielleicht helfen?«

»Um was geht es denn?« Kim merkte, wie sie sich entspannte. Sonja war nicht im Haus, das hieß, sie stand in diesem Augenblick auch nicht hinter Frau Mayrhofer, sah ihr zu, hörte zu, strich über ihren Arm . . . Kim schauderte zusammen, als ob genau das gerade in diesem Moment *ihr* passieren würde.

Frau Mayrhofer erklärte währenddessen die Zusammenhänge.

»Das habe ich ausgelagert«, sagte Kim, als sie wußte, worum es ging. »Den Papierkram, meine ich. Aber Sie finden alles auch auf meinem . . . Ihrem PC. Unter der Jahreszahl. Ich habe mehrere Unterordner in dem Ordner angelegt. Sie werden sofort sehen, wo es ist.«

»Da bin ich aber froh.« Frau Mayrhofer schien ein Stein vom Herzen zu fallen. »Frau Kantner erwartet nämlich, daß der Auftrag fertig ist, wenn sie zurückkommt.«

»Das erwartet sie immer«, sagte Kim leicht lächelnd. »Sie können mich jederzeit anrufen, wenn Sie Fragen haben, kein Problem.«

»Danke«, sagte Frau Mayrhofer.

Kim hatte den Anruf eine Stunde später schon fast vergessen, da meldete sich Frau Mayrhofer noch einmal. »Etwas Schreckliches ist passiert«, sagte sie. »Ihr PC . . . ich meine, mein PC . . . es geht nichts mehr. Ich komme an die Unterlagen nicht heran.«

»Manchmal nützt es etwas, wenn man ihn am Hauptschalter hinten aus- und wieder einschaltet«, sagte Kim.

»Moment, ich versuch's.« Frau Mayrhofer mußte unter den Tisch kriechen, man hörte nur schwache Geräusche, dann meldete sich ihre Stimme wieder. »Nichts«, sagte sie. »Kein Mucks.«

»Es gibt noch ein Backup«, sagte Kim. Sie überlegte. »Aber wenn der PC defekt ist, wird die Informatikabteilung das nicht so schnell einspielen können. Ich bringe Ihnen rasch die ausgedruckten Unterlagen, das Lager ist hier im Gebäude, und ich wollte sowieso in die Kantine zum Essen.«

»Das ist furchtbar nett von Ihnen«, sagte Frau Mayrhofer. »Vielleicht können wir ja auch zusammen essen gehen, ich hätte da nämlich noch ein paar Fragen bezüglich der Abläufe – wie Frau Kantner es gern hätte. Sie ist so wenig im Büro, sie sagt mir nur das Nötigste.«

Wie Frau Kantner es gern hätte, kann ich dir genau beschreiben, dachte Kim und mußte für einen Moment lächeln. Dann wurde sie ernst. Das war nun wirklich unpassend und überflüssig. Alte Kamellen. »Ich bin in einer halben Stunde da«, sagte sie. »Ich komme dann zu Ihnen.«

Es verursachte Kim ein merkwürdiges Gefühl, als sie das Gebäude betrat und den Weg zu ihrem ehemaligen Büro einschlug. Alles war ihr immer noch vertraut, Jahre war sie diesen Weg jeden Tag gegangen, aber nun gehörte sie nicht mehr hierher.

Ihr Herz schlug lauter, als sie von weitem die geöffnete Tür sah, hinter der das Büro lag – und dahinter Sonjas.

»Ach Quatsch«, rief sie sich selbst zur Ordnung. »Benimm dich.«

Sonja war schließlich nicht da, das hatte Frau Mayrhofer gesagt.

Sie ging hinein und sah erst einmal nur zwei Füße hinter einer geöffneten Aktenschranktür. Der Aktenschrank war fast zwei Meter hoch und verdeckte den Rest der Person völlig. »Frau Mayrhofer?« fragte sie.

Die Füße bewegten sich. Eine Frau erschien. Das Lächeln auf ihrem Gesicht erstarrte. »Frau Wolff?« fragte sie verwundert.

Kim erstarrte ebenfalls. »Du?« brachte sie dann überrascht hervor.

»Ja«, sagte Jo und grinste.

»Du bist meine Nachfolgerin?« Kim konnte es immer noch nicht fassen.

»Scheint so«, sagte Jo. »Das ist ja ein Zufall.«

»Allerdings.« Kim erholte sich nur langsam.

Jo kam auf Kim zu. »Keine Angst. Wie man so schön sagt: Unsere gemeinsame Vergangenheit wird unsere gegenwärtige Zusammenarbeit nicht beeinträchtigen.« Sie grinste noch mehr.

»Du bist doof«, sagte Kim. »Welche Vergangenheit?«

»Tja, wenn's nach mir gegangen wäre . . .«, erwiderte Jo launig.

»Hier sind die Unterlagen.« Kim streckte Jo einen großen Umschlag hin. »Du wirst dich leicht zurechtfinden.«

»Bestimmt.« Jo nickte und nahm den Umschlag entgegen. »Bevor dein PC den Geist aufgegeben hat, konnte ich feststellen, daß du alles ausgesprochen logisch abgelegt hast. Ordner, Unterordner, sprechende Bezeichnungen – es war wirklich nicht schwer, sich da zurechtzufinden. Ich habe schon ganz andere Sachen erlebt.«

»Ich hasse es, Dinge erst suchen zu müssen«, sagte Kim. »Deshalb bemühe ich mich um Ordnung.«

»Wie ich«, sagte Jo. »Man sollte seine Zeit einfach nicht mit sinnlosen Suchereien verschwenden.«

»Meine Rede«, sagte Kim. »Ich wußte nicht, daß wir uns so ähnlich sind.«

»Vielleicht hat es deshalb nicht geklappt«, sagte Jo.

»Ich wäre dir dankbar, wenn du diese Sache vergessen würdest«, erwiderte Kim und verzog unangenehm berührt das Gesicht.

»Ungern«, sagte Jo. »Du warst sehr süß.« Sie konnte sich einfach nicht enthalten, erneut zu grinsen. »Auch wenn ich mir das Ende anders gewünscht hätte.«

»Dann gehen wir besser nicht zusammen essen«, sagte Kim. »Ich möchte nämlich kein Sterbenswörtchen mehr über diese Angelegenheit hören.«

Jo machte eine Bewegung, als würde sie ihren Mund mit einem Reißverschluß verschließen. »Verschlossen und verriegelt«, sagte sie. »Kein Sterbenswörtchen. Alles vergessen. Ich weiß schon gar nicht mehr, um was es ging.«

»Das ist gut.« Kim lächelte. »Ich habe nämlich Hunger.«

»Ich auch.« Jo legte den Umschlag auf ihren, Kims früheren, Schreibtisch. »Laß uns gehen.«

Während des Essens besprachen sie einige Fragen, die Jo an Kim hatte, bezüglich der Arbeit im Büro. Als sie beim Kaffee waren, kehrte Jo zu privateren Themen zurück.

»Du hast also mit Frau Kantner im Doppelbett gelegen?« fragte sie etwas spitzbübisch. »Oder ist das auch ein Tabuthema, auf das du nicht angesprochen werden willst?«

»Eigentlich schon«, sagte Kim. *Noch mehr als alles andere*, dachte sie. *Da wäre mir sogar eine Unterhaltung über den Darkroom noch lieber.*

»Sie sieht klasse aus«, fuhr Jo unbeeindruckt fort, »obwohl sie nicht mein Typ ist. Aber daß du ... und sie ... das kann ich mir irgendwie nicht vorstellen. Daß sie für so etwas offen ist.«

Ist sie auch nicht. Nicht wirklich, dachte Kim. »Wehe, du deutest ihr gegenüber auch nur das geringste an«, sagte sie warnend. »Es war nichts.« Jedenfalls dachte das wohl eine der beiden Teilnehmerinnen.

»Ich werde mich hüten, ihr gegenüber irgend etwas anzudeuten«, sagte Jo. »Ich mag den Job. Ich war froh, daß ich nach meinem Umzug sofort etwas gefunden habe.«

»Dann ist ja alles klar«, sagte Kim.

»Ich werde sie ab jetzt mit etwas anderen Augen betrachten«, sagte Jo. »Das kann ich nicht verhindern. Wenn ich bedenke, daß du ihretwegen –«

Kim hob die Augenbrauen.

»... befördert worden bist«, fuhr Jo schnell fort. »Und daß ich jetzt deinen Job habe. So etwas müßte eigentlich gefeiert werden. Was meinst du?«

»Ich habe nichts dagegen«, sagte Kim.

»Dann rufe ich Jennifer an«, sagte Jo.

»Du rufst Jennifer an?« Die zweite Überraschung heute. Kim blickte erstaunt.

»Na ja, Jennifer und ich ... wir sehen uns öfter«, sagte Jo etwas verlegen.

»Jennifer und du?« Damit hatte Kim nicht gerechnet.

»Tja ... ich weiß ... wir sind die One-night-stand-Ladys ... aber –«

»Freut mich«, sagte Kim lächelnd. »Freut mich wirklich.«

»Ja?« fragte Jo unsicher.

»Ja.« Kim nickte bestätigend. »Ich mag euch beide, und wenn ihr beide euch mögt, um so besser.«

»Und wir beide mögen dich.« Jo grinste. »Wir werden noch zum Trio infernale.«

»Na, hoffentlich nicht!« Kim lachte. »So teuflisch fühle ich mich eigentlich nicht. Mir reicht schon eine ganz normale Freundschaft.«

»*Normal* ist wahrscheinlich schwierig, aber Freundschaft ist okay«, sagte Jo schmunzelnd.

»Gut.« Kim lächelte. »Dann ruf du mal Jennifer an. Sag mir Bescheid, was ihr ausgemacht habt.« Sie blickte auf ihre Uhr. »Ich muß zurück«, sagte sie. »Die Mittagspause ist vorbei. Und wenn du noch Fragen bezüglich der Arbeit hast, du weißt ja, du brauchst nur durchzuklingeln.«

»Werde ich jetzt vielleicht etwas öfter tun«, sagte Jo, »nachdem ich weiß, wer meine Vorgängerin *Frau Wolff* ist.«

Kim lachte, und sie verließen gemeinsam die Kantine.

»Frau Mayrhofer? Bringen Sie mir die Auswertung?«

Sonja rauschte an Jo vorbei zu ihrem Schreibtisch.

Jo sprang auf. Sie griff nach dem Ausdruck, den sie gemacht hatte. »Hier«, sagte sie und legte die Blätter vor Sonja auf den Tisch. »Fast wäre es nichts geworden, aber Frau Wolff hat mir geholfen.« Sie konnte es sich einfach nicht verkneifen.

Sonja erstarrte. »Frau . . . Wolff?« fragte sie. »Sie war hier?«

»Ja.« Jo preßte die Lippen zusammen, um nicht zu schmunzeln. Sonja Kantner schien einigermaßen erschüttert bei der Erwähnung von Kims Namen. »Ich habe sie angerufen. Leider hat mein PC, der ja früher Frau Wolffs PC war, gerade heute beschlossen, den Geist aufzugeben. Die Informatikabteilung hat mir zwar sofort einen neuen zur Verfügung gestellt, aber da ist nur der Standard drauf, die Daten sind auf dem kaputten Gerät. Glücklicherweise hatte Frau Wolff die Unterlagen ausgedruckt und hat sie mir dann gebracht.«

Sonja brauchte eine Weile, bevor sie »Ach so« sagte. Sie warf einen kurzen Blick in die Blätter, die Jo ihr hingelegt hatte. »Sieht gut aus«, sagte sie. »Danke.«

»Bitte, gern geschehen«, sagte Jo und mußte nun schnell an ihren eigenen Schreibtisch zurückkehren, damit Sonja ihren Gesichtsausdruck nicht sah.

Da war eindeutig etwas, dachte sie. *Und wenn Kim noch so sehr behauptet, es war nichts.*

Sonja saß an ihrem Schreibtisch und legte den Kopf in die Hände. Sie war erschöpft. In letzter Zeit bestand ihre Arbeit hauptsächlich aus Außeneinsätzen. Sie war kaum noch in ihrem Büro. Die Geschäftsleitung plante eine Reorganisation, und sie sollte die Voraussetzungen dafür schaffen. Es war ein Knochenjob.

Vielleicht ganz gut, dachte sie. *So komme ich nicht zum Nachdenken.*

Sie stand auf, ging zu einem Aktenschrank und nahm einen Ordner heraus. Als sie wieder zu ihrem Schreibtisch zurückkehrte, klingelte das Telefon. Sie nahm ab. Als sie hörte, wer der Anrufer war, verschloß sich ihr Gesicht. »Warum rufst du an?« fragte sie. »Ich hatte dich doch gebeten –«

»Ich weiß, worum du mich gebeten hast, holde Gattin«, sagte die Stimme ihres Mannes, »aber ich brauche dich.«

»Ich kann jetzt nicht.« Sonjas Stimme klang kühl. »Ich habe viel zu tun.«

»Hast du vergessen, was wir vereinbart haben?« fragte er.

Sonjas Schultern sanken herab. »Nein«, sagte sie leise. »Das kann ich nie vergessen.«

»Dann ist es ja gut«, sagte ihr Mann.

»Uwe . . . bitte . . .«, sagte Sonja. »Ich muß arbeiten.«

»Dann kommst du wieder so spät nach Hause, und ich sehe dich gar nicht«, sagte Uwe Kantner. »Das hast du gut drauf in letzter Zeit. Ein paar Minuten wirst du doch wohl für deinen *Ehemann* erübrigen können.«

»Was willst du damit sagen?« fragte Sonja.

»Das weißt du ganz genau«, sagte er. »Ist auch alles okay – solange du dich an unsere Vereinbarung hältst.«

»Ich halte mich daran«, sagte Sonja. »Ich habe –«

»Du hast einen Mann«, unterbrach Uwe Kantner sie hart. »Das ist alles, was du hast – und immer haben wirst.«

Sonja schloß kurz die Augen. »Ich weiß«, sagte sie dann.

»Also – hast du jetzt ein paar Minuten?« Uwe Kantners Stimme klang selbstsicher.

»Ja«, erwiderte Sonja leise.

»Muß ich wirklich?« Kim hob stirnrunzelnd die Augenbrauen.

»Sie gehören jetzt zu den Führungskräften, da ist das leider Pflicht«, sagte Rolf Winkelmann, ihr neuer Abteilungsleiter. »Ich bin auch nicht gerade begeistert davon, ich mache das schließlich schon seit Jahren mit, aber es läßt sich halt nicht ändern. Alles nur verschwendete Zeit.«

»Sie sagen es.« Kim seufzte. »Fahren wir zusammen rüber?«

»Ja.« Er nickte. »Das ist das beste. In einer halben Stunde.«

Kim begab sich in ihr Büro zurück. Sie ärgerte sich. Sitzungen waren noch nie ihre Lieblingsbeschäftigung gewesen, und diese erschien ihr besonders sinnlos, der ganze Nachmittag war verloren. Sie griff nach einer Tabelle, die sie gerade bearbeitet hatte, und verglich ein paar Werte. Die Kundenzufriedenheit war in einem durchaus akzeptablen Bereich, sagten die Zahlen, aber es gab auch noch Verbesserungspotential. Das zumindest konnte sie auf der Sitzung zur Sprache bringen. Wenn sie Gelegenheit dazu hatte. Die meisten Sitzungen bestanden ja nur aus Blabla.

Kurz darauf betrat Rolf Winkelmann den Raum. »Wollen wir?«

Kim stand auf, um mit ihm in das Konferenzgebäude hinüberzufahren.

Nach ihrer Ankunft trafen sie auf dem Weg zum Lift ein paar der Führungskräfte, die Kim bisher in all den Jahren, die sie hier schon arbeitete, nur von weitem gesehen hatte. Rolf Winkelmann begrüßte alle mit Handschlag und stellte Kim dabei jedem als seine neue Teamleiterin vor.

Die Tour de Force nahm Gott sei Dank irgendwann ihr Ende, weil der Fahrstuhl nur eine begrenzte Anzahl an Personen aufnehmen konnte. Rolf Winkelmann ließ den Höhergestellten den Vortritt. »Besser so«, sagte er augenzwinkernd zu Kim. »Mir ist es egal, ob ich als erster oder als letzter komme, aber manchen von denen nicht.«

Kim verzog das Gesicht.

»Sie gewöhnen sich daran«, versicherte Rolf Winkelmann väterlich. »Glauben Sie mir. Angeblich leben wir in einer Demokratie, in der alle Menschen gleich sind, aber manche sind eben gleicher als andere.« Er lachte.

Der Fahrstuhl hielt erneut. Nur Kim und Rolf Winkelmann waren noch übrig. Die Türen öffneten sich, und sie stiegen ein.

»Sonja! Schön, dich zu sehen!« rief Rolf Winkelmann begeistert aus. »Du bist ja kaum mehr zu erwischen in letzter Zeit.«

»Ich bin viel auswärts unterwegs«, sagte Sonja. Sie lächelte leicht. »Die Reorganisation.«

»Ich weiß«, sagte Rolf Winkelmann. »Schöner Mist.«

»Guten Tag, Frau Wolff«, sagte Sonja nun an Kim gewandt. Ihre Stimme klang höflich reserviert, und ihr Lächeln verschwand.

Kim stand immer noch unter Schock. Sonjas Gesicht war erschienen, als die Fahrstuhltüren sich geöffnet hatten. Kim hatte es zuerst für einen Traum gehalten, es wäre nicht das erste Mal gewesen, daß sie Sonja vor sich sah, ohne daß sie tatsächlich da war. Aber diesmal war es kein Traum.

Sie schluckte. »Guten Tag, Frau Kantner«, brachte sie einigermaßen zivilisiert hervor. Das Zittern, das sie erfaßt hatte, versuchte sie zu unterdrücken.

»Na, daß du mir Frau Wolff überlassen hast, das verstehe ich immer noch nicht«, sagte Rolf Winkelmann lachend. »Hat dir da nicht das Herz geblutet, so gut, wie sie ist?«

Sonja schien eine Sekunde zu zögern. »Gerade deshalb hatte sie die Beförderung verdient«, sagte sie dann.

Kim kam sich vor wie auf einem Sklavenmarkt.

»Zweifellos«, sagte ihr neuer Chef. »Ich bin froh, daß ich sie habe.« Er sah Kim mit einem breiten Schmunzeln an. »Seit Sie da sind, habe ich nur noch halb so viel zu tun wie vorher.«

Der Fahrstuhl hielt, und Kim, die von Sonjas Duft und ihrer Gegenwart fast ohnmächtig geworden war, trat schnell hinaus, um sich zu erholen.

Daran hatte sie gar nicht gedacht. Ein Treffen der Führungskräfte beinhaltete immer auch ein Treffen mit Sonja. Und diese Treffen fanden mindestens einmal im Monat statt. Sie atmete tief durch. Wenn sie die Termine rechtzeitig in Erfahrung brachte, konnte sie sich vielleicht Urlaub nehmen oder im schlimmsten Fall krankmelden.

Sonja war es jedenfalls höchst unangenehm, mit Kim im selben

Raum sein zu müssen, das sah man ihr an. Kaum hatten sie den Fahrstuhl verlassen, ging sie ganz ans andere Ende hinüber, möglichst weit weg, und begrüßte ihre dort stehenden Chef-Kollegen.

Mir soll es recht sein, dachte Kim. *Bleib du mir nur vom Leib*. Allerdings hatten sie nun eine stundenlange Sitzung vor sich, während der sie einander nicht ausweichen konnten.

Rolf Winkelmann wählte, ob zufällig oder nicht, einen anderen Teil des Raumes als Revier, und Kim schloß sich ihm aufatmend an. Mit ihm an ihrer Seite fühlte sie sich einigermaßen geschützt. Er brachte sie ins Gespräch, stellte sie den restlichen Mitgliedern der Führungsriege vor, und sie wurde zu ihrer neuen Position befragt.

Somit mußte sie sich auf Antworten konzentrieren, die sie zu geben hatte, und Sonjas Anwesenheit wurde in den Hintergrund gedrängt. Als die Sitzung begann, waren ihre Plätze in dem großen Konferenzraum so weit voneinander entfernt, wie es wohl auch ihrem Verhältnis entsprach.

Kim versuchte Sonjas Anblick zu vermeiden, starrte auf die Konferenzunterlagen vor sich oder schrieb etwas völlig Sinnloses auf einen Block. Die Sitzung rauschte an ihr vorbei, aber das war ja kein Verlust. Wie ihr neuer Chef schon erwartet hatte, und sie selbst auch, war das Ganze nur Zeitverschwendung, eine Selbstbeweihräucherung der einzelnen Abteilungen, ein Kampf um Anteile am Budget und ein Austausch stets wiederkehrender Phrasen. Manchmal wunderte Kim sich, daß es möglich war, ein Unternehmen auf diese Art zu führen. Aber anscheinend war das möglich, denn der Konzern stand nicht schlecht da, wie sie erfuhr, wenn sie einmal mit halbem Ohr hinhörte.

Auch zu ihrer Person wurde etwas gesagt, das hieß, Rolf Winkelmann lobte sie in höchsten Tönen und schlug sie quasi schon als seine Nachfolgerin vor.

Kim war so überrascht, daß sie ihn entgeistert anstarrte.

»Das kann ich nur unterstützen«, meldete sich eine klare Stimme von der anderen Seite des Konferenzsaales, Sonjas Stimme. »Ich habe Frau Wolff nur ungern gehen lassen, zum Nutzen des Unternehmens. Sie war stets eine fähige und zuverlässige Mitarbeiterin, aber durch die Beschäftigung als meine Assistentin weit unterfordert. Sie kann viel mehr – wie sie ja nun bewiesen hat.«

Dir habe ich es auch bewiesen – in anderer Hinsicht, dachte Kim. *Aber das hat dich nicht interessiert.* Sie war verwundert über Sonjas offen ausgesprochenes Lob. Auf diese Art hatte sie wohl auch Kims Beförderung betrieben. Sie konnte Privates wirklich von Beruflichem trennen, das mußte man ihr zugestehen. Hätte sie mit derselben Vehemenz auf Kims Kündigung bestanden, hätte dem niemand etwas entgegenzusetzen gehabt.

Kim suchte Sonjas Blick, und für einen kurzen Moment fing sie ihn ein, bevor Sonja ihr Gesicht von ihr abwandte und völlig unbewegt in eine andere Richtung schaute. *Sie sieht nicht gut aus*, dachte Kim. *Aber das kann wohl kaum mit mir zusammenhängen. Wahrscheinlich hat sie einfach viel Arbeit.* Dennoch erinnerte sie sich daran, daß gerade das Sonja immer eher angeregt hatte. Angespornt zu noch mehr Arbeit – die sie gern tat und die ihr Befriedigung verschaffte. Die ihr Lachen hervorzauberte, das einen ganzen Raum mit sinnlicher Freude erfüllen konnte.

Vielleicht habe ich ihr gezeigt, daß es auch noch eine andere Art von Befriedigung gibt, dachte Kim. *Und das vermißt sie jetzt.*

Nein, Blödsinn! Sie vermißt gar nichts! Warum sollte sie irgend etwas vermissen? Sie ist verheiratet, sie hat Sex, mit wem sie will und wann sie will, sie hat nicht gesagt, daß ihr das keinen Spaß macht.

Vielleicht bekam sie nicht immer genau das, was sie sich vorgestellt hatte. Mit Klaus schien es so gewesen zu sein, aber dafür gab es bestimmt einen Ausgleich.

Mich zum Beispiel. Kim seufzte. Vermutlich war es nur das gewesen. Die Waage, die Klaus etwas ins Wanken gebracht hatte, mußte wieder ins Gleichgewicht gebracht werden, und da war diese kleine Assistentin, die sich sowieso nichts sehnlicher wünschte als –

Kim brach ab und knirschte mit den Zähnen. So war es gewesen, genau so.

Sie schaute Sonja an, die mit abgewandtem Gesicht einem Beitrag lauschte, ungerührt und konzentriert. Im Gegensatz zu Kim schien sie der Inhalt der Rede ihres Kollegen wirklich zu interessieren.

Sie ist einfach so. Sie interessiert sich nur für ihre Arbeit, und zwischendurch braucht sie etwas Entspannung, das ist alles.

Kim schloß alle Kammern in ihrem Herzen ab und wartete nur noch auf das Ende der Sitzung.

Als die Sitzung endlich aufgehoben wurde, sammelten alle gemütlich ihre Unterlagen ein, unterhielten sich oder standen auf. Kim suchte nach Sonja.

Aber Sonja war verschwunden.

»Ihr seid schon ein paar verrückte Nudeln«, sagte Kim lachend, als Jo und Jennifer sie mit verbundenen Augen in Jennifers Wohnzimmer führten.

»Na, jetzt hör mal. Es hat ja lange genug gedauert«, erwiderte Jennifer. »Jo und ich konnten uns nicht einigen, aber jetzt habe ich einfach mal ein Machtwort gesprochen.«

»Ja, klar«, sagte Jo. Ihre Stimme klang gutmütig. »Du hast ein Machtwort gesprochen.«

Jennifer stutzte einen Moment, als ob sie antworten wollte, aber dann griff sie an das Tuch um Kims Kopf und löste den Knoten. »Und nun – sei gefälligst begeistert. Überraschung!« Sie riß das Tuch von Kims Augen.

Ich hasse Überraschungspartys, dachte Kim noch, aber da blickten ihr schon eine Menge strahlender Gesichter entgegen und ließen jeglichen Mißmut in ihr verschwinden. »Ihr seid wirklich verrückt«, sagte sie. »Allesamt.« Sie hatte dieser massiven guten Laune nichts entgegenzusetzen und mußte erneut lachen.

»Das ist der Sinn des Lebens«, sagte Jennifer. »Was nützt es, immer nur gestreßt durch die Gegend zu laufen?«

»Das hier ist auch Streß«, wandte Kim ein.

»Aber positiver«, sagte Jo, »und der ist gesund.«

»Ich habe letztens etwas anderes gelesen«, sagte Kim.

»Du liest zuviel«, erwiderte Jennifer lässig. »Habe ich schon immer gesagt. Also freust du dich jetzt oder nicht?«

»Doch, ich freue mich.« Kim lächelte Jennifer an. »Danke.«

»Nichts zu danken«, sagte Jennifer. »Es war sowieso mal wieder eine Party fällig. Disco ist einfach viel zu selten.«

»Das kannst du wohl laut sagen«, stimmte Jo zu. »He, Mädels, dreht die Anlage auf!«

Mit einem viel zu lauten Geräusch knallte die Musik aus den Lautsprechern, kratzte und jaulte. Gleich darauf wurde die Lautstärke zurückgedreht, und die anwesenden Frauen begannen zu tanzen.

»Wir haben ein paar Geschenke für dich«, sagte Jennifer. »Wir und ein paar andere.«

»Das wäre doch nicht nötig gewesen«, sagte Kim. »Warum denn?«

»Weil wir dafür im Gegenzug natürlich auch Geschenke von dir erwarten«, lachte Jo. »Das nächste Mal.«

»Wenn du befördert wirst?« fragte Kim.

»O nein, nein!« Jo hob die Hände, als wollte sie dieses Unglück auf jeden Fall von sich fernhalten. »Ich nicht! Das möge Sappho verhüten! Mir reicht die Arbeit jetzt schon!«

»Zuviel Arbeit?« fragte Kim. »Brauchst du eine Assistentin?« Sie grinste.

»Willst du zurückkommen?« fragte Jo zwinkernd.

»Nein.« Kim wurde ernst. »Mir geht es gut da, wo ich jetzt bin.«

»Mir eigentlich auch«, sagte Jo, »aber die Kantner –« Sie brach ab. »Sorry, ich wollte sie nicht erwähnen.«

»Kannst du ruhig«, sagte Kim mit unbewegtem Gesicht. »Das geht mich nichts mehr an.«

»Wenn du meinst«, erwiderte Jo zweifelnd.

Jennifer fiel ein. »Jo hat mir erzählt, daß die Kantner immer gereizter wird. Bei jeder Kleinigkeit geht sie in die Luft.«

»Sie sieht ziemlich gestreßt aus«, ergänzte Jo.

»Ich weiß«, sagte Kim unwillkürlich.

»Du hast sie gesehen?« Jennifer und Jo starrten sie gleichzeitig an.

»Bei der Führungskonferenz.« Kim räusperte sich. »Wir haben nicht miteinander gesprochen.«

»Hm«, machte Jennifer. »Aber angesehen hast du sie offensichtlich ganz genau.«

»Das ließ sich nicht vermeiden«, erwiderte Kim gereizt. »Wir waren stundenlang im selben Raum.«

Jennifer öffnete den Mund, wollte etwas sagen, unterließ es dann jedoch und schloß den Mund wieder.

»Vor allem, wenn ihr Mann angerufen hat, ist sie unausstehlich«, seufzte Jo. »Da muß ich mich dann jedesmal höllisch vor ihr in acht nehmen. Selbst wenn ich sie wie ein rohes Ei behandle, nützt es manchmal nichts.«

»Ihr Mann?« Kim hob erstaunt die Augenbrauen. »Er ruft an?«

»O ja!« Jo rollte die Augen. »Immer öfter.«

»Solange ich da war, hat er nie angerufen«, sagte Kim.

»Du Glückliche«, seufzte Jo erneut. »Er scheint ihr ziemlichen Streß zu machen. Und das, wo sie in der Firma sowieso so viel zu tun hat. Manchmal tut sie mir richtig leid, aber dann wieder – Sie kann wirklich eine ganz schöne Schnepfe sein.«

»Das tut mir leid, Jo«, sagte Kim.

»Du kannst ja nichts dafür.« Jo atmete tief durch. »Du bist ja nicht ihr Mann.«

Jennifer riß die Augen auf.

»O verdammt.« Jo zog peinlich berührt die Stirn zusammen. »Sorry, das wollte ich nicht sagen. Ich wollte nicht –«

»Schon gut.« Kim winkte ab. »Du hast ja recht. Was du gesagt hast entspricht nur den Tatsachen.«

Sie wußte nicht, wie sie das Gefühl benennen sollte, das sie gerade ergriff. Sonja war unglücklich, das war offensichtlich. Und sie war auch schon damals unglücklich gewesen, als sie in Kims Armen geweint hatte. War es dasselbe Unglück oder ein neues? War auch damals schon ihr Mann der Grund gewesen? Für alles? Für Klaus? Für . . . Kim?

»Vergiß es einfach.« Jo legte eine Hand auf Kims Arm. »Schau mal, da drüben, die Blonde. Frischfleisch. Gefällt sie dir?«

Kim folgte automatisch Jos Blick und sah eine junge, blonde Frau über die improvisierte Tanzfläche schweben wie einen Engel. Es löste nichts in ihr aus. Das Mädel war hübsch, ja, aber das war auch alles.

»Kein Interesse?« Jo schaute sie fragend an.

»Das hätte ich dir gleich sagen können.« Jennifer zuckte die Schultern. »Oder würdest du sagen, daß sie mit Frau Kantner konkurrieren kann?«

»Na ja . . .« Jo beobachtete die Blonde interessiert.

»Hört auf damit, bitte«, sagte Kim leise.

»Entschuldige«, sagte Jennifer betreten. »Du trauerst ihr immer noch nach?«

»Ich trauere ihr nicht –« Kim fuhr auf, doch dann wurde ihre Stimme leiser, als sie den Satz beendete. »– nach«, sagte sie. »Es ist nur . . . sie sah wirklich nicht gut aus bei der Konferenz.«

»Was dich nichts mehr angeht«, ergänzte Jennifer. »Und auch nie etwas angegangen hat. Tut mir leid, wenn ich das so sagen muß, aber ich habe das Gefühl, du hast ein bißchen den Kontakt zur Realität verloren.«

»Ihr habt damit angefangen«, wehrte sich Kim.

»Mach dir bloß keine Hoffnungen«, sagte Jennifer warnend. »Sie mag in einer Ehekrise sein, aber das heißt noch lange nicht, daß du wie der Ritter in glänzender Rüstung angeritten kommen und sie retten kannst. Vielleicht will sie gar nicht gerettet werden. Und wenn, dann nicht von dir.«

»Ich wollte ja gar nicht –«, protestierte Kim.

»O doch, das wolltest du, ich kenne diesen Blick«, seufzte Jennifer. »Und ich kenne das Gefühl. Sie sind immer so reizend hilflos, diese Damen. Aber sie will deine Hilfe nicht, sie will einen Mann. Wann begreifst du das endlich?«

»Das habe ich schon längst begriffen«, sagte Kim leise. »Glaub mir.« Sie schaute Jennifer an. »Sie hat einen Mann – und nicht nur einen. Ich glaube nicht, daß ihr etwas fehlt.«

»Nicht nur einen?« Jo schaute sie erstaunt an. »Du meinst, sie hat eine Affäre? Deshalb rastet ihr Mann so aus?«

»Sie hat keine –« Kim atmete tief durch. »Ich habe keine Ahnung, ob sie eine Affäre hat oder nicht. Aber damals auf dem Seminar hat sie nicht nur mit mir –« Sie brach ab.

»Wow!« Jo stieß es hervor und pfiff gleichzeitig durch die Zähne. »Das hätte ich ihr gar nicht zugetraut. Auf mich wirkte sie immer ein bißchen . . . spießig.« Sie sah Kim um Verzeihung bittend an. »Entschuldige.«

»Wofür?« sagte Kim. »Ich glaube, wir sollten das Thema wechseln. Es ist nicht sehr höflich, über Personen zu sprechen, die nicht an der Unterhaltung teilnehmen.«

»Höflich vielleicht nicht, aber interessant«, sagte Jennifer. »Ich habe jetzt schon so viel von dieser Frau gehört, erst von dir und dann von Jo – ich würde sie wirklich gern einmal sehen.«

»Kannst du ja«, sagte Jo. »Besuch mich einfach zum Mittagessen in der Firma.« Sie grinste, und Jennifer grinste zurück.

»Das werdet ihr nicht tun!« Kim hob die Stimme.

»Was habe ich eben gesagt?« fragte Jennifer Jo kopfschüttelnd. »Sie tritt schon wieder für sie ein.«

Kim verzog das Gesicht. »Laßt sie doch in Ruhe, bitte. Wenn es ihr sowieso nicht so gut geht . . .«

»Wir wollen ihr doch nichts tun«, sagte Jennifer. »Ich will sie mir ja nur ansehen. Darauf hast hauptsächlich du mich gebracht. Jo mag sie ja nicht einmal besonders.«

»Sie ist doch keine Zirkusattraktion!« Kim wurde wütend.

»Ich glaube, wir müssen auf das Mittagessen verzichten, Schatz.« Jennifer hob entschuldigend die Hände. »Kim bringt mich sonst um.«

»Das sehe ich auch so.« Jo grinste. »Komm runter, Kim, wir tun es nicht, hast du gehört?«

»Ich . . . tut mir leid«, sagte Kim. »Ich . . . ich . . . ich weiß, daß mich das alles nichts angeht, ihr habt ja recht.«

»Offensichtlich geht es dich sehr viel an«, sagte Jennifer seufzend. »Mehr als dir gut tut.«

»Ich will ja gar nicht . . . ich meine, ich weiß, daß sie verheiratet ist . . . und daß sie . . . auf Männer steht.« Kim verzog gequält das Gesicht. »Aber manchmal . . . wenn ich an sie denke . . .«

»Ihr hattet eine leidenschaftliche Nacht, das verstehe ich«, sagte Jennifer. »So etwas bleibt im Gedächtnis haften, ob man will oder nicht.«

»Leider«, sagte Kim. *Oder vielleicht auch nicht*, dachte sie. »Ich müßte vielleicht nur noch einmal mit ihr sprechen –«

»Bist du des Wahnsinns?« Jennifer schlug ihr schmerzhaft auf den Arm. »Soll das Ganze wieder von vorn losgehen? Halt dich von ihr fern, das ist das einzige, was du tun kannst.«

»Au!« sagte Kim. »Das tat weh.«

»Nicht so weh, wie wenn du sie wiedersiehst und mit ihr sprichst und noch mal alles aufwühlst«, sagte Jennifer. »Das kann ich dir versprechen.«

»Jenny hat recht«, sagte Jo. »Das weißt du doch auch.« Sie schaute Kim mitfühlend an. »Wir alle haben das durchgemacht, das eine oder andere Mal. Es geht vorbei. Irgendwann.«

»Du auch?« Kim sah Jo an, die nickte, und blickte dann zu Jennifer. »Aber du doch nicht.«

»O doch«, sagte Jennifer. »Bevor wir uns kennenlernten. Wir sind alle anfällig dafür. Aber wie Jo schon sagte: Es geht vorbei. Irgendwann.«

»Irgendwann«, wiederholte Kim nachdenklich.

»Ich weiß, man kann es nicht glauben, solange es dauert, aber eines Morgens wachst du auf und denkst nicht mehr als erstes an sie. Das ist immer so«, sagte Jennifer. »Du wirst sehen.«

»Wenn ihr das sagt ...«, erwiderte Kim gedehnt.

Jo lachte. »Du glaubst es nicht – jetzt. Aber wart's nur ab.«

»Wie lange?« fragte Kim stirnrunzelnd.

»Tja.« Jennifer nahm ihre Hand und drückte sie. »Das kann niemand sagen. Aber du kannst dich drauf verlassen.«

»Also gut.« Kim seufzte. »Ich werde mich von ihr fernhalten. Versprochen.«

»Na ...« Jennifers Stimme klang skeptisch. »Ob man darauf bauen kann?«

»Doch.« Kim nickte heftig. »Ich werde mich krankmelden, wenn die nächste Führungskonferenz ist. Oder einen auswärtigen Termin vorschieben. Bei diesen Sitzungen verpaßt man sowieso nichts.«

»Tu das«, sagte Jennifer. Sie begann heftig zu grinsen. »Und jetzt pack die Geschenke aus.«

»Wenn du nicht sofort nach Hause gehst, werfe ich dich raus«, sagte Rolf Winkelmann lachend, während er sich in Kims Büro hineinlehnte. »Es ist elf Uhr nachts!«

»Du bist ja auch noch da«, erwiderte Kim lächelnd.

Rolf Winkelmann und sie waren schon vor einiger Zeit aufs Du umgestiegen, weil sie sich so sympathisch waren.

»Ich bin ein alter Mann«, sagte Rolf Winkelmann. »Ich darf das. Du bist eine junge Frau. Du solltest am Freitagabend andere Termine haben.«

»Habe ich aber nicht«, sagte Kim immer noch lächelnd. »Und die Arbeit macht sich nicht von selbst.«

»Nein, die fleißige Kim macht sie«, sagte Rolf Winkelmann, kam zu ihr herüber und drückte auf den Knopf zum Herunterfahren des Computers. »Egal, was du da gerade gemacht hast, so wichtig kann es nicht sein.«

»Ich habe gerade die Statistik –«, wollte Kim einwerfen, aber Rolf Winkelmann unterbrach sie.

»Welche Statistik auch immer, das kann bis Montag warten. Geh nach Hause.« Er zog ihr den Stuhl weg, so daß sie aufstehen mußte.

»Rolf!« Kim lachte.

»Nichts Rolf, du gehst jetzt«, sagte Rolf Winkelmann. »Mein letztes Wort. Ich will nur die Interessen der Firma wahren. Die kann deine Überstunden bald nicht mehr bezahlen. Und ich muß dafür geradestehen.«

»Die Interessen der Firma«, sagte Kim schmunzelnd. »Genau.«

»So ist es«, bestätigte Rolf Winkelmann, unterstützt von lustigen Augenfältchen, die so sehr zwinkerten, daß man kaum ernst nehmen konnte, was er sagte.

»Na, dann will ich mal ... bevor ich die Firma ruiniere ...«, sagte Kim und griff nach ihrer Jacke.

»Das ist sehr rücksichtsvoll von dir ... der Firma gegenüber«, sagte Rolf Winkelmann. »Bringst du mich zum Parkhaus? Mein Auto steht da.«

»Ah, also doch nicht so ganz uneigennützig«, sagte Kim.

»Das habe ich nie behauptet. Du weißt doch, daß ich berüchtigt dafür bin, meine Mitarbeiter und Mitarbeiterinnen auszunutzen.« Rolf Winkelmanns Zwinkern steigerte sich noch.

»Ja, das höre ich jeden Tag«, sagte Kim. »Du bist als Schinder gefürchtet.«

»Das will ich doch meinen. So muß es sein«, grinste Rolf Winkelmann. »Also komm.«

»Ah, das habe ich noch vergessen«, sagte er, als sie am Hauptgebäude angekommen waren und Kim ihn absetzen wollte. »Im Auto ist etwas für dich. Meine Frau hat es mir mitgegeben. Kommst du gerade mit runter? Wenn ich es wieder mit nach Hause bringe, ist die Hölle los.«

»So schlimm ist Margit nun auch wieder nicht«, lachte Kim. »Das behauptest du nur immer.«

»Du bist nicht mit ihr verheiratet«, sagte Rolf seufzend. »Sie hat dich quasi adoptiert, und jetzt will sie dich von morgens bis abends bemuttern.«

»Ein Kuchen?« fragte Kim ahnungsvoll.

»So direkt wollte ich es nicht sagen. Ich will ihn nicht selbst essen müssen«, erwiderte Rolf. »Das blüht mir, wenn ich ihn wieder mit nach Hause bringe. Neben einer Standpauke.« Er verzog komisch das Gesicht.

»Armer Rolf«, lachte Kim. »Also gut, ich hole den Kuchen. Ich will ja nicht, daß du unnötig leiden mußt.«

»Das ist nett von dir«, sagte Rolf dankbar, und sie stiegen beide aus, um im Fahrstuhl in die Tiefgarage zu fahren.

Rolf übergab Kim den Kuchen, setzte sich erleichtert in sein Auto und wünschte Kim ein schönes Wochenende.

Sie schaute seinen Rücklichtern nach, als er aus dem Parkdeck fuhr.

Zweifelnd betrachtete sie den Kuchen. Sollte sie ihn gleich hierlassen? Leider war Margit Winkelmann keine gute Köchin, obwohl sie stets versuchte, jeden mit ihren Koch- und Backkünsten zu beglücken, und Kims Freundinnen weigerten sich mittlerweile strikt, von Margit gebackene Kuchen zu essen. Sie seufzte. Vielleicht konnte sie ein Obdachlosenasyl oder so etwas auftun, dem sie mit dem Kuchen eine Freude machen konnte.

Sie ging zurück zum Lift. Die schwere Eisentür zwischen Parkhaus und Gang leistete Widerstand, als sie sie nur mit einer Hand aufziehen wollte, weil sie in der anderen den Kuchen hielt. Plötzlich wurde der Widerstand geringer. Jemand schob von der Innenseite. Die Tür ging auf.

Sonja stand plötzlich vor ihr.

Kim hätte beinahe den Kuchen fallengelassen, und Sonja blieb wie vom Blitz getroffen stehen.

»Hm.« Kim räusperte sich. In ihrem Kopf drehte sich alles. »Sonja.« Sie räusperte sich noch einmal. »Wie geht es dir?«

Sonja sagte nichts, aber selbst im fahlen Licht der Parkhausbeleuchtung sah Kim, daß die dunklen Ringe unter ihren Augen tiefer geworden waren.

Kim hob den Kuchen hoch. »Lust auf Kuchen?« Sie lachte gezwungen. »Ich habe gerade einen geschenkt bekommen.«

»Jetzt?« Sonja schien zu erwachen. »Mitten in der Nacht?«

»Die Frau meines Chefs –«, begann Kim.

»Ah, Margit«, unterbrach Sonja sie. »Ich verstehe.«

»Hat sie dir auch Kuchen geschenkt?« Kim war dankbar für das unverfängliche Thema, auch wenn es nicht lange ausreichen würde.

»Ja«, sagte Sonja. »Das tut sie wohl bei jedem.«

»Das denke ich auch.«

Sie verstummten und sahen sich an.

Kim fühlte, wie die Sehnsucht sie überschwemmte. Wenn der Kuchen nicht gewesen wäre und sie beide Hände freigehabt hätte . . .

»Sonja, ich –« Sie hob eine Hand, als ob sie Sonjas Gesicht streicheln wollte. Es war wie ein Magnet, der sie anzog.

Sonja unterbrach sie mit einer Bewegung. »Nicht, Kim . . .«

»Ja.« Kim ließ die Hand sinken. Aufmerksam musterte sie Sonjas Gesicht. »Geht es dir nicht gut?« fragte sie. »Du siehst müde aus.«

»Es ist gleich Mitternacht«, sagte Sonja kühl. »Wie sollte ich da anders aussehen als müde? Dir wird es wohl kaum besser gehen.«

»Es geht«, sagte Kim. »Am Wochenende kann ich mich ja erholen.« Sie schaute Sonja an, die sich immer noch nicht gerührt hatte, und rang sich zu einer Entscheidung durch. »Ich muß mit dir reden«, sagte sie.

»Es gibt nichts zu reden«, erwiderte Sonja abweisend.

»Doch.« Kim stellte den Kuchen auf dem Boden ab.

Sonja starrte sie an. »Was willst du von mir?« Ihr Gesicht war eine einzige Maske.

»Nur reden.« Kim schaute sie an und sah das Flackern in ihren Augen. Wovor hatte sie Angst? »Das hätten wir schon lange einmal tun sollen.«

»Nein«, sagte Sonja. »Es ist alles in Ordnung.«

»Du siehst aus, als ob du gleich zusammenbrechen würdest«, entgegnete Kim besorgt, »und das nennst du in Ordnung?«

»Das geht dich nichts an«, sagte Sonja scharf. »Und im übrigen geht es mir gut. Es war eine harte Woche, das ist alles. Ein paar Stunden Schlaf –«

»Bekommst du die zu Hause – bei deinem Mann?« fragte Kim.

»Ah, darum geht es.« Sonja schien sich zu entspannen. »Du bist eifersüchtig.« Anscheinend war das eine bekannte Situation für sie, mit der sie umgehen konnte. »Darf ich dich daran erinnern, daß ich verheiratet bin?« Ihre Stimme klang süffisant.

»Daran brauchst du mich nicht zu erinnern, das habe ich nie vergessen«, sagte Kim. »Aber anscheinend gibt es verschiedene Arten von Verheiratetsein. Für manche scheint das auch Affären zu beinhalten.« Sonja hatte so einen Panzer um sich gelegt, Kim wußte nicht, wie sie den knacken sollte.

»Wir hatten nie eine Affäre«, sagte Sonja wegwerfend.

»Das mag stimmen«, sagte Kim. »Aber es heißt, jetzt hast du eine. Bist du deshalb so erschöpft?«

»Bitte was?« Sonja starrte sie an.

»Deine Affäre. Kostet sie dich so viel Kraft? Gehst du jetzt zu ihm?« Kim spürte, daß die Sache außer Kontrolle geriet.

»Das ist lächerlich«, sagte Sonja kalt. »Laß mich vorbei.« Sie versuchte einen Schritt vorwärts zu machen, kam aber nicht an Kim vorbei, weil der Eingang zu eng war.

»Entschuldige.« Kim schaute zu Boden. »Das wollte ich nicht. Ich wollte wirklich nur mit dir reden.«

»Dafür gibt es Besprechungstermine«, sagte Sonja noch kälter als zuvor.

»Ja, natürlich«, erwiderte Kim enttäuscht. »In deinem Büro.«

»Immer noch besser als in der Tiefgarage«, entgegnete Sonja ärgerlich.

»Sonja ... mein Gott ... ich ...« Kim konnte sich nicht mehr beherrschen. Alle Gefühle überwältigten sie auf einmal. Sie drängte Sonja an die Wand und starrte ihr ins Gesicht. »Sonja ... Sonja, ich ...«

Sonjas Blick war eisig. Kim wußte nicht mehr, was sie tun sollte. Sie fühlte sich so hilflos. Sie beugte sich vor und preßte ihre Lippen auf Sonjas.

Sonja öffnete ihre Lippen nicht. Kim versuchte es weiter, und irgendwann gab Sonja nach, doch sie ließ ihre Aktentasche nicht los. Sie behielt sie in der Hand, bis Kim sich von ihr löste.

»Bist du nun zufrieden?« fragte sie genauso kalt wie zuvor. Ihre Stimme klirrte beinah. »Oder soll ich mich vielleicht auch noch ausziehen?« Sie musterte Kim von oben bis unten. »Nur reden. Natürlich«, sagte sie verächtlich.

Kim trat zurück. Sie meinte sich zu erinnern, daß Sonja weich geworden war unter ihrem Kuß, aber sie war sich nicht sicher, ob sie sich das nicht nur einbildete.

»Entschuldige«, sagt sie, »Ich ... du bist ... du bist so wundervoll. Ich vermisse dich.« Ihre Stimme klang weich.

»Es gibt nichts zu vermissen«, sagte Sonja immer noch kalt. »Es war nichts.«

»Nichts?« Kim starrte sie an. »Diese Nacht im Hotel nennst du nichts?«

»Ganz recht.« Sonja wirkte wie ein Eisberg, der zunehmend mehr gefror. »Ich habe das schon öfter erlebt, und das war es immer: nichts. Wenn es vorbei war.«

»Für mich ist es nicht vorbei«, sagte Kim zärtlich. Sie sehnte sich so sehr danach, Sonja jetzt in den Arm nehmen zu können, wie sie es damals getan hatte. »Ich würde mir wünschen, daß es nicht vorbei wäre.«

»Ist es aber«, sagte Sonja hart. »Aus und vorbei. Eine Nacht bedeutet gar nichts.« Sie wandte sich ab und drückte auf die Fernbedienung ihres Autoschlüssels. In kurzer Entfernung piepte es, und ihr Wagen blinkte auf.

»Es war deine einzige Nacht mit einer Frau«, sagte Kim. »Unterscheidet sie das nicht von anderen Nächten?«

Sonja antwortete nicht. Sie starrte unbewegt auf ihren Wagen.

»Mir bedeutet diese Nacht sehr viel«, sagte Kim leise. »*Du* bedeutest mir sehr viel, Sonja.«

Sonja begann auf ihren Wagen zuzugehen.

»Ich liebe dich, Sonja«, sagte Kim.

Sonja blieb mit einem Ruck stehen und wirbelte herum. »Bist du wahnsinnig?« zischte sie. »Mir so etwas zu sagen?« Sie verharrte einen Moment stumm, als ob sie sich sammeln müßte. »Ich bin dir immer noch übergeordnet«, sagte sie dann etwas ruhiger.

»Was ändert das?« fragte Kim. »Bist du deshalb keine begehrenswerte Frau? Bist du deshalb nicht die Frau, die ich liebe?«

Sonja verzog abschätzig die Mundwinkel. »Es ist mir ganz egal, wen du liebst. Nur laß mich damit in Ruhe.« Sie drehte sich um, um endgültig zu ihrem Wagen zu gehen.

»Schämst du dich?« fragte Kim. »Schämst du dich, weil du mit einer Frau geschlafen und es genossen hast?«

Sonja wandte sich noch einmal zurück. »Woher willst du wissen, daß ich es genossen habe?« fragte sie verächtlich.

Kim lachte traurig auf. »Ich bin kein Mann, Sonja. Ich weiß sehr genau, daß du das hast. Du kannst mich nicht belügen. Aber wenn du dich selbst belügen willst . . .« Sie zuckte die Schultern.

Sonja starrte sie noch einmal böse an. Sie sagte nichts und ging los. Ihre Schritte hallten in der Tiefgarage wider, die Autotür schlug zu, dann sprang der Wagen an.

Gleich würde sie an Kim vorbeifahren.

Sie tat es mit unbewegtem Gesicht.

Kim hatte den Eindruck, wenn sie sich vor Sonjas Wagen geworfen hätte, wäre sie einfach weitergefahren.

Nachdem Kim am Montagmorgen die Statistik beendet hatte, die am Freitag aufgrund von Rolfs Eingreifen nur halb fertiggeworden war, lehnte sie sich in ihrem Stuhl zurück und starrte zum Fenster hinaus.

Schon am Wochenende hatte sie sich für ihr Verhalten Sonja gegenüber geschämt. Sie hatte Sonja verletzt, davon war sie jetzt überzeugt.

Sicherlich, Sonja hatte dasselbe mit ihr getan. Sie hatte sie zurückgewiesen und nicht an sich herankommen lassen, aber vielleicht war das ja nur eine Reaktion auf Kims Vorgehensweise. Kim hatte sie einfach geküßt, die Grenze nicht respektiert, die Sonja um sich gezogen hatte, sie ohne zu fragen übertreten.

Kim seufzte und griff zum Hörer. Sie mußte sich entschuldigen.

»Kim, kannst du mal helfen?«

Eine ihrer Mitarbeiterinnen stand in der Tür.

»Was ist?« Kim blickte sie fragend an.

»Ein Kunde. Er läßt sich einfach nicht beruhigen. Er will unbedingt den Chef sprechen.«

»Okay, stell durch.« Kim nickte.

Gleich darauf klingelte das Telefon. Kim wappnete sich und nahm ab. Zuerst einmal ging ein Schwall von Beleidigungen auf sie nieder, bevor sie überhaupt etwas sagen konnte.

Dann endlich gelang es ihr einzuhaken. »Sie haben absolut recht«, sagte sie.

Der Kunde setzte zu einer neuen Beleidigung an, verstummte dann aber verwirrt.

»Das Modell ist sehr fehleranfällig«, fuhr Kim fort. »Wir haben das leider auch feststellen müssen. Es wird vom Markt genommen.«

»Das nützt mir viel«, erwiderte der Kunde, immer noch wütend. »Ich habe es schon gekauft.«

»Ich verstehe, daß Sie verärgert sind«, sagte Kim. »Ich wäre es an Ihrer Stelle auch. Leider kann ich nichts anderes tun als Ihnen anzubieten, daß Sie das Modell zurückgeben können. Sie erhalten Ihr Geld zurück.«

»Und meine Nerven?« fragte der Kunde ziemlich laut.

»Baldrian«, sagte Kim. »Sie erhalten von uns eine ganze Jahresration kostenlos.«

Es war still in der Leitung, dann brach ein lautes Lachen daraus hervor, das Kim dazu veranlaßte, den Hörer noch weiter von ihrem Ohr wegzuhalten, als sie es ohnehin schon getan hatte.

»Sie sind wirklich klasse«, sagte der Mann, der sich kaum beruhigen konnte. »Wie heißen Sie?«

»Wolff«, sagte Kim.

»Also dann, Frau Wolff, schicken Sie mir den Baldrian, und ich schicke Ihnen das Gerät.« Er lachte wieder. »Kaum zu glauben! Sie sind wirklich richtig! Das muß ich meiner Frau erzählen!«

»Ich freue mich, wenn ich Ihnen helfen konnte«, sagte Kim. »Einen schönen Tag noch.«

»Danke, danke.« Der Mann lachte immer noch. »Ihnen auch.« Er legte auf.

Kims Mitarbeiterin kam herein. »Baldrian?« fragte sie schmunzelnd. »Wie bist du denn darauf gekommen?«

»Hilft das nicht immer?« fragte Kim zurück. Sie hob eine Augenbraue. »Weißt du zufällig, unter welcher Kostenstelle man so etwas abrechnet?«

Ihre Mitarbeiterin lachte. »Frag Rolf, aber ich fürchte, so einen Fall hatten wir noch nie.«

»Das fürchte ich auch«, sagte Kim.

Ihre Mitarbeiterin ging immer noch lachend hinaus.

Ein bißchen Baldrian könnte ich jetzt auch gebrauchen, dachte Kim, während sie erneut das Telefon in die Hand nahm. *Nicht nur ein bißchen.* Sie zögerte einen Moment, dann wählte sie Sonjas Nummer. Ihr Herz klopfte bis zum Hals.

Es klingelte zweimal, dann hörte sie »Mayrhofer?«

Sie schluckte. Ein dicker Frosch im Hals hinderte sie am Sprechen.

»Ach, Kim.« Jo erkannte Kims Telefonnummer wohl auf ihrem Display. »Ist schon Zeit fürs Mittagessen?«

»Nein, ich . . . ich wollte eigentlich Son- . . . Frau Kantner sprechen«, brachte sie mühsam hervor.

Jo seufzte auf. »Hast du immer noch nicht genug von ihr?« Sie atmete tief durch. »Sie mußte gerade weg. Kommt heute nicht mehr wieder. Ihr Telefon ist auf mich umgestellt.«

Verdammt. Mußte dieser Idiot gerade eben anrufen? Eine Minute früher hätte ich sie noch erwischt.

»Kim, sei vernünftig«, fuhr Jo überredend fort. »Du hast doch versprochen, dich von ihr fernzuhalten.«

»Ein Telefon nennt man auch Fernsprecher«, sagte Kim verschnupft. »Ist das nicht fern genug?«

»Hör auf mit solchen Haarspaltereien«, sagte Jo. »Du hast es uns versprochen.«

»Ich . . . ich muß mich bei ihr entschuldigen«, sagte Kim betreten. »Darum komme ich nicht herum. Ich habe sie beleidigt.«

»Du hast sie beleidigt? Wie das denn, wenn ihr euch überhaupt nicht seht? Oder habt ihr –?« Jo brach mißtrauisch ab.

»Wir haben uns Freitagnacht zufällig in der Tiefgarage getroffen«, sagte Kim. »Sonst nichts.«

»Und da hattest du nichts Besseres zu tun, als sie gleich zu beleidigen?« fragte Jo tadelnd.

»Nicht gleich . . . ich –« Kim fuhr sich durch die Haare. »Ich habe ihr gesagt, daß ich sie liebe«, flüsterte sie dann sehr leise.

»Du hast was?« Jo schüttelte wahrscheinlich den Kopf. »Ja, bist du denn noch bei Trost? Was soll das nützen?«

»Gar nichts«, sagte Kim resigniert. »Es nützt gar nichts. Aber es ist die Wahrheit. Ich habe mich die ganze Zeit dagegen gewehrt, aber Freitagnacht, als sie da so vor mir stand, ist es mir endgültig klargeworden.«

»O Mann!« Jo stöhnte auf. »Du hängst echt nicht sehr an deinem Job, was?«

»Das hat nichts mit meinem Job zu tun«, sagte Kim.

»Sie hat dich protegiert«, sagte Jo. »Ihretwegen hast du den Teamleiter-Posten bekommen. Was meinst du, wie schnell das auch umgekehrt gehen kann?«

»So etwas tut sie nicht«, sagte Kim überzeugt. »Sie kann Privates und Berufliches trennen.«

»Kann sie das?« Jo war nicht so überzeugt. »Na ja, wenn du meinst. Heute war sie wieder mal besonders charmant. Ich bin froh, daß sie außer Haus zu tun hat.«

»Was hast du nur gegen sie, Jo?« fragte Kim. »Sie war im Büro immer ausgesprochen nett.«

»Zu dir vielleicht«, sagte Jo seufzend. »Ich habe sie so noch kaum erlebt. Sie ist schon geladen, wenn sie kommt, und das wird im Laufe des Tages eher noch schlimmer.«

»Sie kommt später als du?« fragte Kim erstaunt.

»O ja, nie vor neun«, sagte Jo. »Manchmal erst um zehn. Ich bin immer schon froh, wenn sie Außentermine hat und gar nicht kommt.«

Da war etwas in Sonjas Leben tüchtig durcheinandergeraten, dachte Kim. Wenn jemand seine Gewohnheiten dermaßen änderte, stimmte etwas nicht. Etwas ganz Entscheidendes. »Ich habe nie erlebt, daß sie später als sieben gekommen ist, meist eher noch früher«, sagte sie.

»Sieben?« Jo lachte. »Du lieber Himmel!«

»Immer, wenn ich kam, war sie schon da«, sagte Kim nachdenklich. Sie kaute auf ihrer Unterlippe herum. Eigentlich hatte sie sich nur bei Sonja entschuldigen wollen, aber jetzt war das in den Hintergrund getreten. Sie machte sich Sorgen. Auch wenn sie dazu kein Recht hatte. Sie seufzte.

»Schlag sie dir aus dem Kopf«, sagte Jo, die das Seufzen gehört hatte. »Sie ist nichts für dich. Sie ist eine kalte Heteroschnepfe, nichts weiter. Sollen sie und ihr Mann sich doch gegenseitig die Augen auskratzen, damit hast du nichts zu tun.«

Kim atmete tief durch. »Ja, damit habe ich nichts zu tun«, sagte sie. »Du hast recht.«

»Warum kommt es mir jetzt so vor, als ob du das Gegenteil von dem meinst, was du sagst?« fragte Jo hintergründig.

»Ich meine genau das, was ich sage«, behauptete Kim. »Es geht mich nichts an, was sie tut. Aber ich muß mich trotzdem bei ihr entschuldigen. Denn was ich selbst tue, geht mich schon etwas an.«

»Du bist unverbesserlich«, stöhnte Jo. »Lernst du es denn nie? Was muß sie dir noch alles antun?«

»Sie hat mir nichts angetan«, sagte Kim leise. »Nur ich ihr.«

»Du meine Güte, was denn Schlimmes?« seufzte Jo auf.

Kim antwortete nicht.

»Tu, was du nicht lassen kannst«, sagte Jo. »Heute jedenfalls erreichst du sie nicht mehr.«

»Wo ist sie?« fragte Kim.

»O nein!« Jo schüttelte offensichtlich wieder den Kopf, so sehr, daß es im Hörer raschelte. »Das sage ich dir nicht. Du bringst es glatt fertig und fährst da hin.«

»Es ist also nicht so weit weg?« fragte Kim.

»Meine Lippen sind verschlossen«, sagte Jo. »Von mir erfährst du nichts.«

»Ich kann mir schon denken, wo sie ist«, sagte Kim. »Ich verfolge die Geschäftsberichte auch, die den Stand der Reorganisation beschreiben.«

»Kim, bitte ...« Jo verlegte sich aufs Bitten. »Tu das nicht. Sie tut dir nicht gut. Sie tut keinem gut.«

»Sie ist ... Jo, du verstehst das nicht. Sie ist ganz anders, als du sie kennengelernt hast. Sie kann ganz anders sein, wirklich.« Kim schloß die Augen, und es war, als ob sie Sonjas Duft riechen würde, wie damals, als –

»Im Bett?« Jo schürzte hörbar die Lippen. »Du weißt genau, daß das nicht zählt. Das ist nicht der Alltag. Das ist immer eine Ausnahmesituation.«

»Aber sie war ... sie war auch im Büro so, bevor wir ... ich meine ... also das, was du jetzt mit ihr erlebst, habe ich nie erlebt. Sie war immer nett, freundlich, kompetent.« Kim war verwirrt.

»Kompetent ist sie immer noch«, sagte Jo. »Und wie. Da steckt sie jeden Mann locker in die Tasche. Aber nett ... freundlich ... das muß jemand anderes gewesen sein. Die Beschreibung Drache wäre noch zu harmlos für sie.«

Da stimmt etwas nicht, dachte Kim. *Wenn sie mich so behandelt – okay, aber andere auch? Jo hat ihr nie etwas getan.* »Ich muß sie sehen«, sagte sie entschieden. »Es tut mir leid, Jo, aber ich kann mein Versprechen nicht halten.«

Sie hörte noch, wie Jo aufstöhnte, bevor sie den Hörer zurücklegte.

Sie nahm den letzten Geschäftsbericht hervor, der gerade herausgekommen war. Ein Photo von Sonja war darin, deshalb hatte sie ihn in die unterste Schublade gelegt. Der Stand des Reorganisationsprojektes, das Sonja leitete, war darin beschrieben, und sie wurde für ihre Erfolge gelobt.

Kim schaute sich das Photo von Sonja zum ersten Mal genauer an. Es war ein altes Photo, wahrscheinlich eins, das sie bei der Einstellung abgegeben hatte. Sonja lächelte darauf und sah in keiner Weise mitgenommen aus. Dadurch wurde Kim der Unterschied zu Sonjas jetzigem Zustand noch mehr bewußt. Die Frau, die sie am Freitag in der Tiefgarage getroffen hatte, hätte die Großmutter der Frau sein können, die hier auf dem Photo abgebildet war. Zumindest ihre verbitterte ältere Schwester. Und das alles war in ein paar Wochen geschehen.

Kim betrachtete noch einmal das Photo, untersuchte jeden Zentimeter von Sonjas Gesicht, blieb an ihren Augen hängen. Sonjas Augen strahlten aus dem Bild, sie war geschickt geschminkt und das Photo war perfekt ausgeleuchtet. Sie sah einfach großartig aus.

So habe ich sie ja auch kennengelernt, dachte Kim. *Genauso. Schön, beeindruckend, charmant.* Sie konnte den Blick kaum von Sonjas Bild abwenden, aber es mußte sein. Die reale Frau brauchte ihre Unterstützung, einem Photo konnte sie ihre Liebe nicht beweisen.

Und wenn sie sie nicht will, deine Unterstützung?

Es war fast Jennifers Stimme, die sie in ihrem Kopf hörte.

Sie war immer sehr stolz darauf, alles allein zu schaffen. Und deine Liebe? Was sie davon hält, hast du doch gehört.

»Sie war furchtbar erschöpft«, sagte Kim laut, als ob sie die Jennifer in ihrem Kopf direkt angesprochen hätte. »Sie konnte nicht mehr klar denken.«

Bist du sicher?

Kim knurrte. Sie stand auf und verließ ihr Büro. »Ich fahre zur Eichhalde, die haben Serviceprobleme dort«, rief sie ihrer Mitarbeiterin zu, derselben, die ihr zuvor hilflos den wütenden Kunden überlassen hatte.

»Eichhalde?« fragte die zurück. »Da haben wir doch gar keinen Service Point.«

Aber die Tür hatte sich bereits hinter Kim geschlossen.

Das Gebäude an der Eichhalde war das älteste Gebäude der Firma. Dort hatte der Firmengründer einst die ersten Büros eingerichtet, und gleichzeitig lag daneben die ursprüngliche Produktionshalle, die nun nicht mehr genutzt wurde. Das beste wäre sicherlich gewesen, das Gebäude ganz aufzugeben, denn es entsprach in keiner Weise mehr heutigen Standards, und die Produktionshalle hätte man abreißen sollen, aber der Firmengründer hing an seinen Anfängen und hatte dies strikt untersagt. Das Gebäude sollte weiterhin produktiv genutzt, aber in seiner Ursprünglichkeit nicht verändert werden. Eine schwierige, wenn nicht gar unlösbare Aufgabe für jede Reorganisation.

Kim wußte, daß das Management vollkommen anderer Meinung war als der Firmengründer. Sie hätten nichts lieber getan als die Gebäude abgerissen, denn die kosteten nur Geld und brachten nichts ein. Eine von Sonjas Aufgaben war, einen Kompromiß zwischen diesen beiden Extremen zu finden. Wie sie das machen sollte, war Kim ein Rätsel, denn beide Positionen ließen sich nicht vereinbaren.

Sie fuhr auf den Hof und hielt vor der alten Halle. Die sah in der Tat marode aus. Fenster gab es kaum mehr, nur leere Löcher mit scharfkantigen Resten von Glas an den Rändern starrten ihr entgegen. Auch Brandflecken an Wand und Türen, ebenso an einigen Fenstern, erweckten nicht gerade Vertrauen. Immer wieder nisteten sich Obdachlose hier ein, machten Feuer und setzten Teile der Halle in Brand.

Schade, daß sie es immer noch nicht geschafft haben, die Halle ganz ab-

zubrennen, dachte Kim. *Dann hätte Sonja eine Sorge weniger.*

Wo sie wohl war? Kim schaute sich um. Weit und breit war nichts zu sehen, kein menschliches Wesen jedenfalls. Im Verwaltungsgebäude nebenan waren einige Fenster aufgeklappt, dort arbeiteten Leute. Eine Klimaanlage wie in den moderneren Gebäuden gab es nicht, deshalb konnten die Fenster noch geöffnet werden.

Kein Mensch riß sich darum, hier zu arbeiten, denn es war äußerst unbequem, aber auch da hatte der Firmengründer auf der Nutzung bestanden. Wenn schon nicht die Halle, dann wenigstens das Bürogebäude, so alt es auch sein mochte.

An der Halle konnte selbst Sonja nicht mehr viel retten, also würde sie wohl im Bürogebäude sein.

Kim begab sich dort hinüber. Sie schob die altertümliche Holztür auf, die ein wenig in den Angeln quietschte, und trat ein. Es roch muffig, daran konnten anscheinend auch die geöffneten Fenster nichts ändern. Das Fundament schien feucht zu sein.

Eine Halle, aus der sich eine Holztreppe, ebenso altertümlich wie die Tür, nach oben schwang, öffnete sich vor ihr. Einen Lift gab es hier nicht. Rechts sah sie eine Tür offenstehen. Sie ging darauf zu.

»Guten Tag, ich bin Kim Wolff«, stellte sie sich der überraschten Angestellten vor, die dort in dem Büro hinter der Tür an einem reichlich nostalgisch wirkenden Schreibtisch saß. »Leiterin des Service-Teams am Michelbergring.«

Die Angestellte blickte nur fragend.

»Wir haben uns gefragt, ob wir nicht im Rahmen der Reorganisation hierher umziehen könnten«, erfand Kim aus dem Stegreif. »Da wollte ich mir das Gebäude einmal ansehen.«

»Das Service-Team? Hierher?« Die Angestellte starrte sie verwundert an. »Hier fliegt schon die Sicherung raus, wenn nur der Kühlschrank anspringt.«

»Sicherungen lassen sich erneuern«, erwiderte Kim lässig. »Darf ich mich einmal umsehen?«

»Haben Sie einen Firmenausweis?« fragte die Angestellte. »Ich meine ...« Sie lachte. »Hier gibt es ja nicht viel zu stehlen, höchstens altes Papier, Akten aus uralten Zeiten, aber –«

»Natürlich«, sagte Kim und zog ihren Ausweis hervor.

Die Angestellte nickte. »Ihre Kollegen sind schon eine Weile da«, sagte sie. »Oben im ersten Stock.«

Kim fuhr ein Schauer durch den Körper. Damit konnte nur Sonja gemeint sein. Sie nickte. »Danke.«

Sie verließ das Büro und schaute die Treppe hinauf. Sollte sie es wirklich wagen? Was, wenn Sonja sie aus dem Haus jagte? Aber wie sollte sie? Sie war offenkundig nicht allein. Sie würde sich keine solche Blöße geben vor anderen. Darin war sie immer gut gewesen.

Kim setzte einen Fuß auf die Treppe und zögerte immer noch. Dann gab sie sich einen Ruck und begab sich auf den Weg nach oben. Als sie sich dem obersten Absatz näherte, hörte sie Stimmengemurmel. Je näher sie dem Absatz kam, desto eindeutiger wurde es. Sie trat auf die letzte Stufe und schaute um die Ecke.

Eine kleine Gruppe stand im hinteren Teil des Ganges. Sie unterhielten sich und deuteten immer wieder in verschiedene Richtungen. Es waren ausschließlich Männer.

Kim schaute von der Treppe aus auf die andere Seite. Von Sonja war nichts zu sehen.

Sie konnte nicht hier stehenbleiben. Einer der Männer hatte sie bemerkt und schaute erstaunt in ihre Richtung. Sie beschleunigte ihren Schritt und ging auf die Gruppe zu.

Fast war sie angekommen, da trat Sonja aus einer Tür links vom Gang. Sie hielt den Kopf gesenkt und studierte einen Plan.

»Entschuldigung«, sagte sie abwesend, weil sie beinah in Kim hineingelaufen wäre, ohne sie zu erkennen.

»*Ich* bitte um Entschuldigung, Frau Kantner«, sagte Kim betont.

Sonja erstarrte, zwang sich aber hochzublicken. »Frau Wolff«, sagte sie tonlos. »Was tun Sie denn hier?«

»Wir würden mit dem Service-Team vom Michelbergring eventuell gern hierher umziehen«, wiederholte Kim ihre Erfindung, die ihr nun fast schon wie Wahrheit erschien. »Da wollte ich mir das Gebäude einmal ansehen.«

»Gefällt es Ihnen nicht am Michelbergring?« fragte Sonja immer noch tonlos. Wie ein Roboter, der einen aufgesprochenen Text abspulte.

»Doch, doch, schon«, versicherte Kim locker, »aber es hat natürlich nicht diesen . . .«, sie räusperte sich, »nostalgischen Charme.«

Sonja konnte ihre Salzsäulenmanier nicht mehr länger beibehalten. »Frau Wolff war früher meine Assistentin«, stellte sie Kim den Männern vor. »Jetzt leitet sie das Service-Team am Michelbergring.«

»Ah, Sie sind das«, sagte einer der Männer. »Wolfgang Schäfer. Ich habe nur Gutes über Sie gehört. Sie haben ganz schön frischen Wind in die Service-Abteilung gebracht.« Er streckte ihr die Hand hin.

»Ich glaube, Herr Winkelmann hatte das auch vorher schon gut im Griff«, sagte sie lächelnd und schüttelte Herrn Schäfer die Hand.

»Der gute Rolf ist ein alter Kämpe, der schon zu viele Schlachten geschlagen hat«, sagte ein anderer Mann. »Da mußte mal junges Blut hinein.« Er streckte ihr ebenfalls die Hand hin. »Jürgen Niederkreuz.«

Auch die beiden anderen Männer stellten sich ihr vor. »Sie wollen sich das wirklich antun?« fragte Wolfgang Schäfer. »Mit Ihrer ganzen technischen Ausstattung?«

»Na ja, ich dachte . . .« Kim kam ein wenig ins Schleudern. »Das wäre gerade der Reiz.«

»Zweifellos.« Wolfgang Schäfer zog die Augenbrauen hoch. »Das erfordert regelrechten Pioniergeist. Das hier ist keine Reorganisation, das ist ein Himmelfahrtskommando.« Er schaute Sonja an. »Ich beneide Sie nicht, Frau Kantner.«

In früheren Zeiten – die noch gar nicht so lange her waren – hätte Sonja auf eine solche Bemerkung mit ihrem herrlichen Lachen reagiert und gesagt, daß sie die Herausforderung liebe, aber diesmal, hier und heute, sagte sie nichts. Sie blieb einfach stumm.

»So neu ist die Idee ja nicht«, sagte Kim statt ihrer, weil sie es nicht ertragen konnte, Sonja so antriebslos zu sehen. »Alte Gebäude, die restauriert werden, so daß nur die Fassade stehenbleibt. Innen wird alles entkernt und mit modernster Technik versehen.«

»Puh!« Jürgen Niederkreuz verschränkte die Arme vor der Brust. »Sie haben den Kostenvoranschlag dafür nicht zufällig gleich mitgebracht?«

»Das würde das Budget, das dem Reorganisationsprojekt gesetzt ist, weit übersteigen«, warf Sonja ein, immer noch relativ unbeteiligt.

Wolfgang Schäfer lachte. »Das würde jedes Budget sprengen!«

Kim hob die Hände. »Ich habe nicht gesagt, daß das eine Lösung ist, die ich mir hier vorstellen könnte«, sagte sie. »War nur eine Idee, die ich irgendwo gelesen habe.«

»Keine dumme Idee, zumindest im Ansatz«, sagte einer der beiden Männer, die sich bisher noch nicht am Gespräch beteiligt hatten. »Darauf ist bisher noch niemand gekommen. Wir haben eher nach Möglichkeiten gesucht, den Inhaber zu überzeugen, das Ganze abreißen zu lassen.«

»Weil jede andere Lösung zu teuer ist«, sagte Jürgen Niederkreuz. »Das liegt doch auf der Hand.«

»Vergessen Sie die Idee«, sagte Kim, der das Ganze langsam peinlich wurde. »Ich wollte mich nicht in Ihre Arbeit einmischen.«

»So schlecht ist die Idee gar nicht.« Sonjas Stimme klang nachdenklich, nicht teilnahmslos wie zuvor. »Man muß nur die Umsetzung variieren.« Sie ging mit dem Plan, den sie immer noch in der Hand hielt, in das Büro auf der linken Seite zurück. »Das alles hier können wir vergessen«, sagte sie und warf den Plan auf einen Schreibtisch. »Wir müssen ganz von vorn anfangen.«

»Wenn Sie sich das zutrauen ...« Jürgen Niederkreuz stand wieder mit verschränkten Armen da, die eindeutig signalisierten, daß er Sonjas Fähigkeiten in dieser Hinsicht bezweifelte.

»Sie würden tatsächlich hierher umziehen?« Sonja schaute Kim an.

Oje! In was für eine Situation hatte sie sich da manövriert? Nur eine spontane Idee, und dann kam so etwas dabei heraus.

»Ich muß das noch mit meinem Team besprechen«, sagte Kim. »Es war eher ... nun ja, wir haben darüber nachgedacht.« Sie hätte sich gern den Schweiß von der Stirn gewischt.

»Das geht ja sowieso nicht von heute auf morgen«, sagte Sonja. »Die Umbauarbeiten dauern sicher Monate. Und erst einmal müssen wir das Okay dafür bekommen.«

Ach du liebe Güte! Wie soll ich das bloß meinem Team verkaufen? Und Rolf? Kim lief es heiß und kalt den Rücken herunter, denn daß Sonja durchsetzte, was sie sich vornahm, das bezweifelte sie keine Sekunde.

»Ich glaube, wir können das Treffen für heute beenden«, sagte Sonja in diesem Moment. »Das ist doch eine völlig neue Situation.

Darüber muß ich erst einmal nachdenken.« Sie erinnerte jetzt sehr an die Sonja von früher, die, mit der Kim so gern zusammengearbeitet hatte.

Die Männer nickten. »Sagen Sie Bescheid, wenn es weitergeht«, sagte Wolfgang Schäfer zu Sonja. »Ich bin sehr gespannt.«

Ich auch, dachte Kim mit flatternden Herzklappen. *Wo soll das hinführen?*

»Bleiben Sie noch einen Augenblick, Frau Wolff?« fragte Sonja in ihrer gewohnt effizienten Art, als die Männer sich zur Treppe begaben.

»Ähm . . . ja«, stammelte Kim überrumpelt.

Sonja beugte sich über den Schreibtisch und ließ einige Zeit vergehen. Dann drehte sie sich um.

»Warum bist du hergekommen?« fragte sie. Sie verschränkte die Arme vor der Brust. »Das hier hat nichts mit deiner Arbeit zu tun.«

Kim schluckte. »Nein, ich . . . ehrlich gesagt . . . ich wollte . . .« Sie schluckte noch einmal. »Ich wollte mich bei dir . . . entschuldigen.«

Sonja zog die Augenbrauen hoch. »Entschuldigen.« Sie schwieg einen Moment. »Wofür?« fragte sie dann.

»Habe ich dir soviel angetan?« Kim lachte verkrampft. Dann wurde sie wieder ernst. »Für Freitag«, sagte sie. »Es war nicht richtig von mir, dich – Alles war nicht richtig. Ich . . .« Sie rang die Hände. »Es tut mir leid, furchtbar leid. Dein Privatleben geht mich nichts an, und ich habe keinerlei Veranlassung –« Sie brach ab und musterte Sonjas verschlossenes Gesicht. »Ich wollte dich nicht verletzen«, sagte sie leise. »Das war nicht meine Absicht.«

Sonja musterte Kims Gesicht ebenfalls. Ihre Augen schienen darin etwas zu suchen. »Gut«, sagte sie nach einer Weile. »Entschuldigung angenommen.« Sie wandte sich zum Schreibtisch um.

Kim taumelte fast, so überraschend kam Sonjas Reaktion. »Äh . . . hm . . . das ist alles?« fragte sie. »Du nimmst meine Entschuldigung einfach an?«

»Was sollte ich sonst tun?« Sonja richtete sich auf. »Dich erschießen?«

»Du könntest . . . na ja, du könntest mir Vorwürfe machen zum Beispiel«, sagte Kim verdattert.

»Für so etwas habe ich keine Zeit«, sagte Sonja. »Ich muß arbeiten. Und nicht zuletzt du bist dafür verantwortlich, daß ich das ganze Konzept umstoßen und ein neues entwickeln muß.«

»Ich ... Sonja ... wirklich ... ich wollte nicht –« Kim liefen so viele peinliche Schauer durch den Körper, daß sie sie gar nicht zählen konnte. »Ich meine ... das Service-Team ... sie wissen gar nicht ... sie wollen gar nicht umziehen.« Jetzt war es raus.

»Ich weiß«, sagte Sonja.

»Du ... w-weißt ...?« stotterte Kim. Sie brach fast zusammen.

»Die Idee ist einfach zu gut, um sie fallenzulassen«, sagte Sonja. »Ich bin dir sehr dankbar dafür. Wir waren an einem toten Punkt angelangt, bevor du kamst. Es ging nicht mehr weiter. Und Männer –« Sie brach ab, überlegte es sich dann aber anders. »Männer haben sowieso keine Phantasie«, schloß sie.

»Mein Team muß also nicht umziehen?« fragte Kim vorsichtig.

»Dein Team oder ein anderes – darauf kommt es nicht an«, sagte Sonja. »Die Idee ist nicht an ein Team gebunden.«

Kim atmete erleichtert aus.

»Das kommt davon, wenn man sich Sachen ausdenkt, die nicht wahr sind«, sagte Sonja etwas zweideutig.

»Ja.« Kim atmete noch einmal tief durch. »Du hast recht. Danke. Ich werd's nie wieder tun.«

»Wirst du«, sagte Sonja. »Du bist so.«

»Aber ... woher ... wieso wußtest du –?«

»Daß es nicht wahr ist?« Sonja schaute sie an. »Die Situation ist mir nicht neu«, sagte sie.

Kim runzelte die Stirn. »Welche ... Situation?«

Sonja seufzte. »Lassen wir's dabei«, sagte sie müde. »Ich wußte es eben.« Sie strich sich über die Augen.

Kims Besorgnis, die eine Weile vor lauter Aufregung in den Hintergrund getreten war, erwachte erneut. Sonja sah heute nicht besser aus als am Freitag, vielleicht sogar noch schlechter. Zwar hatte sie kurzzeitig ihre Energie wiedergefunden, aber ihr grundsätzlicher Zustand schien dem der Produktionshalle draußen zu ähneln: kurz vor dem Zusammenbruch.

»Nachdem ich dir nun schon wieder so viel Ärger bereitet habe«, sagte sie schuldbewußt, »kann ich das irgendwie gutmachen? Kann ich dir helfen?«

»Willst du deinen alten Job zurück?« fragte Sonja, immer noch müde. »Ich glaube, Frau Mayrhofer ist nicht sehr glücklich mit mir.«

»Das ... das ... Sie kennt dich eben noch nicht so gut«, erwiderte Kim ausweichend.

Ein angedeutetes Lächeln schlich sich in Sonjas Mundwinkel. »Wenn du eins bist, dann loyal«, sagte sie. »Aber das ist nicht nötig. Sie hat allen Grund, sich über mich zu beklagen. Ich behandele sie nicht sehr gut.«

»Warum? Was ist der Grund?« fragte Kim. »Unsere Zusammenarbeit war doch immer reibungslos. Ich meine, bis wir ... aber sogar danach ...« Schon wieder schossen ihr heiße Peinlichkeitsblitze durch die Glieder.

»Es hat sich viel geändert seit damals«, sagte Sonja. »Sehr viel.«

»Liegt es ...« Kim schluckte. »Liegt es an mir? Dann laß es bitte nicht an Jo aus. Ich stelle mich freiwillig zur Verfügung.«

»Jo?« Sonja schaute sie an. »Ach, so ist das.«

»Nein, so ist es nicht.« Kim seufzte. »Jo und ich, wir kennen uns, das ist alles. Ich habe sie kennengelernt, kurz bevor sie meinen Job übernahm. Mittlerweile sind wir gute Freundinnen, mehr nicht.«

»Und sie ist auch –?« fragte Sonja zögernd.

»Da du ihre Chefin bist, darf ich dazu nichts sagen«, erwiderte Kim. »Das fragst du sie am besten selbst.«

»Reicht mir schon«, sagte Sonja.

»Bitte ... Sonja ...« Kim verschränkte etwas verkrampft die Hände. »Das wird doch keinen Einfluß auf eure Zusammenarbeit haben, oder?«

»So schlecht, wie ich sie momentan behandele? Ich glaube kaum«, erwiderte Sonja mit einer Spur des trockenen Humors, der sie früher so ausgezeichnet hatte. »Es sei denn, sie –« Sie brach ab.

»Es sei denn, sie versucht dich ins Bett zu zerren, so wie ich?« fragte Kim steif. »Keine Angst, das wird sie nicht. Du bist nicht ihr Typ.«

»Oh.« Sonja ging um den Schreibtisch herum und blieb dahinter stehen. »Bin ich nicht?«

»Nein.« Kim mußte lachen, weil Sonja tatsächlich enttäuscht

aussah, zumindest aber verwirrt. »Ich weiß, alle liegen dir immer sofort zu Füßen, aber Jo ... Jo ist nun einmal die eine Ausnahme, die es geben muß«, sagte sie. »Ich hoffe, du bist nicht allzu enttäuscht.«

Sonja antwortete nicht sofort. »Nein«, sagte sie dann. »Ich bin nicht enttäuscht. Das wäre ja auch albern.«

»Weil du nicht auf Frauen stehst?« fragte Kim. »Ja, in der Tat, das wäre albern.«

»Sind wir wieder beim Thema?« fragte Sonja erschöpft. »Bitte ...« Sie setzte sich und legte ihre Stirn in die Hand. »Bitte ... heute ... nicht«, sagte sie leise und stockend.

»Sonja ...« Kim bereute sofort, was sie gesagt hatte. Sie ging um den Schreibtisch herum und hockte sich neben sie. »Sonja ...«, wiederholte sie. »Dir geht es nicht gut. Warum gibst du das nicht zu? Geh nach Hause. Schlaf dich aus. Du siehst zum Fürchten aus, als ob du gleich umkippen würdest.«

»Oh, danke.« Sonja hob den Kopf. »Ich liebe Komplimente.«

»Ich habe mich verpflichtet, die Wahrheit zu sagen«, erwiderte Kim leicht schmunzelnd. »Das hast du nun davon.«

»Ja, stimmt«, sagte Sonja. Ihre Stimme klang tot, als käme sie aus einem Grab. »Das habe ich nun davon.«

»Schläfst du nicht gut?« fragte Kim. »Oder einfach nicht genug? Hast du zuviel Arbeit? Woran liegt es?«

»Oh, ich ... es geht schon.« Sonja hob noch einmal den Kopf, aber ihre Augenlider folgten der Bewegung nicht. Sie sah aus, als ob sie schliefe.

»Du schläfst ja fast schon im Sitzen ein«, sagte Kim. »Soll ich dich nach Hause bringen? So lasse ich dich nicht mehr fahren.«

»Nein!« Auf einmal gehorchten Sonjas Augenlider ihr wieder, und sie riß sie auf. »Nicht nach Hause.«

Was war das? Kim stutzte. »Du mußt aber schlafen«, sagte sie. »Du kippst wirklich gleich um.« Sie überlegte. »Ich könnte dich zu mir nach Hause bringen«, schlug sie vor.

Sonja öffnete ein Augenlid, skeptisch. Zu mehr war sie anscheinend nicht in der Lage.

»Nicht was du denkst.« Kim lachte. »Ich gehe ins Büro. Du kannst in meinem Bett schlafen. Oder auf meiner Couch, wenn dir das lieber ist. Ich werde nicht da sein.«

»Ich ... ich möchte nicht ...«, murmelte Sonja. Sie schlief schon fast.

»Also bevor du hier endgültig einschläfst, fahren wir zu mir«, sagte Kim. Sie stand auf. »Komm.« Sie legte ihre Hand auf Sonjas Schulter. »Steh auf. Mein Auto steht gleich vor der Tür. Deinen Wagen kannst du morgen holen.«

Sonja erhob sich langsam, als ob ihre Arme und Beine tonnenschwer wären. »Ich ... kann ... fahren«, sagte sie mühsam.

»So siehst du aus.« Kim lachte. »Nein, ich fahre. Keine Widerrede. Diesmal spielt die Firmenhierarchie keine Rolle, nur der gesunde Menschenverstand.«

Bemerkenswerterweise sagte Sonja nichts mehr, sondern folgte Kim hinunter. Sie holte ein paar Sachen aus ihrem Auto – alles sehr langsam – und setzte sich dann neben Kim.

Kim fuhr los, und sie hatten das Firmengelände noch nicht verlassen, da schlief Sonja schon.

Mein Gott, muß sie erschöpft sein, dachte Kim. *Wie hat sie das bisher nur ausgehalten? Und warum wollte sie nicht nach Hause?* Sie schüttelte den Kopf. Das würde sie wohl so schnell nicht erfahren.

Aber eines hatte sie wenigstens erreicht an diesem Tag: Sie hatte mit Sonja gesprochen und sogar Sonja mit ihr. Sie hatte sich entschuldigt, und sie hatten sich nicht gestritten. Das war doch schon mal was.

Als sie das Haus erreichte, in dem ihre Wohnung lag, tat es ihr leid, Sonja wecken zu müssen. Sie betrachtete noch eine Weile ihr schlafendes Gesicht, nachdem sie den Wagen vor der Haustür abgestellt hatte.

Wirklich, ich liebe sie, dachte sie erstaunt. *Es sind nicht nur die Hormone. Warum habe ich so lange dafür gebraucht, das zu erkennen?* Vielleicht weil Sonja so abweisend gewesen war. Da hatte sie andere Sorgen gehabt.

Sie seufzte. »Sonja ...«, sagte sie leise und strich über Sonjas Wange. »Wach auf. Wir sind da.«

Sonjas Mundwinkel zuckten, aber sie wachte nicht auf. Kim strich noch einmal über ihr Gesicht. »Süße ...«, flüsterte sie. »Meine Süße.« Auch wenn Sonja das nicht war, wenigstens in ihren eigenen, Kims, Träumen und während Sonja schlief konnte sie es sich einbilden. »Wach auf«, flüsterte sie noch einmal und hauchte einen Kuß auf Sonjas schlafsanfte Lippen.

Das hätte ich nicht tun sollen, dachte sie. *Wenn sie jetzt aufgewacht wäre?* Sie räusperte sich. »Sonja«, sagte sie einiges lauter als zuvor. »Wir sind da. Wir stehen vor meiner Wohnung.«

Sonjas Augenlider zuckten, langsam hob sie sie an. »Hm?« Sie war noch nicht in der Wirklichkeit angekommen.

»Wir sind bei mir zu Hause, zumindest stehen wir davor«, sagte Kim. »Wir müssen nur noch hineingehen.«

Sonja wandte immer noch verschlafen den Kopf. »Hier wohnst du?«

»Wenn es dir nicht gefällt, schau einfach nicht hin«, sagte Kim. »Wir leben leider in verschiedenen Gehaltsklassen. Ein großes Haus kann ich mir nicht leisten.«

»So habe ich es nicht gemeint«, sagte Sonja, nun doch etwas wacher. »Es war nur eine ganz harmlose Frage.«

»Tut mir leid«, sagte Kim. »Ich bin in letzter Zeit etwas empfindlich.« *Was nicht zuletzt auch mit dir zu tun hat,* fügte sie in Gedanken hinzu.

Sonja stieg aus. »Das Haus gefällt mir«, sagte sie. »Es hat sogar einen Garten.«

»Der aber nicht zu meiner Wohnung gehört. Ich wohne oben.« Kim deutete hinauf. »Ganz oben.«

»Auch gut«, sagte Sonja. »Ich will ja nicht hier einziehen.« Sie lächelte leicht.

Schade, dachte Kim. Aber darum ging es natürlich nicht. Sonjas Lächeln, auch wenn es nur angedeutet war, verwirrte sie. Es fiel ihr schwer, sich seiner Ausstrahlung zu entziehen. »Ohne Lift«, fügte sie hinzu. »Das habe ich noch vergessen zu erwähnen.«

»Ich nehme sowieso meistens die Treppe«, sagte Sonja. »Selbst wenn es einen Lift gibt.«

»Ich weiß«, sagte Kim. »Also dann ist es ja kein Problem.« Sie schloß den Wagen ab und führte Sonja in den obersten Stock hinauf, in ihre kleine Dachwohnung.

»Klein, aber mein«, sagte sie, als sie die Wohnung betraten. Sie deutete voraus. »Badezimmer, links davon die Küche, und auf der anderen Seite Schlafzimmer und Wohnzimmer, das ist alles.«

»Völlig ausreichend«, sagte Sonja. Sie gähnte. »Entschuldigung.«

»Dann erübrigt es sich wohl zu fragen, ob du einen Kaffee

willst«, schmunzelte Kim. »Hier«, sie stieß die Tür zum Schlafzimmer auf, »kannst du schlafen. Oder im Wohnzimmer auf der Couch. Ganz wie du willst.«

Sonja ging hinüber und warf einen Blick ins Schlafzimmer hinein. »Das Bett sieht bequem aus«, sagte sie.

Kim lachte leicht. »Willst du die Couch auch begutachten?« fragte sie. »Dann muß ich sie erst ausziehen.«

»Wenn es dir nichts ausmacht, daß ich in deinem Bett schlafe . . .«, sagte Sonja.

»Nein, das macht mir nichts aus.« Kim schmunzelte. *Das könntest du ruhig öfter tun,* dachte sie.

Sonja schaute sie an.

Wie gern würde ich jetzt hierbleiben, dachte Kim. »Ich gehe dann«, sagte sie. »Mach es dir gemütlich. Du weißt ja jetzt, wo alles ist. Schlaf dich aus.« Sie spürte, wie ihre Hand sich heben und über Sonjas Gesicht streichen wollte. Sie mußte mit Gewalt dagegen ankämpfen. »Gute Nacht.« Sie grinste.

Sonja lächelte müde. »Am Vormittag«, sagte sie.

»Ist doch egal.« Kim hob eine Hand, winkte damit aber nur durch die Luft. »Bis dann.«

Sie verließ schnell die Wohnung und zog die Tür hinter sich zu.

Puh! Draußen lief sie die Treppe hinunter, bis sie unten vor der Haustür stand. Sie lehnte sich dagegen. Viel länger hätte sie es in Gegenwart von Sonjas Schlafzimmerblick aber auch wirklich nicht ausgehalten. So mitgenommen sie auch aussah, aber verführerisch war sie immer noch. Und dann direkt das Bett daneben . . .

Kim atmete tief durch und seufzte. Bald würde Sonja im Bett liegen und schlafen . . . In *ihrem* Bett. Aber allein. Kim seufzte noch einmal. Mehr gab es eben nicht. Sonja, die Heterofrau, und Kim, die Lesbe – aus denen konnte nun einmal kein Paar werden, so war die Welt beschaffen.

Als Kim abends nach Hause kam, dachte sie zuerst, Sonja wäre noch da, denn ihr Duft hing noch immer in der Luft.

Es war nicht leicht gewesen, sich den ganzen Tag über auf die Arbeit zu konzentrieren, während sie immer wieder daran denken mußte, daß Sonja bei ihr zu Hause im Bett lag und schlief.

Eine merkwürdige Situation. Da hatten sie sich wochenlang

nicht gesehen, und dann überschlugen sich die Ereignisse fast. Wenn auch nicht so, wie Kim sich das gewünscht hätte.

Kim ging hinüber zum Schlafzimmer. Das Bett war ordentlich gemacht, alle Decken glattgezogen. Kim tat das normalerweise nicht, aber sie hätte fast darauf gewettet, daß Sonja auf solche Dinge Wert legte.

Sie schnupperte. *O Gott.* Sie mußte das Bett neu beziehen, sonst würde sie heute nacht keine Ruhe finden, mit Sonjas Duft in der Nase, als ob sie neben ihr läge.

Das Telefon klingelte. Sie zuckte zusammen und rührte sich nicht. Aber das Klingeln ließ nicht nach.

Sie meldete sich mit belegter Stimme.

»Was hast du heute mit Frau Kantner gemacht?« meldete sich Jo eindeutig gut gelaunt. »Du hast sie doch gesehen, oder nicht?«

Nicht Sonja. Warum sollte sie auch? Kim schluckte, dann räusperte sie sich. »Ja«, sagte sie. »Ich habe sie gesehen.«

»Auch wenn ich heute morgen noch dagegen war, im Moment bin ich dir dankbar«, sagte Jo lachend. »Sie ist wie ausgewechselt.« Als Kim nicht antwortete, fuhr sie fort: »Du hast sie flachgelegt, oder? Sie war total entspannt, als sie heute nachmittag ins Büro kam.«

»O mein Gott, Jo«, sagte Kim tadelnd. »Du denkst wirklich immer nur an das Eine.«

»Im Zusammenhang mit dir und ihr liegt das ja wohl auch nahe«, sagte Jo unbeeindruckt. »Und? Wie war's?«

»Es war nichts«, sagte Kim genervt. »Sie war furchtbar übermüdet, und da habe ich ihr mein Bett angeboten –«

»Oh, geil!« Jo schien fast auf dem Tisch zu tanzen. »Keine neue Masche, aber sie scheint immer noch zu wirken. Selbst bei solchen Heteroschnepfen. Kriegst du die Frauen öfter so rum?«

»*Sie* hat in meinem Bett geschlafen«, sagte Kim betont. »Ich war nicht da. Ich habe im Büro gesessen und gearbeitet.«

»Ja, natürlich«, sagte Jo ironisch.

»Du brauchst gar nicht so ironisch zu tun«, sagte Kim. »Das ist die Wahrheit. Ich habe sie in meine Wohnung gebracht, und dann bin ich gegangen. *Bevor* sie ausgezogen war.«

»Na ja, ausziehen muß man sich ja nicht unbedingt«, sagte Jo.

»Jetzt krieg's endlich in deinen Betonschädel«, sagte Kim scharf.

»Es war genauso, wie ich es dir erzählt habe. Nicht mehr und nicht weniger.« Sie seufzte. »Ich hätte mich gefreut, wenn es anders gewesen wäre, aber so war es leider nicht.«

»Okay, ich glaub's dir«, sagte Jo. »Sie wollte nicht?«

»Können wir bitte das Thema wechseln, Jo?« fragte Kim. »Sie ist deine Chefin.«

»Also bitte ...«, beklagte Jo sich indigniert. »Und was hast *du* mit ihr gemacht, als sie *deine* Chefin war? Da wird ja wohl so ein bißchen Smalltalk gestattet sein.«

»Sie scheint nicht gut schlafen zu können zur Zeit«, sagte Kim. »Ich glaube, deshalb war sie so gereizt. Jetzt, wo sie sich einmal ausgeschlafen hat, siehst du ja den Unterschied.«

»Ich habe immer noch so meine Zweifel, ob nur *Schlaf* das bewirkt hat«, sagte Jo.

»Deinetwegen werde ich noch Überwachungskameras in meiner Wohnung installieren lassen, damit du mir endlich glaubst«, sagte Kim. »Aber du kannst denken, was du willst. Nur wehe, du sagst ihr etwas davon!«

»Ich werd' mich hüten«, sagte Jo. »Heute nachmittag dachte ich, ich wäre ins Paradies versetzt. Das werde ich doch nicht wieder verspielen.« Sie machte eine kleine Pause. »Schläft sie sich demnächst öfter mal bei dir *aus?*« fragte sie süffisant.

»Hatte ich dich nicht gebeten, das Thema zu wechseln?« Kim runzelte die Stirn.

»Ich dachte ja nur«, sagte Jo. »Vielleicht kann ich mich dann auf ein paar mehr Nachmittage wie heute freuen. Hätte was.«

»Ich glaube kaum«, sagte Kim. »Ich denke, das war eine Ausnahme. Sie war wirklich sehr erschöpft. Ich hatte Angst, daß sie zusammenbricht.«

»Na, da hättest du sie heute nachmittag mal erleben sollen. Energiegeladen wie der junge Frühling, sage ich dir. Als ob sie Dope genommen hätte.«

Schade, daß ich nicht sehen konnte, wie gut es ihr ging, dachte Kim. »Ach übrigens«, sagte sie. »Da du ja auf die Privatsphäre anderer Leute keinen Wert zu legen scheinst, macht es dir auch bestimmt nichts aus, daß sie jetzt weiß, daß du und ich –«

»*Das* hast du ihr erzählt?« unterbrach Jo sie laut.

Kim schmunzelte. »Eigentlich habe ich ihr nichts erzählt«, sagte sie. »Sie hat die richtigen Schlüsse gezogen, als ich ihr gesagt habe, daß wir uns kennen.«

»O Mann!« Jo stöhnte. »Muß das sein?«

»Es ist, wie es ist«, sagte Kim. »Manche Dinge sind einfach unvermeidlich. Aber sie hat mir versichert, daß das eure Zusammenarbeit nicht beeinträchtigen wird. Beziehungsweise – wie du jetzt ja schon gemerkt hast – höchstens positiv.«

»Bei Heteras weiß man nie«, sagte Jo skeptisch. »Die ändern ihre Meinung jede Sekunde.«

»Damit müssen wir leben«, sagte Kim. »Obwohl ich nicht glaube, daß sie das tun wird. Wenn doch, kannst du meinen Job haben.«

»Du bist ja sehr überzeugt von ihr«, sagte Jo. »Und du bist sicher, daß da heute vormittag nichts war mit ihr bei dir zu Hause . . .?«

»Darauf antworte ich jetzt wirklich nicht mehr«, sagte Kim.

»Na gut«, sagte Jo. »Ich soll dich von Jenny grüßen und dich fragen, ob du morgen abend zum Essen kommst. Sie kocht. Mit ein bißchen Hilfe von mir. Ich habe festgestellt, daß sie kaum den Unterschied zwischen Apfel und Tomate kennt.« Sie lachte.

»Das ist wahr«, sagte Kim. Sie lachte auch. »Das ist das erste Mal, daß sie mich zum Essen einlädt.« Sie räusperte sich. »Ich hätte da noch einen Kuchen . . .«

»Von der Frau deines Chefs?« fragte Jo sofort. »Vergiß es. So schlecht kocht noch nicht einmal Jenny.«

»Vermutlich«, sagte Kim. »Dann bis morgen. Ich freu' mich.«

Sie legte auf und schaute zum Schlafzimmer hinüber. Nun war Bettenmachen angesagt. Und Lüften.

Sonst würde es wohl nichts werden mit der Nachtruhe heute.

Es herrschte ein Heidendurcheinander, als Kim am nächsten Morgen ihr Büro betrat. Alle liefen wie aufgescheuchte Hühner herum.

»Was ist denn los?« fragte Kim die erste Mitarbeiterin, die sie zu fassen bekommen konnte.

»Rolf«, sagte sie. Sie schluchzte. »Er hat einen Herzinfarkt. Sie haben ihn gerade ins Krankenhaus gebracht. Sie wissen nicht, ob er durchkommt.« Sie schluchzte noch lauter.

Kim schnürte es die Kehle zu. Sie konnte nichts sagen. Stumm ging sie in ihr Büro und setzte sich.

Rolf. Sie kannte ihn noch nicht lange, aber er war schon fast wie ein Vater für sie. Ihr eigener Vater war schon lange tot, und Rolf und seine Frau Margit hatten sie gleich in ihr Herz geschlossen. Sie hatten selbst keine Kinder und Kim wie eine eigene Tochter behandelt. Und nun?

Sie raffte sich auf. »In welchem Krankenhaus –« Aber die Mitarbeiterin, die sie hatte fragen wollen, war schon an ihrer Bürotür vorbei. Sie stand auf und ging hinaus. »Weiß jemand, in welches Krankenhaus sie Rolf gebracht haben?« fragte sie laut.

Das Stimmengewirr wurde leiser. Sie wiederholte ihre Frage.

»Antonius«, sagte jemand. »Antonius-Krankenhaus.«

Hinter Kim klingelte das Telefon auf ihrem Schreibtisch. Niemand wollte jetzt Support leisten oder Kundenanfragen beantworten, aber es mußte ja weitergehen. Sie ging zu ihrem Schreibtisch und nahm ab.

»Danke«, sagte Sonjas weiche, warme Stimme. »Ich habe wunderbar in deinem Bett geschlafen.«

Kim mußte sich zuerst wieder orientieren. Das war etwas viel am frühen Morgen.

»Gern geschehen«, sagte sie. »Tut mir leid, ich kann jetzt nicht mit dir reden. Rolf hatte einen Herzinfarkt. Ich muß zu ihm ins Krankenhaus.«

»Rolf?« Sonjas Stimme klang aufgeschreckt. »O nein!«

»Ja, leider«, sagte Kim. »Ich kann Margit jetzt nicht alleinlassen. Sie . . . Die Sanitäter wußten nicht, ob er durchkommt.«

»Nein«, wiederholte Sonja erschüttert. »Nicht Rolf.«

»Ich kann es auch kaum glauben. Ich war nicht da, als es passierte. Ich bin gerade erst gekommen«, erklärte Kim. »Ich sage dir später Bescheid. Ich fahre jetzt los.« Sie legte auf, ohne sich zu verabschieden.

Am Krankenhaus traf Kim zeitgleich mit Margit ein, die aus einem Taxi stieg. Sie war bleich wie die Wand.

»Margit.« Kim ging auf sie zu und nahm sie in den Arm. »Es tut mir so leid.«

Margits blasse Lippen zitterten. »42 Jahre«, sagte sie. »Wir sind nächsten Monat 42 Jahre verheiratet.«

»Und dieses Datum werdet ihr auch zusammen feiern«, sagte Kim zuversichtlich. »Ganz bestimmt.«

»Wo ...?« Margit sah sich verwirrt um. »Wo ist er?«

»Das werden wir herausfinden«, sagte Kim. Sie stützte Margit am Arm, und gemeinsam gingen sie ins Krankenhaus hinein.

Rolf lag auf der Intensivstation, sie konnten nicht zu ihm.

Kim holte Margit einen Kaffee, und sie setzten sich in den Gang. Nach einer Weile lief eine Schwester vorbei.

Kim sprang auf. »Wie ist sein Zustand?«

Die Schwester blieb irritiert stehen. »Was?«

»Rolf Winkelmann. Wie geht es ihm?« fragte Kim.

»Ich komme gerade zum Dienst«, sagte die Schwester. »Ich kann Ihnen leider keine Auskunft geben. Sind Sie Verwandte?«

»Das ist seine Frau«, sagte Kim und deutete auf Margit.

Die Schwester nickte. »Ich werde mich erkundigen.« Sie ging weiter.

»Wie lange sind wir schon hier?« fragte Margit. Ihre Stimme klang, als ob sie ein Schluchzen unterdrückte. »Ich habe kein Zeitgefühl mehr.«

»Eine halbe Stunde«, sagte Kim. »Noch nicht lange.«

»Mir kommt es wie eine Ewigkeit vor«, sagte Margit leise.

Kim setzte sich wieder neben sie und legte einen Arm um ihre Schultern. »Er wird wieder gesund. Das kann gar nicht anders sein.«

»Er war immer so stark«, wisperte Margit. »Er war nie krank. Mal eine Erkältung, aber nie etwas Ernsthaftes. Ich hätte nie gedacht, daß er –«

Kim drückte ihre Schulter beruhigend an sich. »Wart's ab«, sagte sie. »Wir wissen ja noch gar nichts.«

»Frau Winkelmann?« Eine andere Schwester als die, die Kim zuvor befragt hatte, kam heraus. »Sie können Ihren Mann jetzt sehen. Aber nur kurz. Er ist noch in Narkose.«

»Er ... er lebt?« stotterte Kim fragend.

»Ja.« Die Schwester nickte. »Da er sofort hergebracht wurde, hat er gute Chancen. Aber Endgültiges kann Ihnen nur der Arzt sagen.«

Kim stützte Margit, die kaum allein laufen konnte, und sie gingen hinein.

Rolf lag in einem Bett, das von lauter Apparaten umgeben war. Ein Monitor zeigte seinen Herzschlag an.

Kim atmete erleichtert aus. *Es schlägt, sein Herz. Das ist das wichtigste.* Sie zog Margit einen Stuhl heran und ließ sie sich setzen.

Margit starrte auf Rolfs Gesicht, das vom Sauerstoffschlauch halb verdeckt war. Nach einer Weile suchte sie seine Hand, nahm sie in ihre und hielt sie einfach nur fest.

Kim blieb neben ihr stehen, beobachtete Rolfs flachen, aber gleichmäßigen Atem unter der Bettdecke. *Er lebt,* dachte sie immer nur. *Er lebt.*

Nach einer Weile kam die Schwester herein. »Sie müssen jetzt gehen«, sagte sie. »Sie können im Moment sowieso nichts für ihn tun. Er wird die nächsten Stunden nicht aufwachen. Am besten fragen Sie morgen wieder nach.«

»Heute nachmittag«, sagte Kim. »Ich werde heute nachmittag anrufen.«

Die Schwester nickte.

Kim legte eine Hand auf Margits Schulter. »Komm, Margit, ich bringe dich nach Hause. Du kannst nicht hierbleiben.«

Margit schien sie nicht zu hören.

Kim beugte sich zu ihr hinunter. »Komm«, wiederholte sie. »Du mußt dich ausruhen.«

»Er sieht so klein aus«, sagte Margit. »Er ist doch gar nicht so klein.«

Kim strich ihr über die Schulter. »Das kommt dir nur so vor«, sagte sie. »Wenn er wieder gesund ist, wird er genauso groß sein wie vorher.« Sie griff an die Lehne von Margits Stuhl. »Gib mir deine Hand. Ich bringe den Stuhl zurück.«

Das schien Margit ein wenig aus ihrer Lethargie zu reißen. »Ich kann schon ... allein ...«, sagte sie und stand auf. Sie schwankte. Kim stützte sie schnell und ließ den Stuhl Stuhl sein. Das war ohnehin nur ein Ablenkungsmanöver gewesen, um Margit in die reale Welt zurückzuholen.

Sie brachte Margit nach Hause, kochte ihr einen Tee, brachte sie ins Bett und gab ihr auf ihren Wunsch hin eine Schlaftablette.

»Ruf mich an, wenn du aufwachst«, sagte sie und legte das Telefon neben Margit auf den Nachttisch.

Margit nickte müde. Die Schlaftablette wirkte schon.

Nachdem Margit eingeschlafen war, fuhr sie wieder zurück ins Büro.

Sie rief Sonja an.

»Tut mir leid, daß ich dich heute morgen so abgewürgt habe«, sagte sie. »Ich bin gerade vom Krankenhaus zurück.«

»Wie geht es Rolf?« fragte Sonja.

»Er lebt.« Kim strich sich durch die Haare. »Ich habe Margit nach Hause gebracht und versorgt. Sie schläft jetzt. Rolf schläft auch. Auf der Intensivstation. Heute nachmittag können sie mehr sagen. Vielleicht kann ich dann mit einem Arzt sprechen. Jetzt war keiner da.«

»Gott sei Dank«, sagte Sonja. Sie atmete hörbar aus. »Er lebt.«

»Margit war furchtbar erschüttert«, sagte Kim. »Sie sagt, er wäre noch keinen Tag krankgewesen. Es ist das erste Mal. Sie sind seit 42 Jahren verheiratet.«

»Ja, ich weiß«, sagte Sonja. »Eine lange Zeit.« Sie räusperte sich. »Sollen wir zusammen essen gehen? Dann kannst du mir mehr darüber erzählen.«

Kim wußte zuerst nicht, was sie sagen sollte. Sie war überrascht von Sonjas Vorschlag. »Ja«, sagte sie. Sie schaute auf die Uhr. »Es ist gleich Mittagszeit, das ist mir gar nicht aufgefallen.«

»Verständlich«, sagte Sonja. »Aber ich bin ein Gewohnheitsmensch. Ich bekomme pünktlich um zwölf Uhr Hunger.« Sie lachte leicht.

»Ich stehe nicht ganz so früh auf wie du«, sagte Kim, »aber ich würde mich dir trotzdem anschließen.« Sie war immer noch überrascht, daß Sonja so offen auf sie zuging. »Allerdings kann ich erst in einer halben Stunde dasein, ich muß erst von hier rüberfahren.«

»Ich treffe dich vor der Kantine«, sagte Sonja. Sie legte auf.

Kim saß einen Moment da und fühlte sich leicht überfordert. Erst die Sache mit Rolf und jetzt auch noch Sonja in so – wie es schien – aufgeräumter Stimmung, das brachte sie ganz schön durcheinander.

Aber sie freute sich. Sie spürte, wie innerlich die Sehnsucht wuchs, Sonja zu sehen. Da war ein Kribbeln ...

Aber darüber sind wir doch hinaus, oder nicht? Eine innere Stimme wie die einer Ärztin ließ sie aufhorchen.

Du weißt, daß sie nicht dasselbe erwartet wie du, oder? Sie verbindet mit dieser Einladung nichts als Essen – und vielleicht ein gutes Gespräch.

»Ich weiß.« Kim seufzte. Aber trotzdem. Sie hatte Sonja so lange vermißt, ihren Anblick entbehrt und ihre Gegenwart, da war jede Begegnung ein Fest.

Sonja erwartete sie schon vor dem Eingang zur Kantine. Sie lächelte Kim entgegen.

»Du siehst erholt aus«, sagte Kim. Sonja sah in der Tat um Klassen besser aus als gestern. »Was so ein bißchen Schlaf bewirken kann ...«

»O ja.« Sonja lächelte noch mehr. Kim wußte nicht, wo sie hinschauen sollte. Dieses Lächeln brachte sie einfach um den Verstand. »Ich habe wirklich hervorragend geschlafen in deiner Wohnung. Es ist so ruhig und friedlich dort.«

Kim lachte. »Wenn die Nachbarskinder in der Schule sind!« sagte sie. »Am Wochenende ist es manchmal ziemlich laut.«

»Davon hätte ich vermutlich auch nichts gemerkt«, sagte Sonja. »Ich habe wie ein Murmeltier geschlafen.«

»Freut mich.« Kim lächelte. »Das war ja auch der Sinn der Sache.«

»Wollen wir hineingehen?« Sonja ging vor und Kim folgte ihr. Sonja schlug den Weg zur Kantine für die Führungskräfte ein. Kim aß dort üblicherweise nicht, weil sie gemeinsam mit ihrem Team die Mittagspause verbrachte, für die die normale Kantine ausreichen mußte.

Die Kantine für Führungskräfte war ein abgetrennter Raum, der eher wie ein Restaurant wirkte. Man wurde dort von einer Kellnerin bedient.

Sie setzten sich an einen Tisch, und die Kellnerin kam und brachte eine große Flasche Wasser.

»Danke«, sagte Sonja. Offenbar war das das übliche, was sie zum Mittagessen trank, und die Kellnerin wußte das schon. »Was trinkst du?« fragte Sonja. »Wasser als einziges Getränk ist nicht jedermanns Geschmack.«

Kim schmunzelte. »Und jederfraus auch nicht«, sagte sie. »Mittags ist nun einmal Unalkoholisches angesagt, sonst ist die Arbeit am Nachmittag gelaufen. Orangensaft«, wandte sie sich an die Kellnerin. »Frisch gepreßt, wenn's geht.«

»Selbstverständlich.« Die Kellnerin verschwand.

»Vielleicht kann ich jetzt noch den Rest meines Dankes abstatten«, sagte Sonja lächelnd, »den ich dir eigentlich heute morgen schon aussprechen wollte.«

»Nicht nötig«, sagte Kim. »Das war doch nichts Besonderes.«

»Doch, finde ich schon.« Sonja schaute sie merkwürdig an. »Doch, ja«, fügte sie noch einmal bestätigend hinzu.

Kim lachte etwas verkrampft. »Jederzeit gern wieder«, sagte sie.

Sonja schaute sie erneut an, und es lag etwas in ihren Augen, das Kim nicht entschlüsseln konnte. »Ich glaube kaum«, sagte sie. »Aber gestern . . . gestern war ich sehr froh darüber.«

»Das hat Jo mir erzählt«, lachte Kim. »Und ich war sehr froh zu hören, daß es dir dann am Nachmittag wesentlich besser gegangen ist als morgens.«

»Diese Buschtrommeln«, sagte Sonja. »Wozu muß ich dir überhaupt etwas erzählen? Du weißt doch sowieso schon alles.« Sie schaute etwas mißtrauisch.

»Nur, daß es dir nachmittags besser gegangen ist«, schränkte Kim schnell ein. »Mehr hat Jo nicht erzählt. Sie war ganz begeistert von dir.«

»Ich dachte, ich wäre nicht ihr Typ?« sagte Sonja.

»Oh, warum habe ich dir das nur gesagt?« stöhnte Kim. »Das hätte ich nicht tun sollen. Es hat doch keine Bedeutung.«

»Nein, hat es nicht«, bestätigte Sonja. »Es war auch für mich angenehm, gestern nachmittag einmal *nicht* das Gefühl zu haben, daß Frau Mayrhofer mich haßt.«

»Sie haßt dich doch nicht!« Kim schaute sie entsetzt an.

»Nicht?« Sonja hob die Augenbrauen. »Ich hatte den Eindruck.«

»Aber nein.« Kim schüttelte den Kopf. »Du bist ihre Chefin, und sie möchte so für dich arbeiten, daß du zufrieden bist, das ist alles. Wenn du nicht zufrieden bist, ist sie auch nicht zufrieden. Das ist doch ganz normal.«

»Vermutlich«, sagte Sonja. Sie starrte aus dem Fenster.

»Ihr Orangensaft.« Die Kellnerin stellte ein großes Glas vor Kim hin.

»Danke.« Kim schaute in die Speisekarte, ein mit dem Firmendrucker ausgedrucktes Blättchen, das auf dem Tisch lag. »Ich nehme die Spaghetti.« Das Essen in der Kantine für Führungskräfte war auch nichts anderes als das, was der Rest der Belegschaft bekam. Es wurde nur in ansprechenderer Form und Umgebung serviert.

»Für Sie den üblichen Salat, Frau Kantner?« fragte die Bedienung.

»Ja.« Sonja nickte.

»Ah, Salat«, sagte Kim. »Daran habe ich gar nicht gedacht. Es steht nicht auf der Karte.«

»Salat gibt es immer«, sagte Sonja abwesend.

»Du bist halt viel gesundheitsbewußter als ich«, lachte Kim.

»Wenn ich das essen würde, was auf der Karte steht«, sagte Sonja, »müßte ich mir wohl bald ein paar neue Kleider kaufen.«

»Oh, ich finde eigentlich ... so ein paar Gramm mehr ... denkst du wirklich, daß das so schlimm wäre?« fragte Kim. Das war kein gutes Thema. Es brachte sie auf Gedanken, was sie mit diesen paar Gramm alles anfangen könnte. Ihr wurde warm. »Du bist doch sehr ... schlank.« Sie versuchte unauffällig zu schlucken.

»Danke«, sagte Sonja, »aber das ist harte Arbeit. Und in letzter Zeit hatte ich auch nicht viel Gelegenheit, in Ruhe zu essen.«

»Das Reorganisationsprojekt?« fragte Kim.

»Ja.« Sonja dehnte das Wort etwas und schaute Kim an. »Viel Arbeit.«

Und dein Mann? wollte Kim fragen. *Hält er dich vielleicht vom Essen ab?* Denn Sonjas Antwort war offensichtlich nicht vollständig gewesen. Aber solche Anspielungen sollte sie wohl eher tunlichst unterlassen.

Die Kellnerin kam mit ihren beiden Tellern und stellte sie vor sie hin. Neben Sonja stellte sie zudem ein paar Flaschen mit Zutaten für die Salatsoße ab. Offenbar mochte sie keine fertigen Soßen.

Während Sonja ihre Salatsoße mischte, beobachtete Kim sie aus dem Augenwinkel. Weshalb hatte Sonja sie zum Essen eingeladen? Nun ja, weniger eingeladen als mitgenommen, aber darauf kam es jetzt nicht an. Sie mußte einen Grund gehabt haben.

»Und du denkst, Rolf geht es bald wieder besser?« fragte Sonja plötzlich.

Aha, sie wechselte das Thema. »Ich weiß nicht.« Kim zuckte die Schultern. »Ich hoffe es. Für ihn und für Margit. Sie ist natürlich tief erschüttert. Wenn man so lange verheiratet ist . . .«

»Ja«, sagte Sonja. »Das muß furchtbar sein.« Sie tröpfelte die Soße über ihren Salat, nahm eine Gabel und begann zu essen.

»Ich denke, man gewöhnt sich sehr an einen Partner über so lange Zeit«, sagte Kim. »Man kann sich gar nicht mehr vorstellen, ohne ihn zu leben.«

»Wahrscheinlich«, sagte Sonja und widmete sich weiter ihrem Salat.

Wahrscheinlich? Sonja war doch auch schon ein paar Jahre verheiratet. Eigentlich hätte sie das selbst erlebt haben müssen. Auch wenn sie und ihr Mann sich jetzt nicht mehr verstanden, aber irgendwann . . . irgendwann mußten sie sich doch geliebt haben.

Kim versuchte sich innerlich von dem Thema zu lösen. Es war keinesfalls eines, mit dem sie sich länger beschäftigen wollte.

»Margit ist am Boden zerstört«, sagte Kim, »und umgekehrt wäre es Rolf bestimmt auch, wenn sie den Herzinfarkt gehabt hätte. Auch wenn sie keine gute Köchin ist.« Sie lachte.

»Darauf kommt es nicht an«, sagte Sonja. Sie schien nachdenklich.

»Nein, sicherlich nicht.« Kim lachte noch einmal. »Dann hätte sich Rolf längst scheiden lassen!«

Sonja wandte ihren Kopf zu ihr. »Eine Scheidung ist manchmal nicht so einfach«, sagte sie.

»Aber Rolf und Margit doch nicht!« sagte Kim. »Die sind das Paar des Jahrhunderts, wenn nicht gar des Jahrtausends. Sie lieben sich immer noch, das sieht man an allem, was sie tun, und wie sie miteinander umgehen.«

»Ja«, sagte Sonja. »Sie gehen sehr liebevoll miteinander um.« Ihre Stimme klang, als ob sie einen Zeitungsbericht zitieren würde. Eine Tatsache, die sie nichts weiter anging.

»Alle Menschen sollten so miteinander umgehen«, sagte Kim. »Die beiden sind ein gutes Vorbild.«

»Und wenn er stirbt?« fragte Sonja unvermittelt. »Was macht sie dann?«

»Das wäre furchtbar«, sagte Kim. Selbst ihr setzte sich ein Knubbel in den Magen. Wie mußte es erst Margit gehen?

»Ja, das wäre furchtbar«, wiederholte Sonja. »Dann hat sie so lange mit einem Menschen gelebt, der plötzlich nicht mehr da ist. Ihr ganzes Leben ist darauf ausgerichtet. Und mit einem Mal ist sie allein. Alt und allein. Sie kann sich nicht mehr umstellen, nichts Neues mehr anfangen, ihr Leben liegt hinter ihr.«

»Sonja!« Kim schaute Sonja entgeistert an. »Du stellst dir Rolfs Tod vor?«

»Aber nein.« Sonja schien wie aus einem Traum zu erwachen. »Nein.« Sie legte ihre Gabel zu Seite. »Nichts liegt mir ferner. Ich hoffe, daß er wieder gesund wird. Und noch sehr, sehr lange lebt. Mit Margit zusammen.«

»Ja.« Kim atmete durch. Sie hatte wirklich einen Schreck bekommen, weil Sonja das Szenario nach Rolfs Tod so realistisch geschildert hatte, als wäre es schon eingetreten.

»Entschuldige«, sagte Sonja. »Ich bin wohl noch immer nicht ganz auf der Höhe. Ein paar Stunden Schlaf reichen da denn doch nicht.«

»Konntest du heute nacht denn schlafen?« fragte Kim. »Schlafstörungen sind schon schlimm. Ich bin froh, daß ich nicht darunter leide.«

»Schlafstörungen«, wiederholte Sonja. »Ja, schlimm. Es ist schwer, das nachzuholen.«

»Warst du schon mal beim Arzt deswegen?« fragte Kim. »Kann man nichts dagegen machen?«

»Beim Arzt?« Sonja schaute sie an, als ob das eine sehr abwegige Idee wäre.

»Na ja, wenn das so anhält ...«, sagte Kim. »Es muß doch eine Ursache dafür geben.«

»Eine Ursache.« Sonja blickte wieder aus dem Fenster. Dann wandte sie den Blick zurück zu Kim. »Ja, eine Ursache muß es geben.«

»Entschuldigung, ich will dich ja nicht ausfragen«, sagte Kim. »Bin ich dir zu nahe getreten? Ich meine, Schlafstörungen ... viele Leute leiden darunter. Da gibt es doch Mittel und Wege –«

»Natürlich«, unterbrach Sonja sie. »Es gibt Mittel und Wege, Schlafstörungen zu beseitigen. Da hast du schon recht. Du bist mir nicht zu nahe getreten. Ich bin nur ... nun ja, wie ich sagte, nicht ganz auf der Höhe.«

»Ich habe noch ein paar Vitamintabletten in meinem Büro«, sagte Kim. »Willst du sie?«

Sonja verzog die Mundwinkel zu einem angedeuteten Lächeln. »Nein, danke«, sagte sie. Sie winkte der Kellnerin. »Meinen Kaffee, bitte.«

Die Kellnerin nickte und warf Kim einen fragenden Blick zu.

»Ich auch«, sagte Kim. Als die Kellnerin gegangen war, fuhr sie fort: »Ich habe im Geschäftsbericht gelesen, daß das Reorganisationsprojekt bald abgeschlossen sein soll. Dann hast du sicher wieder mehr Ruhe.«

»Wenn sie nicht etwas anderes für mich finden«, sagte Sonja. Sie schaute Kim mit leicht schiefgelegtem Kopf an. »Und wenn eine gewisse Mitarbeiterin nicht Vorschläge gemacht hätte, die das Ganze auf den Kopf stellen.«

»Tut mir leid«, sagte Kim. »Das wollte ich nicht. Es war wirklich nur eine spontane Idee. Du mußt sie ja nicht aufnehmen.«

»Doch, muß ich«, sagte Sonja. »Sie ist zu gut. Ich ärgere mich, daß ich nicht selbst darauf gekommen bin.«

»Wahrscheinlich warst du einfach zu müde«, sagte Kim lächelnd. »Dann kann ich auch nicht denken.«

»Ja, wahrscheinlich war ich einfach zu müde«, sagte Sonja. Aber es klang, als ob sie das nicht wirklich glauben würde.

»Sonja, ich –« Kim schaute an die Decke und setzte dann noch einmal an. »Sonja, ich ... ich freue mich so, daß wir wieder miteinander reden können.«

In diesem Moment kam der Kaffee.

Sonja antwortete nicht, sondern wartete, bis die Kellnerin wieder gegangen war. Sie tat zwei Tabletten Süßstoff in ihren Kaffee und rührte um.

»Wenn du ... wenn du nicht darüber reden willst, verstehe ich das«, sagte Kim verlegen. »Ich akzeptiere es. Es ist nur ... Ich wollte es dir sagen.«

Sonja legte die Hände um ihre Kaffeetasse. Sie schaute in die Tasse hinein, als suchte sie dort eine Antwort. Dann hob sie den Kopf. »Als ich gestern sagte, ich kenne die Situation, meinte ich genau das«, sagte sie. »Es ist nicht das erste Mal, daß ...«, sie zögerte, ». . . jemand«, fuhr sie dann fort, »meint, ein Anrecht auf mich zu haben aufgrund einer . . .«, sie zögerte wieder, ». . . Gefälligkeit, die ich ihm erwiesen habe. Aber das eine hat mit dem anderen nichts zu tun. Ich glaube, das habe ich schon einmal klargemacht.«

Kim schaute sie an, und sie wünschte sich so sehr, sie könnte sie berühren, und wenn es nur gewesen wäre, um ihr zu zeigen, daß sie keine Angst vor ihr zu haben brauchte. Daß sie ihr vertrauen konnte. »Das hast du«, sagte sie. »Ich akzeptiere es, aber es ändert leider nichts an meinen Gefühlen für dich, und damit muß ich klarkommen. Aber ich werde dich nicht damit belästigen, darauf kannst du dich verlassen. Ich werde es nie wieder erwähnen.«

Sonja betrachtete stumm Kims Gesicht. »Kannst du das: damit klarkommen?« fragte sie nach einer Weile.

Kim mußte fast lachen. »Oh, wir Lesben sind daran gewöhnt, mit unseren Gefühlen für Heterofrauen klarzukommen«, sagte sie. »Das ist eine Situation, die *ich* kenne.«

»Ist das so«, sagte Sonja und lehnte sich fast wie erstaunt zurück. »Kommt das so oft vor?«

»Das Verhältnis ist neun zu eins«, sagte Kim. »Ich glaube, das sagt schon alles.«

»Darüber habe ich mir noch nie Gedanken gemacht«, sagte Sonja. »Das bedeutet, fast jede Frau, in die du dich verliebst, ist . . . nun ja, so wie ich?«

Jetzt lachte Kim wirklich. »Nein«, sagte sie, »so schlimm ist es auch wieder nicht. Die meisten Frauen, die ich kennenlerne, sind lesbisch. Und übrigens –«, sie beugte sich vor, »so wie du war bisher noch keine.«

»Kim, bitte . . .« Sonja verzog das Gesicht. »Was hattest du mir eben versprochen?«

»Etwas anderes«, sagte Kim. »Du bist einmalig. Das werde ich ja wohl noch sagen dürfen.«

Wieder verzog Sonja das Gesicht. »Oje«, sagte sie. »Kannst du das ein bißchen . . . reduzieren, solche Bemerkungen? Damit kann ich wirklich nicht umgehen, und . . . na ja, wir wollten doch –«

»Schon gut«, sagte Kim. »Du brauchst keine Angst zu haben. Das war das letzte Mal, das ich so etwas gesagt habe. Jetzt weißt du es ja.« Sie schmunzelte.

Sonja runzelte die Stirn. »Was ich nicht weiß, ist, ob ich dem gewachsen bin«, sagte sie. »Ich dachte, ich – Die Situation war einfach unhaltbar. Ich wollte das nicht.«

»Ich auch nicht«, sagte Kim weich. »Jetzt ist es viel besser.« Sie lachte. »Wir sollten einfach öfter mal zusammen essen gehen!«

»Das können wir«, sagte Sonja völlig überraschend. »Wenn ich mittags hier im Haus bin, habe ich nichts dagegen.«

Kim schaute sie an. »Bist du sicher?«

»Warum nicht?« Sonja zuckte die Schultern. »Ich hasse es, während der Mittagspause über die Arbeit zu reden. Das sind die einzigen paar Minuten, die ich am Tag für mich habe. Deshalb gehe ich nicht gern mit Kollegen essen. Die haben nämlich meistens kein anderes Thema als die Arbeit.« Sie lächelte. »Außer Rolf. Er war schon immer anders. Ein Familienmensch.«

Kim seufzte. »Ich glaube, daß er und Margit keine Kinder haben, war ein großes Unglück für sie. Sie wollten immer welche.«

»Ja.« Sonjas Gesicht verschloß sich. Sie schaute auf die Uhr. »Ich muß zurück. Sehen wir uns morgen um dieselbe Zeit vor der Kantine?« Sie stand auf und schaute auf Kim hinunter.

Kim war zu überrumpelt. Sie blieb einfach sitzen. »Ja«, sagte sie. »Wenn du willst.«

»Dann bis morgen«, sagte Sonja, drehte sich um und war im nächsten Moment verschwunden.

Kim schüttelte den Kopf. Wie eine kalte Dusche, die gleichzeitig angenehm prickelt, so kam ihr Sonjas Abgang vor. Sie machte Versprechungen – vielleicht waren es auch nur Versprechungen, die Kim sich einbildete –, die sie mit einer Menge Stacheln garnierte. Die Stacheln waren aber wiederum so weich, so samtig, daß man sie am liebsten streicheln wollte.

Wenn ich das tue, steche ich mich dann? fragte Kim sich. *Oder wird sie sie dann einziehen?*

In den nächsten Tagen sahen Kim und Sonja sich täglich, wenn auch nur zum Mittagessen. Es wurde eine feste Gewohnheit.

Die Arbeit war als Thema zwischen ihnen tabu und ebenso das, was im Hotel geschehen war, aber sie fanden eine Menge anderer Themen, über die sie sich unterhalten konnten. Musik, Literatur, Filme und sogar Essen. Und natürlich Rolfs Genesung, die langsam

Fortschritte machte.

»Ich bin so froh«, sagte Kim, »daß er jetzt schon wieder aufstehen kann. Vor ein paar Tagen hätte ich mir das noch nicht vorstellen können.«

»Ich war gestern nachmittag bei ihm«, erwiderte Sonja. »Er sieht wirklich gut aus. Er macht schon wieder Witze.«

»Da haben wir uns wohl knapp verpaßt«, sagte Kim erstaunt. »Hättest du was gesagt, hätten wir doch zusammen gehen können.«

»Ich war gerade in der Gegend«, sagte Sonja. »Es war ein spontaner Entschluß.«

Spontan? Sonja? Hatte sie das nicht bestritten? »Hm«, sagte Kim. »Margit ist noch immer sehr besorgt. Hast du mit ihr gesprochen?«

»Ja«, sagte Sonja. »Sie ist ja fast den ganzen Tag im Krankenhaus.«

»Rolfs Herzinfarkt hat ihr so einen Schock versetzt, das wird sie nicht so schnell überwinden können, auch wenn es ihm jetzt schon wieder besser geht.«

»Bald nicht mehr.« Sonja schmunzelte. »Margit hat angekündigt, ihm demnächst einen Kuchen zu backen.«

Kim mußte lachen. »Du meine Güte! Das wäre Grund für einen zweiten Herzinfarkt.«

»Hoffentlich nicht«, sagte Sonja. Aber sie lächelte auch. Keine von ihnen meinte es ernst.

»So gesehen hat ein Herzinfarkt auch sein Gutes«, sagte Kim. »Rolf ist einige Tage von Margits Koch- und Backkünsten verschont geblieben.«

»Das ist eine harte Kur«, sagte Sonja. »Nur um nicht ihren Kuchen essen zu müssen.«

»Ihr Kuchen ist grauenhaft«, sagte Kim und verzog das Gesicht. »Ich weiß nicht, was sie da reintut.«

»Ich weiß es«, sagte Sonja. »Beton und eine Menge Zucker.«

Kim lachte erneut. »Das beschreibt es genau!«

Sonja stocherte in ihrem Salat herum. »Ich habe das neue Konzept für das Projekt fertig«, sagte sie.

Kim schaute auf. Arbeit als Thema? War das nicht tabu?

»Ich habe mich gefragt –« Sie schaute auf, schaute dann wieder auf den Salat, nahm ein bißchen Soße, mischte sie unter die Salatblätter. »Ich habe mich gefragt, ob ich dich vielleicht als Projektmitarbeiterin anfordern könnte. Nicht hundert Prozent. Nur soviel, wie du neben deiner Arbeit erübrigen kannst. Du mußt ja jetzt auch noch Rolf vertreten.«

Kim war sprachlos.

»Es war deine Idee«, sagte Sonja, fast entschuldigend. »Ich dachte, da solltest du an der Umsetzung vielleicht beteiligt sein.«

»Ich ... ich wäre begeistert«, brachte Kim endlich verwundert hervor. »Das ließe sich sicher machen. Zehn Prozent vielleicht. Oder zwanzig. Ich habe Rolf ja eigentlich die ganze Zeit schon vertreten, und das Team ist gut eingespielt. Die kommen auch mal einen Tag ohne mich klar.«

»Das dachte ich auch«, sagte Sonja. »Also abgemacht. Ich werde das beantragen.«

»Dann komme ich endlich mal wieder an die frische Luft«, sagte Kim schmunzelnd.

»Die frische Luft kann einem auch zuviel werden.« Sonja seufzte. »Ständig außer Haus und unterwegs, das ist eigentlich nicht mein Fall. Aber es muß halt sein. Nächste Woche geht es wieder los, jetzt wo ich das Konzept fertighabe.«

»Dann kannst du dich am Wochenende ja noch erholen«, sagte Kim lächelnd, »und Kräfte sammeln.« Es war Freitag, die Kantine war halb leer gewesen, als sie kamen, weil viele Leute freitags nicht mehr hier aßen, sondern früher nach Hause gingen.

»Ja.« Sonja antwortete nur knapp. »Die nächste Woche wird hart.«

»Wenn du willst, kann ich dich schon ab Montag unterstützen, auch wenn der Antrag noch nicht durch ist«, sagte Kim. »Das wird schon gehen.«

»Wenn du Zeit hast, gern«, sagte Sonja. »Ich denke auch, daß das kein Problem ist. Die Reorganisation hat oberste Priorität. Ich bekomme eigentlich alles, was ich will.«

»Den Eindruck hatte ich auch«, sagte Kim erneut schmunzelnd.

»Kim.« Sonja schaute sie ernst an. »Muß ich dich erinnern ...?«

»Nein, mußt du nicht«, sagte Kim. »War nicht so gemeint. Ich meinte natürlich das Projekt.«

»Ja.« Sonja schaute sie immer noch ernst an. »So habe ich es auch verstanden.«

Kim hätte gern länger in ihre Augen geschaut, aber Sonja wandte den Blick ab und studierte den Salzstreuer auf dem Nachbartisch.

Warum tut sie das? dachte Kim. *Erst schiebt sie mich als Mitarbeiterin ab, und nun holt sie mich wieder zurück. Unsere Mittagessen – gut, das ist die eine Sache. Aber wieder den ganzen Tag miteinander arbeiten? Auch wenn es nicht jeden Tag ist?*

Sie konnte sich nicht wirklich einen Reim auf Sonjas Verhalten machen. Sie schien einerseits Distanz wahren zu wollen, und auf der anderen Seite nahm sie jede Gelegenheit wahr, mehr Zeit miteinander zu verbringen.

Der Freitag war für Kim ein Arbeitstag wie jeder andere. Sie ging nicht früher – wie viele ihrer Kollegen –, sie blieb länger. Es war dunkel, als sie das Gebäude verließ und nach Hause fuhr.

Sie stellte den Wagen am Straßenrand ab, nachdem sie einen Parkplatz gefunden hatte. Das war manchmal gar nicht so einfach, denn die meisten Leute kamen früher nach Hause als sie. Sie ging auf dem Fußweg entlang zum Eingang des Hauses, als sie stutzte.

Den Wagen kannte sie doch. Sie ging darauf zu und schaute durch das Seitenfenster hinein.

»Sonja?«

Sonja bemerkte sie und ließ die Scheibe herunterfahren. »Du kommst wirklich spät nach Hause«, sagte sie.

»Äh ... ja.« Kim wußte nicht, was sie sagen sollte. »Wie immer.«

»Ich ...« Sonja zögerte. »Ich muß mit dir reden«, sagte sie dann.

»Hier? Im Auto?« Kim fühlte sich irritiert.

»Nein, ich ... laß uns hochgehen.« Sonja schloß das Fenster des Wagens und stieg aus.

Kim schaute sie erstaunt an. Sonja ging vor zur Tür und wartete auf sie. Kim mußte sich geradezu einen Ruck geben, um ihr zu folgen. Sie war noch immer zu überrascht.

Sie gingen stumm nach oben. Kim schloß die Tür auf und ließ Sonja herein.

»Möchtest du –« Sie drehte sich herum, um Sonja einen Kaffee anzubieten, auch wenn es dafür vielleicht ein bißchen spät war.

Sonja legte ihren Arm um Kims Nacken und küßte sie. »Du mußt dir darüber im klaren sein, daß es nie mehr werden kann als eine Affäre«, sagte sie, als sie Kim wieder losließ. »Ich bin verheiratet, und das werde ich auch immer bleiben. Immer, verstehst du?«

Kim fühlte Sonjas Lippen noch auf ihren. Der Kuß war süß gewesen, aber nicht leidenschaftlich. Kim hatte gar nicht reagieren können.

»Ich ... Sonja ... was soll das?« fragte sie verwirrt.

»Wünschst du dir das nicht?« fragte Sonja zurück. »Schon die ganze Zeit?«

»Ja«, gab Kim zu. »Natürlich wünsche ich mir das.« Sie zögerte leicht. »Das heißt nein. Eine Affäre habe ich mir nie gewünscht. Das ist ... nun ja, meist keine glückliche Ausgangsposition.«

»Mehr kann ich dir nicht bieten«, sagte Sonja. »Ich dachte nur, weil ...«, sie blickte zu Boden, »weil du so viel Interesse gezeigt hast, daß du vielleicht ... Aber wenn ich mich da geirrt habe, entschuldige.«

Kim schüttelte leicht den Kopf. »Du hast dich nicht geirrt bezüglich meines ... Interesses«, sagte sie. »Ich habe dir gesagt, daß ich dich liebe. Viel mehr Interesse kann man an einer Person kaum haben.«

»Ich ... Kim ...« Sonja blickte auf. »Ich kann dir nicht verbieten, mich zu ... lieben, aber bitte sag es mir nicht. Nie mehr wieder. Es ... ich kann dir nicht geben, was du als Gegenleistung dafür erwartest.«

»Du meinst, du liebst mich nicht?« fragte Kim. Eine kalte Hand krampfte sich um ihr Herz. Aber was hatte sie denn erwartet?

»Ich –« Sonja rang die Hände. »Ich kann dir darauf keine Antwort geben«, sagte sie. »Ich dachte ... na ja, ich dachte, es ginge ohne das.«

»Ohne das?« Kim hätte am liebsten nur noch den Kopf geschüttelt. »Ohne Liebe, meinst du? Zumindest von deiner Seite aus?« Sie schaute Sonja ernst an. »Das heißt, du bietest mir eine rein sexuelle Beziehung an, habe ich das richtig verstanden? Ohne Liebe und ohne Verpflichtungen.«

»Ich ... ich bin verheiratet«, wiederholte Sonja leise. »Ich habe eine Verpflichtung, die ich nicht ignorieren kann.«

»Eine Ehe ist nicht unauflöslich«, sagte Kim. »Es sei denn, man glaubt der katholischen Kirche, was ich nicht tue. Tust du es?«

»Nein.« Sonja schüttelte langsam den Kopf. »Tue ich nicht.« Sie trat einen Schritt zurück. »Aber meine Ehe steht hier nicht zur Debatte – und schon gar nicht zur Disposition. Wenn du es davon abhängig machst, tut es mir leid.«

»Warum bist du hergekommen?« fragte Kim. »Was hast du dir vorgestellt?«

»Du weißt, meine Vorstellungskraft ist nicht gerade besonders ausgeprägt«, erwiderte Sonja etwas trocken. »Ich bin von meinen Erfahrungen ausgegangen.«

»Deinen Erfahrungen mit ... Männern?« fragte Kim. »Ist dir vielleicht schon einmal der Gedanke gekommen, daß eine Frau anders reagieren könnte?«

»Ehrlich gesagt nicht«, sagte Sonja. »Bisher –« Sie brach ab.

»Bisher hattest du das Problem mit einer Frau noch nie, ich weiß«, sagte Kim genauso trocken wie Sonja zuvor. »Und die Männer – das hat immer geklappt? Du hattest mit jedem von ihnen dann eine Affäre?«

»Das klingt, als ob ich von einer Affäre zur nächsten springen würde«, sagte Sonja. »So ist es nicht.«

»Auf jeden Fall haben sie deine ... Gefälligkeiten, wie du es nennst, offenbar nie abgelehnt, sonst wärst du nicht davon ausgegangen, daß es bei mir genauso ist«, sagte Kim.

»Ja, du meine Güte!« Sonja hob ärgerlich die Stimme. »Sie haben es nicht abgelehnt. Warum sollten sie auch? Oder findest du mich so unattraktiv? Bisher hatte ich eigentlich einen anderen Eindruck.«

»Der absolut richtig ist«, sagte Kim ruhig. »Ich finde dich *sehr* attraktiv.«

»Kein Mann verlangt Liebe, nur um Sex zu haben«, sagte Sonja kühl. »Das brauchen sie nicht.«

»Aber ich brauche es«, sagte Kim. »Zumindest mit dir. Es gab Frauen, bei denen das anders war, aber du ... du bist für mich etwas Besonderes. Ich würde mir wünschen, daß du es genauso empfinden würdest.«

»Es *ist* etwas Besonderes«, sagte Sonja, »schon allein deshalb, weil du eine Frau bist und weil ich noch nie mit einer Frau –« Sie sammelte sich. »Aber wenn es nicht geht, dann geht es eben nicht«, sagte sie. »Ich habe immer wieder von dir verlangt, dich zurückzuhalten, und nun tust du genau das, was ich von dir verlangt habe. Ich kann dir keine Vorwürfe machen. Es war mein Fehler.«

»Es war kein ... Fehler«, sagte Kim. »Ein Mißverständnis vielleicht, aber kein Fehler. Ich meine ...« Sie fuhr sich durch die Haare. »Ich meine, ich würde mich sehr freuen, wenn wir ... wenn wir zusammenkämen. Ich –« Sie schaute Sonja an. »Ich sehne mich nach dir. Ich träume von dir. Du bist alles, was ich mir wünsche.«

Sonja musterte ihr Gesicht. »Warum geht es dann nicht?« fragte sie leise. »Laß es uns doch versuchen.« Sie legte wieder einen Arm um Kims Nacken und zog sie zu sich heran. »Ich sehne mich auch nach dir«, flüsterte sie.

Ihre Lippen legten sich sanft auf Kims, und Kim fühlte sich daran erinnert, wie sie Sonja damals im Auto geküßt hatte, während sie schlief. Das war auch nicht fair gewesen. Sie hatte die Situation ausgenutzt. Wie konnte sie ihr da jetzt Vorwürfe machen?

Und außerdem – ihr Körper zeigte ihr den Weg. Er reagierte auf Sonjas Berührungen, auf Sonjas Kuß. Er wollte mehr davon.

Sie beugte sich vor, um Sonja entgegenzukommen, und fuhr mit ihrer Zunge vorsichtig über Sonjas Lippen.

Sonja seufzte. Sie öffnete ihre Lippen weiter, um Kim Einlaß zu gewähren.

Kim erforschte Sonjas Mund und empfand die Süße der Berührung wie einen Fluß, der ihren ganzen Körper warm durchströmte. Sie legte ihre Arme um Sonja und zog sie näher zu sich heran, spürte, wie Sonjas Weichheit sie in einen Taumel versetzte und jedes vernünftige Denken in ihr ausschaltete.

»Sonja ...«, flüsterte sie immer wieder. »Sonja ...«

Sonja schmiegte sich an sie, mehr und mehr. Ihre Hände fuhren an Kims Rücken hinauf und hinunter, glitten unter ihr Hemd und streichelten ihre nackte Haut.

Kim stöhnte auf. Ihre Hände suchten Sonjas Po, preßten sie an sich, dann wanderten sie tiefer und schoben ihren Rock nach oben.

»Nein.« Sonja hörte auf Kim zu streicheln. »Bitte nicht«, flüsterte sie.

Für eine Sekunde flackerte eine Erinnerung in Kims Kopf auf, aber sie verschwand wieder. »Was ist?« flüsterte sie und strich mit ihren Lippen über Sonjas Wange. Sie spürte, wie Sonjas Haut glühte.

»Ich ... nicht so«, antwortete Sonja stockend. »Ich möchte ... erst duschen.«

Kim atmete tief durch und ließ sie los. »Natürlich. Ganz wie du willst.« Sie lächelte. »Keine schlechte Idee. Der Tag war lang. Darf ich mitduschen?«

Sonja schaute sie an. Ihre Mundwinkel zuckten. »Warum nicht?« sagte sie.

Sie ging zum Badezimmer hinüber, und Kim folgte ihr. Sonja ließ schon auf dem Weg ihre Kostümjacke fallen und öffnete die Knöpfe an ihrer Bluse. Als sie im Bad angekommen waren, zog sie den Reißverschluß an ihrem Rock herunter und schlüpfte hinaus. Sie stand nur in Slip und BH vor Kim.

Kim konnte sich nicht zurückhalten, umarmte sie von hinten und küßte ihren Nacken. »Du bist wundervoll«, flüsterte sie in ihr Ohr. »Du bist einfach wundervoll.«

Sonja schmiegte sich kurz an sie. »Zieh dich aus«, wisperte sie. »Oder willst du angezogen unter die Dusche?«

Kim lachte. »Nein.« Sie ließ Sonja los und zog sich schnell aus, während Sonja, mittlerweile auch nackt, bereits in die Dusche stieg.

Sonja drehte das Wasser auf. Es lief über ihren Körper, als wäre sie die Venus von Milo, die gerade den Fluten entstieg.

Kim starrte sie an wie ein unbekanntes Weltwunder, das sie noch nie gesehen hatte. Sie war so schön, so unglaublich schön. Ihre kastanienbraunen Haare fielen auf ihre nackten Schultern, als wollten sie einen Umhang für sie weben.

»Komm«, sagte Sonja und lächelte leicht. »Ich hätte nicht gedacht, daß ich dich dazu auffordern muß.«

Kim fühlte sich peinlich berührt. Sie riß sich zusammen. »Ich auch nicht«, sagte sie und stieg zu Sonja in die Dusche.

Das Wasser prasselte auf ihren Rücken, als Sonja leicht abrückte. Es war warm, aber nicht warm genug, um mit der Hitze, die in Kims Körper hochschoß, konkurrieren zu können.

Sonja streckte ihr die Hand hin. »Seifst du mich ein?«

Kim starrte ihre Hand an, in der die Seife lag, dann blickte sie auf und fühlte sich einfach nur überwältigt von Sonjas nackter

Schönheit. »Ich weiß nicht, ob ich dazu noch in der Lage bin«, sagte sie heiser.

»Versuch's«, sagte Sonja. »Oder soll ich zuerst bei dir –?«

Kim griff nach der Seife. »Nein, ich mach schon«, sagte sie. Wenn Sonja sie jetzt berührt hätte, hätte sie nicht gewußt, was passiert wäre.

Sonja drehte sich um, und Kim fuhr mit der Seife über Sonjas Schultern, ihren Rücken, ihre Arme, an der Taille glitt sie nach vorn, über Sonjas Bauch hinauf zu ihren Brüsten. Dort angekommen ließ sie die Seife fallen. Sie glitt nur noch mit ihren Händen über Sonjas Körper und verteilte den Schaum.

Sonja begann sich unter ihren Berührungen zu winden und seufzte leise. Sie lehnte sich zurück, schmiegte sich an Kim, verteilte die Seife durch ihre Bewegungen auf Kims Brüsten und Bauch.

Kim fühlte die Erregung immer mehr in die Spitzen ihrer Brüste steigen. Sie spannten sich schmerzhaft an. »Sonja«, flüsterte sie.

Ihre Hände umfaßten die sanften Rundungen von Sonjas Brüsten, hoben sie leicht an, genossen das Gewicht, ließen sie langsam wieder heruntersinken, wanderten höher und spürten die harten Steinchen in der Mitte unter ihrer Handfläche entlangstreichen.

Sonja stöhnte auf, preßte sich noch mehr an Kim. Ihr Po drängte sich in Kims Schoß, ließ keinen Platz mehr zwischen ihnen. »Kim . . .« Ihr Wispern war nur ein Hauch im Wasserdampf.

Kim glitt an Sonjas Brustwarzen auf und ab, durch die Seife war es möglich, die kleinen Erhebungen ununterbrochen zu reizen. Nur die Oberfläche, nichts weiter.

»O Gott!« Sonja stöhnte laut auf.

Sie drängte sich so sehr gegen Kim, daß Kim zurücktaumelte an die Wand. Sie hielt Sonja fest und reizte weiter nur ihre Brustwarzen, während Sonjas Po in ihrem Schoß rotierte.

»Kim . . . Kim . . .« Sonjas Stimme zitterte. »Bitte . . . bitte . . .«

»Bitte was?« flüsterte Kim in ihr Ohr. Sie knabberte kurz am Ohrläppchen und ließ es wieder los.

»Bitte . . . bitte . . .«, wiederholte Sonja hilflos.

»Schon gut, mein Schatz«, flüsterte Kim. Sie ließ eine Hand an Sonjas Brust liegen, fuhr mit dem Daumen weiter über die Brustwarze und wanderte mit der anderen Hand an Sonjas Körper nach unten. Sie genoß jeden Zentimeter des Weges, weil sie Sonjas

Haut pulsieren fühlte, als ob ein kleines Kraftwerk in ihr toben würde.

Sonja spreizte die Schenkel, als Kim ihr Dreieck erreichte, öffnete ihr den Weg.

Kim fühlte Sonjas Schoß unter ihrer Hand, sie legte ihre Finger darauf, berührte leicht den obersten Rand der Schamlippen.

Sonja stöhnte gequält, legte ihren Kopf zurück an Kims Schulter. »Du machst mich ... verrückt«, flüsterte sie mühsam. Ihre Schenkel zuckten.

»Das will ich auch«, flüsterte Kim zurück. »Du bist so schön, wenn du verrückt bist.« Sie küßte Sonja auf den Nacken, biß zärtlich hinein und glitt gleichzeitig mit einem Finger leicht in die Öffnung zwischen ihren Beinen.

Sonja schrie leise auf.

Kim spürte, wie naß Sonja war. Das kam nicht von der Dusche. Zwischen ihren Schenkeln war sie weit geöffnet, und ihre Schamlippen schienen immer noch anzuschwellen, direkt unter Kims Fingern. Es zog sehnsuchtsvoll in Kims Bauch, sie wollte Sonja lieben, bis sie endlich begriff, was Liebe war. Aber das war aussichtslos.

Für einen Moment war Kim ernüchtert. Was tat sie hier? Worauf hatte sie sich da eingelassen? War das überhaupt das, was sie wollte?

Da seufzte Sonja auf, und heiße Strahlen fuhren durch Kims Adern. Sie konnte nicht mehr denken, nur noch fühlen. »Du bist so süß«, flüsterte sie.

Ihre Finger drangen mehr und mehr in Sonja ein. Sonja stöhnte nur noch, stieß ihre Hüften nach unten, damit sie Kim noch besser in sich aufnehmen konnte. »Komm ...«, wisperte sie. »Komm ...«

Kim ließ Sonjas Brust los und umfaßte ihre Taille, denn sie hatte Angst, daß Sonja sich mit ihren immer wilder werdenden Bewegungen bald nicht mehr selbst halten konnte. Sie suchte mit dem Daumen ihre Perle, Sonja stöhnte »Ja!«, erstarrte und begann sich dann noch leidenschaftlicher in Kims Arm zu winden.

Kim konzentrierte sich auf den kleinen Knubbel, der immer größer und härter wurde.

»Oh ... ja ... komm ... ja ...«, stöhnte Sonja und wand sich wie ein Irrwisch. »Gut ... gut ... komm ... gut ...« Ihre Stimme klang heiser, erregt bis zum Äußersten.

Kim hielt sie fest, die Seife war so glitschig, daß Sonja ihr immer wieder aus dem Arm rutschte, aber sie schaffte es, sie zu halten.

»Oh ... jetzt ...«, stöhnte Sonja. »Jetzt!«

Kims Daumen tanzte wie wild auf Sonjas Perle, ihre Finger stießen in sie, immer mehr und mehr, tiefer und tiefer.

»Jaaa!« Sonja wurde steif, keuchte, rang nach Luft. Ihr Atem setzte aus. Kurz darauf setzte er wieder ein. Sie atmete flach und mühsam, erschöpft.

Kim spürte, wie sie in ihrem Arm ganz weich wurde. Sie rutschte ab, glitt aus Kims Arm, bis hinunter in die Dusche.

Kim setzte sich neben sie.

Sonja atmete schwer. »O mein Gott«, sagte sie.

»Schön?« Kim lächelte.

Sonja schlug die Augen auf, die sie bislang geschlossen gehalten hatte. »Schön?« Sie lächelte matt. »Das fragst du noch?«

»Fragen kann nie schaden«, grinste Kim.

»Ich müßte schon eine sehr gute Schauspielerin sein, um das vorzuspielen«, sagte Sonja. »Und das bin ich nicht.«

»Hast du ...« Kim räusperte sich. »Hast du das schon mal gemacht: es vorgespielt?«

»Ja, sicher.« Sonja wirkte völlig unbeeindruckt. »Jede Frau hat das. Manchmal geht es halt nicht anders.« Sie schaute Kim an. »Das war allerdings kein solcher Aufwand.« Sie verzog die Lippen zu einem abschätzigen Lächeln. »Für Männer reicht ein einfaches Stöhnen. Dann glauben sie schon, es ist vorbei.«

»Puh!« Kim stieß die Luft aus. »So genau wollte ich es eigentlich gar nicht wissen.« Sie stand auf und reichte Sonja die Hand.

»Warum hast du dann gefragt?« sagte Sonja und ließ sich von ihr hochziehen.

»Ja, richtig.« Kim seufzte. »Es kommt mir eben so komisch vor –«

»Das heißt, du hast noch nie ...?« fragte Sonja.

»Nein.« Kim schüttelte den Kopf. »Das war wirklich nicht nötig.« Sie lachte. »Ich kann mir das gar nicht vorstellen.«

»Du meinst, unter Frauen klappt es ... immer?« fragte Sonja.

»Ich wüßte nicht, wieso nicht«, sagte Kim. »Wenn man auf die

Wünsche der Frau eingeht ...« Sie dachte an Jo und ihr Erlebnis im Darkroom. Vielleicht sollte sie ihre Aussage revidieren? Nein, das war etwas anderes gewesen. Und vorgespielt hatte sie gar nichts. Sie war einfach gegangen.

»Wenn man auf die Wünsche der Frau eingeht ...«, wiederholte Sonja nachdenklich. Sie schaute Kim an. »Was sind denn jetzt deine Wünsche?« Sie lächelte etwas keck.

»Ähm ... ich ... ruh dich nur aus«, erwiderte Kim überrumpelt. »Das hat Zeit.«

»Ich weiß, was du willst«, flüsterte Sonja. Sie drückte Kim an die Wand und ging vor ihr in die Knie.

»Sonja ... du mußt nicht ...«, protestierte Kim schwach.

Aber Sonja drückte bereits ihre Schenkel auseinander und tauchte mit ihrer Zunge in Kims Paradies ein.

Kim stöhnte auf. Sie griff nach der Duschbefestigung, um sich festzuhalten. Ihre Knie wurden schon weich. In ihrem Unterleib tobte ein Waldbrand, der nur geschwelt hatte, solange Sonja an der Reihe war, jetzt aber unvermittelt ausbrach allein durch die Berührung.

»Du ...«, flüsterte sie schwach.

Sonja umfaßte ihre Schenkel fest und stieß mit ihrer Zunge in Kim hinein, daß Kim dachte, eine Schlange dringe in sie. Sonja war sehr ... hm ... geschickt in diesen Dingen, daran erinnerte sie sich noch vom ersten Mal.

»Oh, Sonja«, flüsterte sie.

Sonjas Zunge wurde härter, dann wieder weicher, glitt hinaus und berührte wie ein sanfter Palmwedel alle Punkte zwischen Kims Beinen, die sich ihr angeschwollen entgegenhoben und auf diese Berührung warteten.

Kim spürte, wie ihre Schenkel zu zittern anfingen, der ganze Bauch, ihr ganzer Körper. Die Schwäche holte ihre Arme ein, sie mußte sie anspannen, um sich weiter festhalten zu können. Ihre Brustwarzen sprangen fast aus der Haut wie aus einem Panzer, sie schmerzten sehnsuchtsvoll.

In diesem Augenblick drang Sonja mit mehreren Fingern in sie ein.

Kim hob es fast vom Boden ab. »O ja!« stöhnte sie. Das Ziehen in ihrem Unterleib steigerte sich zu einem Krampf. »Ja ... ja ...

ja ...« Sie versuchte Sonja entgegenzukommen, soweit sie konnte. Da sie stehen mußte, war das gar nicht so einfach.

Der Waldbrand breitete sich aus, verzehrte alles, trieb die Hitze in unsagbare Höhen hinauf. Plötzlich fühlte Kim, wie Sonja ihre Perle mit den Lippen zusammendrückte, ihre Zunge darüberfahren ließ, immer schneller und schneller.

Wie Stromschläge fuhr es durch ihren Körper, sie zuckte und wand sich, als ob sie nicht entkommen könnte. Sie fühlte sich gefangen in einem Orgasmus, der nicht enden wollte. Ihre Hände verkrampften sich um die Stange, hielten sie aufrecht, obwohl sie es bewußt nicht mehr hätte tun können.

Sie hatte das Gefühl, in der Ewigkeit gefangen zu sein, es hörte einfach nicht auf, die Krämpfe überfluteten ihren ganzen Körper, nahmen sie in Besitz, ließen sie nicht mehr los.

Endlich ... irgendwann ... Tage später? ... konnte sie entrinnen, stieß einen befreienden Schrei aus und fiel zusammen.

Wie sie zuvor bei ihr setzte sich Sonja zu ihr und wartete darauf, daß sie die Augen aufschlug.

»Oh, Baby ...«, flüsterte Kim immer noch mühsam atmend. »Das war heftig.«

»Hm«, machte Sonja. Ihre Hand legte sich auf Kims Brust, streichelte sie.

Kim spürte, daß ihre Brustwarzen immer noch genauso hart waren wie vorher, und Sonjas Finger, der leicht darüberglitt, jagte heiße Blitze durch ihren Körper.

»Gib mir ... eine Minute«, stammelte Kim, die sich von ihrem ersten Orgasmus noch gar nicht erholt hatte.

»Soviel Zeit habe ich nicht«, sagte Sonja. Ihr Mund senkte sich auf Kims Brust, und Kim stöhnte auf.

Sonja verwöhnte ihre Brustwarzen und drang gleichzeitig zwischen ihren Beinen ein, wo es immer noch glühte.

»Na warte«, stöhnte Kim. Sie griff nach Sonja und drang ebenfalls in sie ein.

Sonjas Po zuckte, wand sich auf Kims Fingern, ritt auf ihnen, während Sonja Kims Brüste küßte und ihre Finger Kim ganz ausfüllten.

Sie steigerten sich gegenseitig bis zum Finale und kamen gleichzeitig.

Kim keuchte, Sonja sank auf sie nieder und lag an ihrer Brust, rang ebenfalls um Atem.

»Ich finde, wir sollten die Dusche langsam verlassen«, sagte Kim nach einer Weile. Sie lachte leicht. »Oder zumindest das Wasser abstellen!«

»Warum?« sagte Sonja. »Ich will noch richtig duschen.«

»Willst du?« Kim grinste sie an. »Ich dachte, du wärst schon naß genug.«

Sonja spitzte die Lippen. »Gerade deshalb«, sagte sie.

»Na gut.« Kim stand auf. »Ich gehe ins Schlafzimmer. Du kannst ja nachkommen, wenn du fertig bist.«

Sie stieg aus der Dusche, warf noch einen genießerischen Blick auf Sonjas nackten, naßglänzenden Körper und schloß die Tür. Durch das matte Glas sah sie Sonjas Gestalt wie eine Kunstfigur verschwommen schimmern. Sie bewegte sich, aber war nicht klar zu erkennen.

Manchmal hatte sie dasselbe Gefühl bei Sonja als Person. Sie schüttelte den Kopf. Sie kannten sich eben immer noch nicht wirklich, daran lag es. Sie wußte nichts von Sonjas innersten Gefühlen, und Sonja wußte auch nicht alles von ihr. Das würde sich ändern, wenn sie erst einmal länger zusammen waren.

Sie trocknete sich ab, ging ins Schlafzimmer hinüber und legte sich ins Bett. Ein wenig ungewohnt war es, in ihrem eigenen Bett zu liegen und auf die Frau zu warten, mit der sie die Nacht verbringen würde. Aber es steigerte die Spannung. Trotz allem, was heute schon geschehen war, hatte sie noch immer Lust auf Sonja, und sie erinnerte sich, daß die Nacht im Hotel keine Wünsche offengelassen hatte. Sie freute sich darauf, das zu wiederholen.

Sie hörte, wie die Duschtür zurückgeschoben wurde. Prickelnde Spannung erfaßte ihre Haut, ihr Innerstes. Gleich würde sie kommen.

Es dauerte noch eine Weile, sie hörte den Fön, dann hörte sie Schritte auf dem Flur, die immer wieder verhielten. Was machte Sonja da?

Auf einmal stand sie in der Tür. Sie war angezogen. Nur die Knöpfe ihrer Kostümjacke hatte sie noch nicht geschlossen, ansonsten sah sie aus wie aus dem Ei gepellt, wie auf dem Weg ins Büro.

»Ich gehe dann«, sagte sie.

»Du ... gehst?« Kim starrte sie verwundert an.

»Ich habe nie gesagt, daß ich hier übernachten wollte«, sagte Sonja.

Kim war sprachlos.

»Ich muß morgen früh ins Büro«, fuhr Sonja fort, »da ist es besser, wenn ich nachts etwas Schlaf bekomme. Du weißt ja, ansonsten bin ich unausstehlich.«

»Ja ... ich weiß«, stotterte Kim.

»Sehen wir uns morgen?« fragte Sonja. Sie schaute auf ihre Uhr. »Etwa um dieselbe Zeit?«

»Ich ... Sonja ...« Kim versuchte sich zu sammeln. »Warum bleibst du nicht? Du könntest auch hier schlafen.«

Sonja verzog spöttisch die Lippen. »Ich glaube, kaum«, sagte sie. »Es ist besser so. Du kannst ausschlafen, du mußt ja morgen nicht arbeiten. Aber ich muß noch einiges vorbereiten für Montag. Vielleicht muß ich auch am Sonntag noch mal ins Büro.«

»Du bist arbeitswütig«, sagte Kim.

»Manchmal«, sagte Sonja. »Aber das heißt ja nicht, daß wir uns nicht sehen können. Irgendwann höre ich auf zu arbeiten, und dann habe ich Zeit für dich.« Sie lächelte bezaubernd.

Kim konnte sich gegen dieses Lächeln nicht wehren. Wie immer raubte es ihr alle Sinne und ihren ganzen Verstand. Sonjas Worte erschienen ihr absurd, aber ihr fiel keine Erwiderung ein.

»Dann bis morgen«, sagte Sonja. Sie zögerte. »Es war wirklich schön«, fügte sie hinzu, drehte sich um, und im nächsten Moment schlug die Wohnungstür zu.

Kim lag bewegungslos im Bett und starrte den leeren Rahmen an, in dem Sonja eben noch gestanden hatte.

Das verstand sie also unter einer Affäre.

Kim hatte gedacht, sie hätte schon Affären gehabt, aber da hatte sie sich wohl getäuscht. Das hier war eine klassische Affäre, man traf sich für Sex, und dann ging man wieder – oder zumindest eine von beiden.

Sie brauchte eine Weile, um sich von der Überraschung zu erholen. Dann schüttelte sie den Kopf. Nein. Nein, so durfte das nicht ablaufen. Schon gar nicht regelmäßig. Wenn Sonja morgen wiederkam, mußte sie mit ihr darüber sprechen. Bevor sie ... bevor sie irgend etwas anderes taten.

Sie drehte sich um und zog die Decke über sich. Noch nicht einmal Sonjas Geruch hatte sie. Es roch nur nach Seife. Keine Spur von Sonjas berauschendem Duft, der war in der Dusche geblieben.

Sie seufzte. Eine Frau wie Sonja war schon eine Herausforderung. Sie wußte nicht, ob sie sich dem gewachsen fühlte. Sonjas Reaktionen ließen sie ratlos zurück. Und sehnsuchtsvoll. Denn das wurde davon nicht beeinträchtigt. Sie sehnte sich nach ihr, so oft sie an sie dachte. Jetzt noch mehr, nachdem frische Erfahrungen alles wieder aufgewühlt hatten.

Sie dachte daran, wie Sonja nackt in der Dusche gestanden hatte, mit Wasserstrahlen über sich, die wie Regen an ihr abperlten, mit einem Lächeln im Gesicht, das die Verheißung selbst war. Sie war eine berauschende Frau, wie ihr Duft, berauschend und süß, verführerisch, anziehend.

Kim atmete tief durch. Morgen ... morgen mußte sie mit ihr reden.

Auf einmal wurde sie schrecklich müde und schlief ein.

»Wenn du nicht mit uns Minigolf spielen willst, hättest du es gleich sagen sollen.«

Eine vorwurfsvolle Stimme riß Kim aus ihren Gedanken.

»Tut mir leid.« Sie wachte auf. »Bin ich dran?«

»Schon seit Stunden«, sagte Jennifer. Sie runzelte mißbilligend die Stirn. »Wie an jeder Bahn warten wir wieder mal nur auf dich.«

»Ich ... bin heute nicht ganz bei der Sache, entschuldige«, sagte Kim.

»Das merke ich, daß du nicht ganz bei der Sache bist«, sagte Jennifer. »Oder besser gesagt: überhaupt nicht. Was ist denn bloß los?«

»Gar nichts«, sagte Kim. »Hab' nur schlecht geschlafen.« Sie legte sich den Ball hin und visierte das Loch an, in das er hineinsollte.

»Früher ins Bett gehen hilft da manchmal«, sagte Jo. Sie grinste.

»Natürlich nur, wenn man allein ist.«

»Ich bin früh ins Bett gegangen, und ich war allein«, erwiderte Kim unkonzentriert. Genauso unkonzentriert schlug sie den Ball, und er ging weit am Loch vorbei. Sie ging vor, um den zweiten Schlag zu versuchen. »Ich bin mitten in der Nacht aufgewacht, weil ich zu früh ins Bett gegangen war, und dann konnte ich nicht mehr einschlafen«, sagte sie. Sie stellte den Schläger neben den Ball und kniff die Augenbrauen zusammen, um die Entfernung abzuschätzen. »Ich fühle mich einfach nur matschig.« Sie gab dem Ball einen Schubs, er rollte an, verlor seinen Schwung aber schnell und blieb immer noch ein ganzes Stück entfernt vom Ziel auf der Bahn einfach stehen.

»Soll ich dir mal zeigen, wie es geht?« sagte Jennifer. Sie stellte sich hinter den Ball, warf einen kurzen Blick auf das Loch, das auf einer kleinen Anhöhe lag, holte Schwung, und *schwupps!* war der Ball im Becher. »Drei!« rief sie Jo zu, die die Liste und einen Bleistift in der Hand hielt.

»Das geht aber nicht«, sagte Kim. »Das war meiner.«

»Egal«, sagte Jennifer. »Hat doch keine Bedeutung.« Sie schaute Kim an. »Du bist sicher, daß du allein warst heute nacht?«

»Ja, war ich.« Kim reckte trotzig das Kinn vor. »Ganz allein.«

»Hm.« Jennifer schlenderte zur nächsten Bahn. »Wie geht es eigentlich Frau Kantner?« fragte sie betont harmlos.

»Frag doch Jo«, erwiderte Kim. »Sie sieht sie öfter als ich.«

»Bist du sicher?« Jennifer schaute sie mit schiefgelegtem Kopf an.

»Ich war ein paarmal mit ihr essen«, sagte Kim widerwillig. »In der Kantine.«

»Davon habe ich gehört«, sagte Jennifer. »Allerdings nicht von dir.«

»Jo ist sowieso die bessere Post«, schimpfte Kim. »Was brauchst du mich da noch?«

»Um vielleicht etwas mehr zu erfahren als das, was Jo erfährt«, sagte Jennifer. Sie lochte ein und nahm Jo die Liste ab, damit sie schlagen konnte.

»Frau Kantner ist ausnehmend gut gelaunt in letzter Zeit«, sagte Jo, während sie das Ziel fixierte, das hinter einer Ecke lag. »Auffallend.«

»Ich habe ihr empfohlen, zum Arzt zu gehen ... wegen ihrer Schlafstörungen«, sagte Kim. »Vielleicht hat sie das getan.«

»Das wüßte ich. Den Arzttermin hätte ich für sie vereinbart«, sagte Jo. »Habe ich aber nicht.«

»Sie ist durchaus in der Lage, ein Telefon zu bedienen«, sagte Kim etwas spöttisch. »Auch wenn sie eine Sekretärin hat.«

»Was du nicht sagst«, murmelte Jo, während ihr Abschlag die Ecke traf und auf das Loch zulief.

»As!« Jennifer jubelte. »Ein As, Schatz, super!«

»Gegen euch beide habe ich sowieso keine Chance«, sagte Kim. »Warum spiele ich überhaupt mit euch?«

»Weil du so gern verlierst«, sagte Jennifer. Sie blinzelte. »Oder vielleicht, weil du früher mal besser gespielt hast?«

»Ich habe lange nicht mehr gespielt«, wehrte sich Kim. »Ich muß erst wieder reinkommen.«

»Dafür hast du noch drei Bahnen. Wir sind bereits an Bahn 15«, sagte Jo. »Seit sie damals in deiner Wohnung geschlafen hat«, wechselte sie abrupt das Thema, »angeblich allein. Seither ist sie so«, sagte sie.

»Sie *war* allein!« fuhr Kim auf. »Frag doch mein Team. Ich war den ganzen Tag im Büro.«

»Das habe ich schon nachgeprüft«, sagte Jo. »Das stimmt.«

»Du hast es nachgeprüft?« Kim starrte sie an.

»Na ja, die kleine, süße Maus da, die bei dir arbeitet.« Jo grinste. »Wirklich süß ist die.«

»Hast du mir davon erzählt?« fragte Jennifer.

»Hätte ich noch, Schatz«, sagte Jo. »War erst gestern.«

Jennifer schaute sie mißtrauisch an.

»Ach, Bärchen!« Jo umarmte sie lachend. »Wirklich kein Grund zur Eifersucht. Da kannst du sicher sein. Weißt du, wovon sie mir die ganze Zeit erzählt hat? Von ihrem Freund. Wie toll er ist, wie süß er ist, was er alles macht ...« Sie atmete aus. »Ich sage dir, das war ganz schön langweilig. Ich konnte meine Fragen bezüglich Kim kaum unterbringen.«

»Du hast sie ausgefragt? Über mich?« Kim war immer noch erschüttert.

»Sie hat es, glaube ich, gar nicht mitbekommen«, sagte Jo. »Ihr Ein und Alles ist ihr Stecher. Das ist das einzige, wofür sie sich interessiert.«

»Babsi«, sagte Kim.

»Ja, genau.« Jo nickte. »Sie könnte auch Barbie heißen. So sieht sie jedenfalls aus.«

»Und das findest du süß?« fragte Jennifer entrüstet.

»Aber Liebes ...« Jo nahm Jennifer in die Arme und küßte sie mitten auf dem Golfplatz. »Keine andere Frau kann so süß sein wie du, das weißt du doch.« Sie schaute Jennifer tief in die Augen.

Kim mußte schmunzeln. »Ich entdecke ganz neue Seiten an dir, Jennifer«, sagte sie neckend. »Weibliche.«

»Ach was.« Jennifer schaute zu Boden. »Ich bin genauso wie immer.« Sie wies auf die Liste. »Du bist dran.«

Kim stellte sich an die Bahn und versuchte sich auf den Schlag zu konzentrieren, aber es gelang ihr nicht. Sonjas Gesicht – und nicht nur ihr Gesicht – schob sich immer wieder in ihr Blickfeld. Verstohlen schaute sie auf die Uhr. Noch zwei Stunden, wenn Sonja zur selben Zeit kam wie gestern. Aber sie hatte ja bereits auf Kim gewartet, also mußte sie früher dasein.

»Träumst du?« Jo stupste sie an. »Schon wieder?«

Kim straffte ihren Rücken und schlug zu. Der Ball flog weit über die Bande hinaus ins Grüne.

»Du liebst die Extreme«, sagte Jo lachend. »Entweder ganz oder gar nicht!«

Kim zuckte die Schultern. »Heute ist wirklich nicht mein Tag.«

»Scheint so.« Jennifer legte den nächsten Ball auf und beförderte ihn mit einem einzigen Schlag ins Loch.

Diesmal jubelte Jo. »Das ist dein viertes As heute. Ich glaube, ich muß mich demnächst mehr vor dir in acht nehmen.«

»Oder mehr üben«, grinste Jennifer.

»Ich übe gern mit dir«, grinste Jo zurück und kniff Jennifer in den Po. »Gleich heute.«

»Aber Liebling, was sollen denn die Leute denken?« entgegnete Jennifer gespielt schamhaft.

»Daß wir den besten Sex in der Stadt haben«, sagte Jo. »Jeden Tag.« Sie küßte Jennifer erneut.

»Das haben wir.« Jennifer schmunzelte.

»Wie war das noch?« fragte Kim grinsend. »Nur Freundinnen? Kein Sex?«

»Tja.« Jo zuckte die Schultern. »Was soll ich dazu sagen? Es war mein fester Vorsatz . . . bis ich Jenny näher kennenlernte.«

»So kann's gehen«, sagte Jennifer. »Ich wollte nie eine feste Beziehung, war mir viel zu anstrengend. Aber mit Jo ist es . . .«, sie grinste von einem Ohr zum anderen, ». . . auch anstrengend, aber anders.«

Sie schlug den nächsten Ball, eine komplizierte Bahn, die nicht mit einem Schlag zu schaffen war. Jo brauchte sogar noch einen Schlag mehr, und Kim gab nach sieben Schlägen auf.

Wieder schaute sie auf die Uhr, als Jennifer sich den nächsten Ball zurechtlegte. Sie wurde immer nervöser. Das dauerte alles länger, als sie gedacht hatte.

Jennifer schlug, dann Jo, danach kam sie an die Reihe. Sie verpaßte das Loch beim ersten Schlag und auch beim zweiten. Beim dritten war sie schon so nervös, daß sie das Ziel kaum mehr sah. Sie schlug willkürlich – und lochte ein.

»Na, das war doch gar nicht so schlecht«, sagte Jennifer. »Langsam wird's.«

An der letzten Bahn konnte sie sich überhaupt nicht mehr konzentrieren. Sie schlug über den Ball, traf ihn nicht.

»Also . . .«, sagte Jo. »So eine Anfängerin bist du ja nun auch nicht. Was machst du denn da?«

»Ich verliere«, sagte Kim. »Schon seit der ersten Bahn. Ihr liegt doch beide meilenweit vor mir. Also was soll's? Machen wir Schluß.«

»Na gut.« Jo schrieb es auf. »Sieben.«

»Weniger wären es sowieso nicht geworden«, lächelte Kim unsicher.

»Gehen wir noch was trinken?« fragte Jennifer. »So als Einstimmung für den Samstagabend?«

»Ich muß . . .« Kim gähnte hinter vorgehaltener Hand. ». . . nach Hause. Den Schlaf von heute nacht nachholen.«

»Jetzt schon?« Jo blickte erstaunt.

Kim wollte ihre Nervosität nicht zeigen. Meine Güte, es wurde immer später! Wenn Sonja nun schon da war! Und vielleicht wieder ging, weil sie dachte, Kim –

»Ich muß . . .«, wiederholte sie. »Schönen Samstagabend noch.« Sie winkte den beiden zu, die ihr verwundert hinterherstarrten.

Sonja war noch nicht da, als sie nach Hause kam, und sie atmete erleichtert durch. Warum war ihr das so wichtig? Gestern hatte Sonja doch auch gewartet.

Worauf wartete sie überhaupt? Darauf, daß sie ihr sagen konnte, daß es so nicht ging?

Sie *mußte* es ihr sagen. Sonja hatte ihr ganz genau gesagt, was sie wollte, und das war nicht im entferntesten das, was Kim wollte.

Nachts hatte sie sich herumgewälzt, nachdem sie aufgewacht war, und hatte Sonja vor sich gesehen, wie sie nach Hause kam zu ihrem Mann, wie sie ihn begrüßte, wie er sie umarmte, wie er sie auszog ...

Sie waren zerstritten. Sie schliefen nicht mehr miteinander.

Woher weißt du das? Heterofrauen erzählen doch immer, daß die Männer gerade dann mit ihnen schlafen wollen, wenn sie sich gestritten haben. Vielleicht tun sie es – jedesmal. Und sie streiten sich dauernd ...

Verdammt! Kim preßte sich die Fäuste gegen die Ohren, als ob sie dadurch verhindern könnte zu hören, was aus ihrem Innern kam.

In diesem Moment klingelte es.

Kim fuhr zusammen, schloß kurz die Augen und ging dann zur Tür. Sie betätigte den Türöffner für die Haustür, ließ die Wohnungstür offenstehen und ging ins Wohnzimmer hinüber.

Nicht im Flur und schon gar nicht im Schlafzimmer. Im Wohnzimmer ist es neutraler.

»Kim?« Sonja hatte die Treppe schnell bewältigt. Wahrscheinlich lugte sie jetzt durch den Spalt, den die Wohnungstür offenstand, und wunderte sich.

»Hier«, sagte Kim laut. »Im Wohnzimmer.«

Sonja trat gleich darauf durch die Tür. »Hier bist du«, sagte sie lächelnd.

»Ja.« Kim schaute sie an, und ihr Herz wollte zu ihr. Sie hielt sich an den Armlehnen des Sessels fest.

»Habe ich dich gestört?« fragte Sonja. »Liest du gerade?«

Das Buch, das Kim vor einiger Zeit gelesen hatte, lag immer noch aufgeschlagen neben ihr.

»Nein.« Kim schüttelte den Kopf. »Du hast mich nicht gestört. Ich habe auf dich gewartet.«

»Ich konnte nicht früher«, sagte Sonja entschuldigend. »Das

Projekt hat einfach zu viele Ecken und Kanten, über die ich immer wieder stolpere.«

»Du bist nicht zu spät«, sagte Kim. »Ich bin auch gerade erst gekommen. Ich war mit Jennifer und Jo Minigolf spielen.«

»Minigolf.« Sonja schmunzelte. »Das habe ich schon lange nicht mehr gespielt.« Sie kam auf Kim zu und blieb vor ihr stehen. »Vielleicht sollte ich es wieder mal tun.«

»Vielleicht.« Kim legte den Kopf zurück und schaute sie an. Jetzt, wo sie so nah vor ihr stand, roch sie sie, und es war fast unmöglich, sie nicht zu begehren. Nicht fast – es *war* unmöglich.

Sonja drehte sich plötzlich, und schon saß sie auf Kims Schoß.

Kim schnappte nach Luft. Sonjas Nähe nahm ihr den Atem.

»Worauf wartest du jetzt noch?« fragte Sonja leise und strich mit einem Finger über Kims Lippen. »Ich bin da.« Sie beugte sich hinunter und küßte Kim mit sanfter Anmut, ohne Leidenschaft, aber mit der Verführung als Versprechen.

Kim schloß die Augen unter diesem Kuß, ihr wurde ganz warm, und Sonjas Duft machte sie schwindelig. »Sonja«, flüsterte sie. »Ich muß . . .«

»Pscht.« Sonja legte einen Finger auf ihre Lippen, diesmal nicht, um sie zu streicheln, sondern um sie zu verschließen. »Du mußt nichts sagen. Reden ist überflüssig.« Sie küßte Kim erneut. Diesmal drang ihre Zunge in Kims Mund vor und streichelte ihre Lippen von innen.

Kim fühlte das Kitzeln bis in ihre Brustspitzen wandern. Sie konnte sich nicht wehren. Es war einfach zu schön . . . und Sonja war zu nah . . . und alles andere war unwichtig.

»Komm.« Sonja sprang auf. »Heute wünsche ich mir etwas Bequemeres als die Dusche!« Sie lachte und zog ihre Jacke aus. »Wie wäre es mit einem Bett?« Sie beugte sich zu Kim hinunter. »*Deinem* Bett . . .«, hauchte sie verführerisch. Ihre Augen blitzten.

Schnell plazierte sie noch einen Kuß auf Kims Lippen, richtete sich wieder auf und verließ das Zimmer.

Kim war wie in Trance. Sie stand auf und folgte ihr. Als sie durch die Schlafzimmertür trat, sah sie, wie Sonja die Manschettenknöpfe an ihrer Bluse öffnete, die anderen hatte sie schon geöffnet, und die Bluse abstreifte.

Ihr BH war wie immer mit Spitzen besetzt, und natürlich war es ein anderer als gestern. Alles, was sie trug, war anders als gestern. Sie ging niemals zwei Tage hintereinander mit denselben Sachen ins Büro, nicht mit demselben Kostüm, nicht mit derselben Jacke. Sie war sehr eigen in diesen Dingen.

Sie schaute Kim entgegen, und ihre Augen flackerten. »Zieh mich aus«, flüsterte sie. »Ich möchte, daß du mich ausziehst.«

Kim, immer noch wie in Trance, ging auf sie zu. Sie blieb vor ihr stehen und betrachtete ihr Gesicht, ihre Augen. Sie fühlte sich magisch angezogen von ihrer Tiefe. Ihre Arme legten sich wie von selbst um Sonja und zogen sie zu sich heran. Sie öffnete den BH, schob ihre Hände darunter und zog ihn ihr aus.

Sonjas Brüste wippten leicht, als sie nicht mehr gehalten wurden. Kim fuhr mit ihren Händen darüber, streichelte sie. Sonja legte den Kopf zurück und seufzte.

Kim suchte die Brustwarzen. Sie waren bereits hart. Sie beugte sich hinunter und nahm eine in den Mund, streichelte sie mit ihrer Zunge.

»Hmm ...« Sonjas Seufzen wurde lauter.

Kim wechselte zur anderen Brustwarze, streichelte auch sie und ließ ihre Hände gleichzeitig zu Sonjas Rockbund hinuntergleiten. Sie öffnete den Reißverschluß und schob die Hände unter den Stoff, schob den Rock von Sonjas Hüften.

Er fiel zu Boden. Kim streichelte Sonjas Hüften, glitt weiter nach hinten zu ihrem Po.

»Warte«, sagte Sonja schweratmend. Sie griff an Kims Brust und öffnete ihr Hemd. »Ich will dich sehen«, flüsterte sie. »Ich will dich sehen.« Sie schob das Hemd schnell von Kims Schultern und zog ihr das T-Shirt über den Kopf. »O Gott«, flüsterte sie. »O mein Gott ...« Sie nahm Kims Brüste in ihre Hände und betrachtete sie, als ob sie sie noch nie gesehen hätte.

Kim streichelte ihren Po, und Sonja schloß die Augen, streichelte Kims Brüste aber ebenso wie Kim ihren Po streichelte. Ihre Hüften begannen sich langsam zu bewegen. Sie atmete tief durch.

Kim schob nun ihre Hände in Sonjas spitzenbesetzten Slip, passend zum BH, und schob das winzige Stück Stoff langsam über ihre Hüften.

Sonja öffnete die Augen und tastete schnell nach Kims Hosenbund, öffnete ihn, zog den Reißverschluß herunter. Ihre Hand fuhr hinein und schob sich in Kims Slip.

Kim fühlte, wie Sonja sie berührte und biß sich auf die Lippen. Sie schob Sonjas Slip noch weiter hinunter und glitt mit einer Hand zwischen ihre Beine.

Sonja war naß. Sie mußte schon naß gewesen sein, bevor sie kam, denn alles an ihr war angeschwollen und offen.

»Was hast du heute im Büro gemacht?« lachte Kim leise.

»An dich gedacht«, wisperte Sonja rauh. »Die ganze Zeit.«

Kim begann Sonja zu streicheln, ihr Finger fuhr auf Sonjas Perle vor und zurück, und Sonja glitt gleichzeitig über ihre. Ihr Atem schien sich im selben Rhythmus zu beschleunigen wie der Takt ihrer Finger. Kim fühlte die ersten Anzeichen nahen. »Sonja . . .«, stöhnte sie.

»Komm . . . ja . . .« Sonja stöhnte ebenso.

Sie wurden noch schneller, jede bei der anderen, und plötzlich erstarrten sie beide und fielen gleich darauf nebeneinander aufs Bett.

»Das war albern«, sagte Sonja eine Minute später. »Wir hätten uns gleich hinlegen können.«

Kim lachte. »Ja, aber haben wir nicht.« Sie befreite sich von ihrer Hose. »Nun liegen wir ja.« Sie schob sich über Sonja und schaute auf sie hinunter. Sonjas Augen waren dunkel und weit, der goldene Schimmer fast verschwunden. Sie suchte Sonjas Lippen mit ihren und küßte sie zärtlich. »Guten Abend«, sagte sie lächelnd. »Schön, daß du da bist.«

Sonja lächelte zurück. »Ich freue mich auch«, sagte sie. »Schon den ganzen Tag freue ich mich darauf.«

»Das habe ich gemerkt!« Kim lachte noch einmal.

»War ich so schlimm?« fragte Sonja, plötzlich verunsichert. »Ich meine, magst du es nicht, wenn –?«

»O doch, ich mag es.« Kim küßte sie leicht auf den Mund. »Ich mag es sehr, wenn eine Frau erregt ist. So sehr, daß sie kaum warten kann. Das ist schön. Und danach hat man ja immer noch viel Zeit.«

Sonja musterte ihr Gesicht, das über ihr schwebte und sie lächelnd ansah. »Du meinst nicht, daß es . . . nun ja . . . verworfen ist?« fragte sie.

»Verworfen?« Kim schüttelte immer noch lächelnd den Kopf.

»Wie kommst du denn darauf? Was sollte an der eigenen Erregung verworfen sein?«

»Ich ... na ja ... ich wollte es nur wissen«, sagte Sonja.

»Fühlst du dich denn so verworfen?« fragte Kim schmunzelnd. »Möchtest du es gern sein? Dann finde ich dich sehr verworfen, ganz furchtbar verworfen, Frau Abteilungsleiterin.« Sie stupste Sonja auf die Nase.

»Ach, laß doch die Titel im Büro«, sagte Sonja und verzog unangenehm berührt das Gesicht. »Das gehört wirklich nicht hierher.«

»Ich übe nur«, sagte Kim. »Wenn wir ab Montag dann wieder zusammenarbeiten und ich dich in der Öffentlichkeit siezen muß.«

»Du hast mich ja gar nicht gesiezt«, sagte Sonja. »Und ... na ja ... wir können uns auch duzen. Das tue ich mit anderen schließlich auch.«

»Auch mit denen, mit denen du nicht geschlafen hast?« fragte Kim neckisch.

»Also bitte ...« Sonja schaute sie strafend an. »Ich duze mich mit Rolf!«

»Ja, stimmt«, sagte Kim. »Rolf steht außerhalb jeden Verdachts.«

»Und ich vielleicht nicht?« fragte Sonja empört.

Kim griff an Sonjas Handgelenke und schob sie nach oben. Sie hielt sie über ihrem Kopf fest und schaute ihr in die Augen. »Du stehst im Verdacht, die verführerischste Frau der Welt zu sein«, sagte sie leise. »Niemand kann dir widerstehen, wenn du es darauf anlegst.« Sie beugte sich hinunter und küßte Sonja fest auf den Mund.

Sonja versuchte Kim zu entkommen, die sie aber weiterhin festhielt. Sonja gab auf. »Ich lege es nicht darauf an«, sagte sie. »Niemals.«

Kim dachte an die Blicke, die sie Klaus zugeworfen hatte, schon bei ihrer ersten Begegnung. »Hm«, sagte sie.

»Wenn du das meinst, habe ich es also auch darauf angelegt, dich zu verführen?« fragte Sonja. »Obwohl ich gar nicht wußte, daß dazu die Möglichkeit bestand?«

»Nein, das nicht«, gab Kim zu. »Oder war das Absicht, daß du splitterfasernackt an mir vorbeigelaufen bist?« Sie hauchte einen Kuß auf Sonjas Nase.

»Natürlich nicht«, sagte Sonja. »Unter Frauen ... ich meine, Frauen wie ... ich ...« Sie verstummte.

»Heterofrauen«, sagte Kim und ließ sich von Sonja hinunter zur Seite gleiten. »Ihr Heterofrauen denkt euch nichts dabei, wenn eine Frau nackt vor eurer Nase herumtanzt. Es macht euch nicht an. Ist mir schon klar.« Sie war ernüchtert.

»Ich ... damals ...« Sonja stützte sich auf dem Ellbogen auf und blickte auf sie hinunter. »Damals habe ich mir wirklich nichts dabei gedacht«, sagte sie. »Es kam mir gar nicht in den Sinn. Heute ... wäre das schon anders.«

»Wirklich?« fragte Kim. Sie schaute zu ihr auf, und dieses wunderschöne Gesicht war einfach alles, was sie wollte. Sie konnte sich nichts Schöneres vorstellen.

»Es ... hat sich viel geändert seit damals«, sagte Sonja. »Sehr viel.«

»Was zum Beispiel?« fragte Kim. »Schläfst du nicht mehr mit deinem Mann?«

Sonja starrte sie an. »Was hat das denn damit zu tun?« fragte sie irritiert.

»Na ja, wenn du nicht mehr auf Männer stehst ... stehen würdest, hätte das für ihn schon Konsequenzen, findest du nicht? Streitet ihr euch deshalb so viel?«

Sonja legte sich zurück und rückte etwas von Kim ab. »Meine Ehe ist kein Diskussionsthema zwischen uns«, bemerkte sie kühl. »Das habe ich dir schon einmal gesagt.«

»Vielleicht sollte sie es aber sein«, sagte Kim. Sie richtete sich im Bett auf. »Was ist das hier für dich, Sonja?« fragte sie. »Was nennst du eine Affäre? Bedeutet das, daß ich keine Fragen stellen darf? Daß dein Leben mich nicht betrifft, außer wenn wir zusammen sind? Für ein paar Stunden? Im Bett?«

Sonjas Kiefer mahlten. »Ich ... Es wäre gut, wenn wir es darauf beschränken könnten«, sagte sie.

»Wäre es das?« Kim warf sich mit einem wütenden Ruck herum, daß das ganze Bett erzitterte. »Es wäre gut?« Sie starrte an die Decke. »Habe ich dir schon mal gesagt, daß ich nicht auf Beschränkung stehe?«

Sie schwiegen sich eine Weile an.

»Es ... es ist nicht leicht für mich, Kim«, sagte Sonja mit einem

Mal leise. »Verlang nicht zu viel von mir ... bitte.«

Kim drehte ihren Kopf zu Sonja. »Ich verlange nicht mehr von dir, als du von mir verlangst«, sagte sie. »Das ist eine ganze Menge.«

Sonja atmete tief durch. »Ich weiß«, sagte sie. »Ich weiß es ja.« Sie wandte sich zu Kim um. »Kim ... ich ... gib mir ein bißchen Zeit, bitte.« Ihre Augen musterten Kims Gesicht. »Mir ist manchmal nicht so ganz klar, was ich dir abverlange. Du bist ... Ich kenne das nicht. Es ist anders.«

Kim schaute sie ernst an. »Wirst du heute nacht hier schlafen?« fragte sie.

Sonja schloß kurz wie gequält die Augen. »Nein«, sagte sie, als sie sie wieder aufschlug. »Das werde ich nie tun.«

Nie, wiederholte Kim in Gedanken. Sie biß die Zähne zusammen. »Weil dein Mann auf dich wartet«, preßte sie dazwischen hervor. »Und du –« Sie stand auf. »Dann solltest du jetzt besser zu ihm gehen«, sagte sie. »Damit er nicht so allein im Ehebett liegen muß.«

Sonja schloß erneut die Augen und öffnete sie erst nach einer ganzen Weile wieder. »Ja«, sagte sie. Sie stand ebenfalls auf. »Ich muß duschen.« Sie schaute Kim an. »Darf ich das?«

Kim nickte, aber als Sonja an ihr vorbeiging, schoß Kims Arm plötzlich wie von selbst vor und hielt sie fest. »Damit er mich nicht an dir riecht?« fragte sie. »Ist es das? Du mußt alles abwaschen, was an mich erinnert? Oder kannst du es selbst nicht ertragen?«

Sonja starrte sie an und sagte nichts.

»Schläfst du mit ihm?« fragte Kim. Die Spannung in ihrem Körper wuchs. Ihre Finger gruben sich in Sonjas Arm. Sonja verzog schmerzhaft das Gesicht, blieb aber stumm. »Schläfst du mit ihm, wenn du jetzt gleich nach Hause kommst?« wiederholte Kim. »Ist das Bett schon gemacht?«

»Er ist mein Mann«, sagte Sonja. »Das geht dich nichts an.«

»Das geht mich nichts an.« Kims Kiefer preßten sich aufeinander, daß die Wangenknochen scharf hervortraten. »Deine Ehe geht mich nichts an. Wie gut, daß du das immer wieder betonst, ich könnte es sonst glatt vergessen.« Sie griff mit der anderen Hand nach Sonjas zweitem Arm und drehte sie zu sich. »Ich kann es aber nicht vergessen«, sagte sie. »Ich sehe Bilder vor mir ... wie er dich anfaßt ... was er mit dir tut.« Sie atmete tief durch. »Was tut er mit dir, Sonja?«

»Wir sind verheiratet«, erwiderte Sonja abweisend.

»Also schlaft ihr regelmäßig miteinander, ja?« fragte Kim. Sie konnte sich nicht mehr beherrschen. Die Spannung in ihr wurde unerträglich. Sie stieß Sonja aufs Bett und legte sich auf sie. »*Das* tut er mit dir, oder?« Sie starrte von oben in Sonjas verschlossenes Gesicht. »Er legt sich auf dich, er dringt in dich ein, er ergießt sich in dich. Und was tust du dann? Gehst du dann auch ... duschen?« Kims Stimme zitterte vor Anspannung ebenso wie ihre Hände, die Sonja festhielten.

Sonja rührte sich nicht, lag einfach unter ihr und rührte sich nicht. »Laß mich los«, sagte sie dann kalt wie Eis. »Sofort.«

»Sonja ...« Kim beugte sich hinunter und preßte einen Kuß auf Sonjas kalte, geschlossene Lippen. »Ich sehne mich so nach dir. Ich würde mir so sehr wünschen ...«

»Mich zu vergewaltigen?« fragte Sonja kalt. »Das tust du gerade.«

Kim starrte sie an, als ob sie jetzt erst zu sich käme. Sie rollte sich von Sonja herunter und legte eine Hand auf ihre Stirn. »Entschuldige«, flüsterte sie. »Bitte, entschuldige.«

Sonja stand wortlos auf und ging ins Bad. Kim hörte das Wasser rauschen, dann wurde es abgestellt. Sonja kam ins Schlafzimmer zurück, mit einem Handtuch bedeckt, das sie fest um sich gewikkelt hatte.

Kim richtete sich auf. »Es tut mir leid«, sagte sie beschämt. »Das wollte ich nicht.«

Sonja hob ihre Sachen auf und verließ das Zimmer wieder, genauso wortlos wie beim ersten Mal.

Kim schnappte sich ihren Morgenmantel und warf ihn über. Sonja stand im Bad und zog sich an. Kim blieb in der Tür stehen.

»Sonja ... bitte ...«, sagte sie. Sie hob hilflos die Hände. »Es wird nie wieder vorkommen, bestimmt nicht. Und ich werde nie wieder fragen. Das verspreche ich dir.«

»Was du mir schon alles versprochen hast ...«, entgegnete Sonja abfällig, warf nur einen kurzen Blick auf sie und zog sich weiter an.

»Ich weiß, es war falsch«, sagte Kim. »Ich war so ...«

»Eifersüchtig«, sagte Sonja. »Das hatten wir doch schon mal. In der Tiefgarage. Fast dieselbe Situation. Du wirst es nie lernen. Du kannst dich nicht beherrschen.«

Kim betrachtete sie eine Weile, dann wandte sie sich ab. »Vielleicht kann ich das wirklich nicht«, sagte sie. »Nicht mit dir.«

»Was ist an mir so Besonderes?« fragte Sonja. Sie war fertig angezogen und trat aus dem Bad heraus. »Du hattest schon viele Frauen, wenn ich das richtig sehe. Hast du die alle so behandelt?«

»Nein.« Kim drehte sich um und musterte Sonjas Gesicht. Zärtlichkeit stieg in ihr hoch.

»Oh, dann habe ich also allein das Vergnügen«, sagte Sonja sarkastisch. »Was für eine Auszeichnung. Die einzige Frau, bei der du dich ständig bemüßigt fühlst, sie zu vergewaltigen. So ein Glück.« Sie machte ein hohles Geräusch.

»Du hast ja recht«, sagte Kim. »Du hast jedes Recht, mich zu beschimpfen.«

»Es bringt mir nichts, dich zu beschimpfen«, sagte Sonja. Sie ging ins Wohnzimmer hinüber, wo immer noch ihre Jacke lag.

Kim blieb stehen und wartete, bis sie wieder herauskam.

»Das einzige, was etwas bringt«, fuhr Sonja fort, während sie in die Jacke schlüpfte, »ist, unseren Kontakt zu beenden. Ich hätte ihn erst gar nicht wieder aufnehmen sollen.«

»Vielleicht wäre das besser gewesen«, sagte Kim.

»Ja, vielleicht wäre das besser gewesen«, bestätigte Sonja. Sie schaute Kim ernst an. »Aber ich dachte ... als du mich hier hast schlafen lassen ... na ja.« Sie beendete den Satz sehr knapp. »War wohl nichts. Ich habe mich genauso geirrt wie du.«

»Was hast du gedacht?« fragte Kim.

»Ist jetzt nicht mehr wichtig.« Sonja ging ins Schlafzimmer und sah sich um, ob sie noch etwas vergessen hatte.

»Aber für mich ... für mich ist es wichtig«, sagte Kim leise. »Bitte, sag es mir. Ich ...« Sie hob hilflos eine Hand. »Es kann doch nichts mehr schaden.«

»Schaden?« Sonja verzog die Mundwinkel. »Nein, der Schaden ist schon angerichtet, da ändert das auch nichts mehr, in der Beziehung hast du recht.« Sie ging zur Wohnungstür. »Ich dachte ... na ja ... daß das sehr nett von dir war und daß ich etwas anderes erwartet hatte, das war alles.« Sie öffnete die Tür.

»Etwas anderes erwartet?« Kim runzelte die Stirn. »Was?«

»Das kannst du dir doch denken«, erwiderte Sonja gereizt. »Frag doch nicht so dumm.«

»Du hast gedacht, daß ich dich nur in meine Wohnung locke, um mit dir zu schlafen, war es das?« fragte Kim. »Obwohl ich dir gesagt habe, daß es nicht so ist.«

»Darauf, was du sagst, kann man sich offensichtlich nicht immer verlassen«, sagte Sonja. »Und ja, natürlich habe ich das gedacht, was denn sonst?«

»Ja, was denn sonst.« Kim schaute sie an. »Und so ganz falsch war es auch nicht. Ich mußte mich sehr beherrschen.«

»Dann ist es dir wenigstens einmal gelungen«, sagte Sonja. »Glückwunsch.«

»Sonja ... ich ...« Kim trat einen Schritt auf Sonja zu und blieb vor ihr stehen. »Nachdem ich nun schon so viele Versprechen gebrochen habe, muß ich dieses eine auch nicht mehr halten.« Sie atmete tief durch. »Ich liebe dich, Sonja. Ich weiß nicht, ob du das jetzt noch glauben kannst, aber ich liebe dich wirklich. Ich liebe dich, wie ich noch nie eine Frau in meinem Leben geliebt habe. Ich weiß, daß das jetzt alles nichts mehr nützt, aber ich möchte, daß du mir glaubst. Vielleicht habe ich dir meine Liebe auf die falsche Art gezeigt – ganz sicher habe ich das –, aber das ändert nichts an der Tatsache. Ich werde nie mehr eine Frau so lieben wie dich.« Kim schluckte. »Du bist die absolute Traumfrau für mich. Die einzige.«

»Kim.« Sonja seufzte. »Was soll das alles jetzt noch?« Sie wirkte gelangweilt. »Übernimm dich bloß nicht.«

»Ich weiß ...« Kim fuhr sich durch die Haare. »Du willst von Liebe nichts hören, und vielleicht ... vielleicht hast du recht, wenn das Liebe sein soll, was –«

»Liebe ist nur ein Wort«, sagte Sonja, »das leichtfertig benutzt wird und nichts bedeutet. Also komm mir nicht mit so was. Ich glaube nicht daran, und es ist gut, daß ich das nicht tue, denn sonst wäre die Enttäuschung noch größer – jedesmal.«

»Jedesmal?« Kim schaute sie an. Ein anderer Ausdruck hatte sich in Sonjas Gesicht geschlichen. Es wirkte nicht mehr abweisend, sondern ... Kim überlegte ... sehnsuchtsvoll. Ja, sie sehnte sich nach etwas, das sie nicht bekam, und sie versuchte sich vor der

Enttäuschung zu schützen, indem sie vorgab, es gar nicht erst zu wollen.

»Jedesmal wie dieses Mal«, sagte Sonja endgültig. »Was soll's? Ein weiterer Eintrag auf der Liste, der abgehakt wird. Ist es nicht so? Mehr bin ich doch nicht für dich – und du für mich auch nicht.«

»Es gibt keine Liste«, sagte Kim. »Jedenfalls keine, auf der du stehst. Wo ich auf deiner stehe, weiß ich natürlich nicht.« *O Sonja,* dachte sie. *Was habe ich dir angetan? Es tut mir so leid.*

»Der Sex war gut«, sagte Sonja nüchtern. »Soweit ich das beurteilen kann. Ich habe ja keine Erfahrung mit Frauen. Was das anbetrifft, hätte ich mir gewünscht, daß es ein wenig länger dauert.«

»Nur was das anbetrifft?« fragte Kim.

»Darüberhinaus ...«, Sonja hob unbestimmt die Hand, »... gibt es nicht viel. – Bei einer Affäre«, fügte sie hinzu.

»Weil du es so definiert hast«, sagte Kim.

»Weil *jeder* es so definiert«, korrigierte Sonja. »Es wäre dumm, etwas anderes zu erwarten.«

»Dann bin ich wohl dumm«, sagte Kim. »Denn ich habe etwas anderes erwartet, und ich definiere es anders.«

»Dein Verhalten spricht nicht dafür«, sagte Sonja.

»Mein Verhalten bestätigt, wie dumm ich bin«, sagte Kim und hob hilflos die Hände.

»Hör auf damit! Du bist nicht dumm!« versetzte Sonja ärgerlich.

»Danke«, sagte Kim. »Aber bezogen auf dich bin ich es wohl. Schon seit ich dich das erste Mal sah ...« Sie seufzte. »Ich war eben gleich hin und weg von dir. Das hat sich bis heute nicht geändert.«

»Hin und weg?« fragte Sonja. »Das heißt, du wolltest mit mir schlafen.« Ihre Stimme klang trocken.

»Wenn ich das bestreiten würde, wäre es wohl höchst unglaubwürdig«, seufzte Kim. »Aber ...« Sie lehnte sich an die Wand. Sie fühlte eine gewisse Schwäche in sich. »Wie du so treffend bemerktest, habe ich schon einige Frauen gekannt ... näher, meine ich ... und ich habe nie – Ich dachte zuerst, bei dir wäre es genauso, aber ist es nicht. Es ist mehr. Viel mehr.«

»Es kann aber nie mehr sein«, sagte Sonja. »Es hätte nie mehr sein können«, korrigierte sie sich. »Jetzt steht es ja sowieso nicht mehr zur Debatte.«

»Ja, leider«, sagte Kim. »Durch meine Schuld.«

Sonja schien unschlüssig. »Ich kann dir nicht mehr vertrauen«, sagte sie etwas traurig. »Die Situation wird sich nicht ändern, du wirst wieder eifersüchtig sein, und dann –«

»Und dann versuchen, dich zu ... vergewaltigen?« fragte Kim zutiefst beschämt. »Nie«, sagte sie. »Nie mehr wieder werde ich so etwas tun, aber das klingt nicht sehr glaubwürdig, ich sehe es ein.«

»Ja, das klingt nicht sehr glaubwürdig«, wiederholte Sonja. »Ich ...« Sie atmete tief durch. »Ich will einfach keine Probleme, verstehst du? Ich habe genug davon. Da brauche ich nicht auch noch –« Sie brach ab.

»Da brauchst du nicht auch noch mich, die dir Probleme macht«, sagte Kim bekümmert. »Das verstehe ich sehr gut.«

»Kim, ich ...« Sonja schlug die Tür mit einem lauten Knall zu. »Ach, verdammt!«

Kim hob den Kopf. Was war denn jetzt auf einmal?

Sonja lief durch den Flur zur Küche, blieb stehen, drehte um und lief bis zur Schlafzimmertür, drehte wieder um, blieb vor Kim stehen. »Warum können wir nicht einfach befreundet sein, ganz harmlos?« fragte sie heftig atmend.

Kim schaute sie an und versuchte zu ignorieren, wie verführerisch sich ihre Brüste bei jedem Atemzug hoben. »Können wir nicht«, sagte sie. »Ich jedenfalls nicht.«

Sonja wandte sich ab. »Ich auch nicht, das ist ja der Schlamassel«, murmelte sie.

»Was hast du da gesagt?« fragte Kim.

»Ich ...« Sonja drehte sich um und schaute sie erneut an. »Ich ... will nicht, daß es so endet, und ich will auch nicht, daß es so weitergeht. Ich will mich nicht ständig vor dir in acht nehmen müssen. Ich will einfach nur –«

Vielleicht doch Liebe? dachte Kim. »Sex?« fragte sie.

Sonja zögerte. »Ja«, sagte sie dann. »Einvernehmlichen, wenn möglich.«

»Wenn möglich?« Kim mußte plötzlich schmunzeln. Sie zwang sich jedoch, diesen Anfall zu unterdrücken, als ihr einfiel, daß Sonja Grund zu dieser Einschränkung hatte.

»Ich habe nie von etwas anderem gesprochen«, sagte Sonja.

»Damit wären wir wieder beim Anfang.«

Kim nickte nachdenklich. »Ja«, erwiderte sie. »Aber du sagtest, du könntest mir nicht mehr vertrauen.«

»Und du sagtest, du würdest es nie wieder tun«, entgegnete Sonja.

»Das heißt, du gibst mir noch eine Chance?« fragte Kim. Sie konnte es kaum glauben.

»Die letzte«, sagte Sonja. »Das ist dann wirklich die letzte. Die allerletzte. Weiter gehe ich nicht.«

»Das ... Sonja ...« Kim schluckte. »Das meinst du wirklich ernst?«

»Ernster, als du dir vorstellen kannst«, sagte Sonja. »Ich spiele nicht leichtfertig mit solchen Aussagen.«

Kim schaute sie an. Sie wollte sie so gern umarmen, an sich ziehen, in ihrer Weichheit versinken. Aber sie traute sich nicht.

»Was machen wir jetzt?« fragte Sonja. »Weiter hier herumstehen?«

»Ich ... Sonja ...« Kim schluckte, räusperte sich, schluckte wieder. »Ich würde dich so gern küssen, aber ich weiß nicht –«

Sonja trat zu ihr heran. »Dann tu's doch«, sagte sie leise. »Ich hoffe nicht, daß du denkst, du müßtest jetzt jedesmal fragen. Das könnte anstrengend werden.«

»Ja.« Kim lächelte unsicher. »Könnte es. Aber ich will auch nichts Falsches tun. Ich will nichts tun, was du nicht willst.«

»In diesem Fall tust du das nicht«, flüsterte Sonja. Sie strich mit einem Finger über Kims Wange. »Ganz und gar nicht.« Sie zupfte mit ihren Lippen an denen von Kim und zog sich dann wieder zurück.

Kim starrte sie nur an.

»Soll ich lieber gehen?« fragte Sonja.

Kim schüttelte den Kopf. Sie konnte nichts sagen. Sie hob eine Hand und strich über Sonjas Haar, als ob sie sich ihr vorsichtig nähern müßte, um auf ihre Reaktion zu warten.

Sonja blieb ganz ruhig stehen, tat nichts. Kim streichelte ihr Haar, ihre Wange, ihren Hals, wanderte dann mit einem Finger auf ihre Lippen und streichelte sie sehr, sehr behutsam.

»Uh!« Sonja lachte. »Das kitzelt!«

Kim lächelte leicht. Sie beugte sich vor und zupfte ebenso wie

Sonja zuvor nur an ihren Lippen, streichelte sie ganz sanft und weich mit ihrer Zungenspitze, bis Sonja sie öffnete und auf mehr wartete. Kim verhielt und öffnete Sonjas Bluse, schob sie ihr zusammen mit der Jacke von den Schultern. Sie verließ ihren Mund, küßte ihren Hals und die weiche Beuge auf dem Weg hinunter zum Dekolleté, dann wanderte sie an der anderen Seite wieder hinauf bis zu Sonjas Mund zurück. Sie küßte sie so zärtlich, daß Sonja tief aufseufzte.

Danach schob sie Kim ein wenig von sich, damit sie ihr in die Augen blicken konnte. »Es wird sich nichts ändern«, sagte sie vorsichtig. »Verstehst du? Ich werde gehen und kommen, aber ich werde nie bleiben.«

»Ich weiß.« Kim nickte. »Ich werde auch nie mehr von dir verlangen.«

Sonja betrachtete sie eine Weile, hielt ihre Augen so lange fest, daß Kim es kaum mehr ertragen konnte. »Gut«, sagte sie dann. Sie beugte sich vor und küßte Kim nun ihrerseits, mit wachsender Leidenschaft.

Kim fühlte, wie die Leidenschaft sie erfaßte, aber anders als das erste Mal an diesem Abend. Es war Leidenschaft, ja, aber es war ein warmes Gefühl von Zärtlichkeit dabei, das die Leidenschaft wie auf einem Luftpolsterkissen trug. Eine merkwürdige Vorstellung, aber so war es.

Sie küßten sich lange, verschmolzen miteinander, suchten den Mund der anderen immer wieder, als ob es nichts gäbe als diese ihre Lippen, die ein ums andere Mal Hochzeit feierten.

Nach einer unendlichen Ewigkeit lösten sie sich voneinander, und Sonja legte ihren Kopf an Kims Brust. »Das war so schön«, flüsterte sie. Sie lachte leise. »Du küßt so gut.«

»Das Kompliment gebe ich zurück.« Kim lächelte. »Ich glaube, es war eher eine Teamleistung.«

Sonja hob den Kopf. »Dann sind wir aber ein wirklich gutes Team.«

»Das waren wir doch schon immer«, sagte Kim. »Von Anfang an.«

»Das stimmt«, sagte Sonja. »Nur war es da etwas . . . anders.«

»Du hast mich verrückt gemacht mit deiner Nähe, genauso wie jetzt«, sagte Kim.

»Tatsächlich?« Sonja schaute sie an.

»Kannst du dir das nicht vorstellen?« fragte Kim lächelnd. »Du hast mich berührt, so nebenbei, am Arm, an der Schulter. Es war dir gar nicht bewußt. Aber für mich war es natürlich ... hm ... aufregend.«

»Aufregend?« Sonja verzog leicht die Mundwinkel. »Bis zu welchem Grad?«

»Du kokettierst«, sagte Kim. »Du weißt ganz genau, bis zu welchem Grad.«

»Ein bißchen Koketterie wird ja wohl gestattet sein«, sagte Sonja. »Welche Frau hört das nicht gern?« Ihre Hand schob sich unter Kims Morgenmantel. »Wie aufregend war ich für dich?« fragte sie flüsternd. »Hätte ich es fühlen können?« Sie schob ihre Hand langsam zwischen Kims Schenkel.

Kim stöhnte auf. »Hättest du«, sagte sie mühsam. »Meistens.«

Sonjas Finger strichen über Kims Schamlippen. »Und jetzt?« wisperte sie rauh. »Wie aufregend findest du mich jetzt?«

Kim atmete schwer. »Du spürst es«, antwortete sie. Sie biß sich auf die Lippen. »Sonja ...«, flüsterte sie abgehackt. »Ich ... ich kann bald nicht mehr. Ich will nicht ... ich meine, ich habe dir versprochen –«

Sonja zog sie ohne ein Wort ins Wohnzimmer hinüber und legte sich auf die Couch. »Komm ...«, hauchte sie.

Kim starrte sie einen Moment völlig überwältigt an, dann kniete sie sich neben sie vor die Couch, betrachtete Sonjas Gesicht, streichelte ihre Hüfte, glitt hinauf zu ihrer Brust.

Sonja schloß die Augen und legte den Kopf zurück.

»O Sonja«, flüsterte Kim. Sie begann Sonja auszuziehen, und als ihr Oberkörper nackt war, beugte sie sich hinunter und nahm eine Brustwarze zwischen ihre Lippen.

Sonja seufzte.

Kim leckte über die andere Brustwarze, strich weiterhin mit dem Daumen über die erste, und Sonja begann sich unruhig zu bewegen. Kim öffnete Sonjas Rock, schob ihn über ihre Hüften, und Sonja hob sie an, so daß Kim Rock und Slip hinunterschieben und sie ganz ausziehen konnte.

Sonja lag nun vollkommen nackt vor ihr. Kim schluckte.

»Leg dich auf mich«, flüsterte Sonja. »Bitte.«

Kim erhob sich und wollte ihren Morgenmantel ausziehen, aber Sonja sagte: »Nein, behalt ihn an. Komm so.«

So schob Kim den Mantel nur ein wenig zur Seite, beugte sich über Sonja und legte sich auf sie.

»Ja«, hauchte Sonja fast unhörbar.

Kim versank in ihr, das berauschende Gefühl nahm ihr den Atem. Sie suchte Sonjas Lippen, küßte sie, drang in ihren Mund ein und eroberte ihn Stück für Stück, bis Sonja unter ihr keuchte und sie selbst auch.

»Kim ... Kim ...«, flüsterte Sonja erregt, als der Kuß endete. Ihre Finger suchten sich einen Weg zwischen Kims Beine, drangen zwischen ihren nassen Schamlippen ein.

Kim warf den Kopf zurück und stöhnte. Sie fühlte nur noch Lust, Lust, Lust. Sonjas Finger bewegten sich schnell, reizten sie unmenschlich, sie stieß dagegen, und es dauerte nicht lange, bis sie auf ihr zusammensank. Ihr Herz schlug wie rasend und ihr Unterleib pochte.

»Sonja ...«, flüsterte sie erschöpft. »Liebes ...«

Sonja streichelte sie, ihr Haar, ihre Schultern, ihren Rücken. »Ich habe dich sehr lange warten lassen, entschuldige«, sagte sie.

Kim richtete sich leicht auf. »Du bist süß«, sagte sie lächelnd. »So süß.« Sie bemerkte, wie Sonjas Lippen sie magisch anzogen, sie küßte sie, dann glitt sie langsam an ihr nach unten, küßte ihre Brüste, ihren Bauch –

»Nein«, sagte Sonja.

Kim schaute auf. »Du vertraust mir immer noch nicht?«

»Ich ... es tut mir leid, Kim, ich kann nicht ... heute nicht. Bitte versteh ...« Sonjas Stimme klang gequält.

Kim streichelte sie noch einmal, ihren Bauch, ihre Schenkel, dann stand sie auf und zog die Couch samt Sonja nach vorn.

»Huch!« machte Sonja.

Kim grinste und legte sich neben sie. »Ich dachte, wir könnten ein bißchen mehr Platz gebrauchen«, sagte sie.

Sonja lächelte. »Hat was«, sagte sie. Sie betrachtete Kims Gesicht, suchte in ihren Augen nach Verständnis. »Bitte, sei mir nicht böse«, bat sie leise. »Es ... es geht einfach nicht. Noch nicht. Ich verspreche dir –«

Kim legte einen Finger auf Sonjas Lippen und unterbrach sie.

»Du brauchst mir gar nichts zu versprechen«, sagte sie. »Es gibt genug andere Dinge, die wir tun können. Du mußt dich zu nichts gezwungen fühlen. Auf keinen Fall. Wir werden nur das tun, was du wirklich willst, wie wir es vereinbart haben.«

»Ich ... ich komme mir so dumm vor«, sagte Sonja verlegen. »Ich würde so gern –« Sie streichelte Kims Gesicht. »Es tut mir leid.«

»Mir tut es nur für dich leid, weil es wirklich sehr schön ist«, sagte Kim. Sie lehnte sich über Sonja und streichelte sanft ihre eine Brust, dann die andere.

Sonja stöhnte leise auf.

Kim küßte sie, streichelte erneut ihre Brüste, bis sie die Brustwarzen fast aus der Haut springen fühlte, hart und erregt. Dann glitt sie mit einer Hand nach unten und suchte Sonjas Mitte. Sonja war wieder sehr naß, wie schon beim ersten Mal, aber Kim strich nur leicht zwischen ihren Beinen hindurch und drang nicht ein.

Sonja murmelte Unverständliches. Ihre Hüften hoben sich an, fielen wieder herunter, hoben sich erneut an und bewegten sich immer unruhiger.

Kim streichelte die Außenseiten von Sonjas Schamlippen, fühlte, wie Feuchtigkeit aus dem Inneren herausdrang. Sie begehrte Sonja schrecklich, aber sie wollte, daß es lange dauerte. Als Entschädigung für all die Sünden, die sie an ihr begangen hatte.

Sonja griff nach ihr, zog sie zu sich heran, krallte sich in ihren Rücken.

»Au!« sagte Kim.

Sonja schlug die Augen auf, das hieß, sie öffnete sie halb, und es kamen tiefdunkle Seen zum Vorschein, dunkel vor Erregung und Sehnsucht. »Sorry«, sagte sie schweratmend. Ihre Augen verschleierten sich.

»Macht nichts.« Kim beugte sich noch näher zu ihr. »Ich habe mich nur erschreckt.« Sie küßte Sonja erneut, streichelte die Innenseiten ihrer Schenkel, fuhr hoch zu ihren Leisten.

Sonja hob sich stöhnend an. Kim erinnerte sich, daß sie dort besonders empfindlich war. Sie streichelte sie weiter, fuhr hinauf und hinunter, und Sonjas Stöhnen wurde immer lauter.

»Bitte ...«, flehte sie. »Bitte ...«

Langsam ließ Kim ihre Hand wieder zwischen ihre Beine wandern, teilte die Schamlippen leicht, fuhr dazwischen hindurch und schwamm fast in einem See. Sie schloß die Augen, weil es sie selbst unendlich erregte, zu wissen und zu fühlen, wie naß Sonja war. Sie hätte diese Tiefe gern mit ihrem Mund erforscht.

Vorsichtig drang sie mit einem Finger in Sonja ein, Sonja stieß einen spitzen Schrei aus, und eine weite Höhle öffnete sich bereitwillig. Kim nahm alle anderen Finger hinzu, sonst hätte sie Sonja nicht ausfüllen können.

Zärtlich begann sie hinein- und hinauszugleiten. Sonjas Hüften stießen, drehten sich, wanden sich, drängten sich ihr entgegen. Sie wurde immer wilder, krallte sich erneut in Kims Rücken. Diesmal war Kim vorbereitet und ertrug den Schmerz wortlos.

»Oh ... ah ... oh ... ja ... ja ... oh ... ja ...« Sonjas erregte Laute jagten Blitze durch Kims Körper.

Sie streichelte Sonjas Perle, und Sonja hüpfte fast vom Sofa, stieß sinnlose Laute aus. Immer lauter wurde sie. »Oh ... o Gott ... o mein Gott!« Sie stieß in die Luft, erstarrte, stieß wieder. »Oh ... ja ... Kim ... jaaaa!« Sie konnte sich kaum mehr halten. »Ja! Jetzt!« Sonja schrie, stöhnte, murmelte unverständlich vor sich hin, dann erstarrte sie, lag angespannt da und wurde plötzlich weich. Ein leiser Seufzer schien das Ende anzuzeigen.

Kim zog ihre Finger heraus, und Sonja stöhnte noch einmal leise. Kim streichelte zärtlich die geschwollenen Lippen. Sonja zuckte zusammen. Kim lächelte. Sie begann die Lippen von außen weiter zu liebkosen.

»O nein!« flüsterte Sonja, aber ihre Hüften zuckten schon wieder.

Kim suchte ihre Perle, reizte sie, drückte sie, glitt schnell darüber.

Sonja keuchte, rutschte mit ihrem Po auf der Couch hin und her.

Kim streichelte sie weiter, Sonja stöhnte, seufzte, stöhnte und erstarrte gleich darauf erneut. Kim ließ sich davon nicht abhalten und trieb sie unverdrossen in den nächsten Orgasmus.

Am Ende waren es sechs, und Sonja bettelte »Nicht, hör auf, bitte ... ich kann nicht mehr ...«

Kim ließ ihre Hand ruhig liegen. »Du kannst es dir ja noch mal überlegen«, sagte sie schmunzelnd.

»Himmel.« Sonja lag mit geschlossenen Augen da und sah hinreißend aus, wie Kim fand. »Himmel«, wiederholte sie. Sie schlug die Augen auf. »Das war unglaublich.« Sie atmete tief durch.

»Unglaublich schön oder unglaublich schrecklich?« fragte Kim lächelnd.

»Beides«, sagte Sonja. »Es war schrecklich und schön zugleich. Ich fühlte mich so ... ausgeliefert.« Sie sah Kim an. »Du hättest alles mit mir tun können. Ich hätte mich nicht wehren können.«

»Ich hoffe, ich habe nichts getan, was du nicht wolltest«, sagte Kim.

»Nein.« Sonja schaute sie an, und in ihren Augen lag ein merkwürdiger Ausdruck. »Das hast du nicht.«

Kim wußte nicht, was sie sagen sollte. Was bedeutete es, daß Sonja sie so merkwürdig ansah? »Hast du Hunger?« fragte sie, um diesem Blick auszuweichen. »Ich könnte uns etwas zu essen machen. Eine Kleinigkeit.«

»Hunger habe ich schon«, sagte Sonja. Sie schob sich über Kim. »Aber die Art von Hunger stillt man nicht mit Essen.« Sie fiel über Kims Mund her und küßte sie tief und leidenschaftlich.

Die nächsten Stunden stillten den Hunger nach Essen auch nicht, denn Kim und Sonja waren mit anderen Dingen beschäftigt.

Endlich lagen sie erschöpft nebeneinander, und Sonja kuschelte sich an Kims Schulter. Sie schwiegen, bis Sonja seufzte.

»Was hast du?« fragte Kim.

»Ich ...« Sonja schluckte. »Ich muß gehen.«

Kim rammte sich ein Eisblock ins Herz. »Ja«, sagte sie. »Ich weiß.«

Sonja streichelte noch einmal kurz über Kims Gesicht, dann stand sie auf und ging ins Bad. Kim hörte die Dusche, und danach kam Sonja zurück, um sich anzuziehen.

Kim schaute ihr dabei zu, aber sie wäre lieber weggelaufen. Sie wollte Sonja festhalten, aber sie wußte, das war unmöglich.

»Morgen ...«, sagte Sonja und starrte zum Fenster hinaus. »Morgen kann ich nicht. Wir sehen uns dann am Montag. Kommst du zu mir, um das Projekt zu besprechen?«

Kim atmete tief durch. »Ja«, sagte sie. »Wann?«

»Gleich morgens«, sagte Sonja. »Wir müssen ja dann los, zur Eichhalde. Um acht?«

Kim verzog leicht die Mundwinkel. »Wie wäre es mit sieben?«

Sonja schaute sie matt lächelnd an. »Das will ich dir nicht zumuten.«

»Ich mute es mir selbst zu«, sagte Kim. »Also sieben.«

»Schön«, sagte Sonja. »Das ist natürlich noch besser.« Sie betrachtete Kim wieder mit diesem undefinierbaren Blick. Plötzlich trat sie auf das Sofa zu und beugte sich zu Kim hinunter. »Es war wunderschön«, sagte sie leise. »Danke.« Sie hauchte einen Kuß auf Kims Lippen und richtete sich auf.

»Dann bis Montag«, sagte sie.

»Bis Montag.« Kim brachte die Worte kaum hervor.

Sonja drehte sich um und ging.

Am Sonntag ließ Kim sich nach langem Hin und Her von Jo und Jennifer zu einem Besuch des Frauencafés überreden.

»Ich würde sagen, Minigolf ist eine Weile gestrichen, so wie du drauf bist«, sagte Jennifer.

»Tut mir leid«, erwiderte Kim. »Das nächste Mal werde ich mich besser konzentrieren.«

»Muß dir nicht leid tun.« Jennifer grinste. »Wenn du verlierst, gewinne ich. Dagegen habe ich nichts.«

»Dann fehlt dir aber die Herausforderung«, sagte Kim. »Das ist doch langweilig.«

Jennifer grinste noch mehr. »Die Herausforderung ist Jo«, sagte sie und schaute Jo liebevoll in die Augen. »In jeder Beziehung. Das wird nie langweilig.«

»Wann wollt ihr heiraten?« fragte Kim schmunzelnd.

»Oh ... äh ...« Jennifer warf einen schnellen Blick zu Jo.

Kim folgte ihrem Blick und legte fragend den Kopf schief. »Ihr habt tatsächlich schon darüber gesprochen?«

»Ähm ... nein ...«

»Doch«, widersprach Jo. »Haben wir.«

»Was denn nun?« Kim blickte immer noch fragend.

»Ja, haben wir«, gab Jennifer seufzend zu. »Wir haben darüber gesprochen.«

»Aber ihr seid euch nicht einig?« fragte Kim.

Jo stöhnte auf. »Jenny kann sich nicht entscheiden«, sagte sie. »Einmal will sie und dann wieder –«

»Ich ...« Jennifer verzog das Gesicht. »Ich ... Das Thema ist einfach noch zu neu für mich. Ich habe nie darüber nachgedacht, daß –«

»Daß einmal eine Frau kommen könnte, die dich so fesselt wie ich?« fragte Jo neckend.

Jennifer schaute sie zärtlich an. »Ja«, sagte sie.

»Du willst gefesselt werden, aber nicht an die Kette gelegt, das verstehe ich«, sagte Kim.

»Du sagst es.« Jennifer wirkte erleichtert. »Ich liebe Jo ...« Sie wandte sich zu Jo. »Ich liebe dich, Schatz, aber ... vielleicht ... ist es einfach noch zu früh.«

»Das macht nichts.« Jo lächelte sie liebevoll an. »Zuerst einmal muß man sich ja auch verloben.« Sie zog ein Schächtelchen aus der Tasche und hielt es Jennifer vor die Nase.

Jennifer starrte darauf, faßte es aber nicht an.

»Willst du es nicht aufmachen?« fragte Jo lächelnd.

»Jo ... Liebes ... das ... das ...« Jennifers Gesicht überzog sich mit feinen roten Punkten.

»Nun mach schon«, sagte Kim. »Ich will auch sehen, was drin ist.«

Jennifer griff vorsichtig nach der Schachtel und öffnete sie noch vorsichtiger. Ein Lichtstrahl aus dem Café ließ etwas darin aufblitzen. Sie klappte den kleinen Deckel auf und starrte hinein.

»Eigentlich war es ein Nasenring für einen Stier«, sagte Jo grinsend, »aber ich habe ihn für deinen Finger umarbeiten lassen.«

Jennifer hob den Kopf. »So siehst du aus«, sagte sie. Sie beugte sich vor und küßte Jo lang und innig.

Kim sah den beiden lächelnd zu. »Kann ich ihn sehen?« fragte sie nach einer Weile.

»Es ist nichts Besonderes«, sagte Jo und zuckte die Schultern. »Ich bin nicht reich genug, um mir so etwas leisten zu können.«

»Er ist wundervoll«, sagte Jennifer, nahm den Ring aus der Schachtel und streifte ihn über ihren Finger. Es war ein schmaler goldener Ring mit kleinen Steinchen besetzt, die in Herzform angeordnet waren.

»Ich weiß, er ist ein bißchen kitschig ...«, sagte Jo verlegen.

»Hörst du wohl auf!« Jennifer boxte sie in die Seite. »Und wenn es ein Ring aus einem Kaugummiautomaten wäre – es kommt auf die Absicht an.«

»Die Absicht ist die beste ... die allerbeste«, grinste Jo. »Meine Absicht ist es, dich vor den Traualtar zu schleifen.«

»An den Haaren?« fragte Kim schmunzelnd.

»Wenn's sein muß«, entgegnete Jo. »Nein, natürlich nicht.« Sie legte ihren Arm um Jennifer. »Aber das hier ist die Frau, mit der ich den Rest meines Lebens verbringen möchte, und wenn es auf einer einsamen Insel wäre.«

»Eine einsame Insel wäre schön«, sagte Jennifer leise und kuschelte sich an Jo.

»Tja, wenn man nicht selbst dafür ein bißchen Geld verdienen müßte«, seufzte Jo. »So ein paar Milliönchen.«

»Ach, das machen wir doch mit links, Schatz.« Jennifer küßte Jo erneut.

»Dann werde ich Frau Kantner wohl um eine Gehaltserhöhung bitten müssen«, sagte Jo, als Jennifer sie endlich losließ. Sie wandte sich an Kim. »Was, meinst du, wird sie dazu sagen?«

Kim zuckte zusammen. »Wieso fragst du mich?«

»Na ja, bei eurem engen Verhältnis ...«, sagte Jo.

»Von welchem engen Verhältnis sprichst du?« Kim verschränkte die Arme.

»Von einem, das die kürzeste Strecke zwischen Minigolfplatz und Haustür verlangt«, sagte Jo. »Wir waren schon etwas verwundert, als du gestern so schnell gegangen bist, aber dann meinte Jenny –«

»Du solltest das doch nicht sagen!« unterbrach Jennifer sie.

»Du kennst Kim länger als ich«, sagte Jo, »und ...«, sie grinste, »intimer, deshalb denke ich schon, daß du recht hattest.«

»Trotzdem geht uns das nichts an«, sagte Jennifer. »Das ist allein Kims Angelegenheit.« Sie schaute Kim an. »Es sei denn, sie will uns etwas darüber erzählen.«

Kim rollte die Augen. »Es gibt nichts zu erzählen.«

»Nichts?« Jo schaute sie skeptisch an. »Sie war nicht da, als du nach Hause kamst? Oder habt ihr euch woanders getroffen? Bei ihr?«

»Jo!« Kim raufte sich die Haare.

»Laß sie«, sagte Jennifer. »Sie will nichts darüber sagen.«

Jo setzte noch einmal an, aber Jennifer boxte sie so hart in die Seite, daß Jo nach Luft schnappte. »Ist ja schon gut«, sagte sie.

»Du bist also wirklich nur zum Schlafen nach Hause gegangen gestern, sonst nichts?« fragte Jennifer.

Kim haßte es, Jennifer zu belügen, sie war ihre beste Freundin, aber sie wollte Sonja nicht verraten. »Natürlich«, sagte sie.

»Wenn sie sagt, es war so, dann war es so«, wandte Jennifer sich an Jo. »Und im übrigen . . .«, sie drehte ihre Hand mit dem Ring daran, »haben wir eigentlich ja auch andere Dinge zu besprechen.«

Jo lächelte. »Was zum Beispiel?«

»Zum Beispiel, wie wir es meinen Eltern beibringen, daß wir heiraten«, sagte Jennifer.

»Deinen . . . Eltern?« Jo starrte sie entgeistert an.

»Selbstverständlich«, sagte Jennifer. »Ich will meine Familie auf meiner Hochzeit dabeihaben, du deine nicht?«

»Oh.« Jo starrte die Tischplatte an. »Ich glaube nicht, daß das gehen wird.«

»Warum nicht?« fragte Jennifer.

»Ich . . .« Jo schluckte. »Ich kann jetzt nicht darüber sprechen.«

Jennifer schaute sie nachdenklich an. »Es sind nicht nur meine Eltern«, fuhr sie dann fort. »Meine Geschwister auch, mein Bruder und meine Schwester – und meine Cousins und Cousinen, Onkel und Tanten . . .«

»Mein Gott, wie groß ist deine Familie?« fragte Jo.

»Sehr groß«, sagte Jennifer. »Für die Hochzeit brauchen wir auf jeden Fall einen Tanzsaal.«

Kim grinste, als sie Jos entsetztes Gesicht sah. »Willst du deinen Heiratsantrag zurücknehmen?« fragte sie.

Jo schüttelte den Kopf. »Nein, natürlich nicht.«

»Entschuldige«, sagte Jennifer. »Wir hätten vielleicht doch ein wenig mehr über meine Familie reden sollen. Aber wir kennen uns ja noch nicht so lange . . .«

»Ja, wir hätten vielleicht etwas mehr reden sollen«, erwiderte Jo fassungslos. Dann lächelte sie. »Aber wenn du eine große Hochzeit willst, dann bekommst du deine große Hochzeit, das verspreche ich dir.«

Jennifer fiel ihr um den Hals. »Du bist einfach der Wahnsinn!«

lachte sie. »Ich liebe dich!«

»Ich dich auch.« Jo umarmte sie fest. »Du sollst alles bekommen, was du willst.«

»Eigentlich müssen die Eltern der Braut ja die Hochzeit bezahlen«, sagte Jennifer grinsend. »Fragt sich nur, wer bei uns beiden die Braut ist.«

»Gibt es ein Hochzeitskleid oder zwei?« fragte Kim, die sich gerade vorstellte, wie Jennifer und Jo wohl in einem Kleid aussehen würden. Normalerweise trugen beide nur Hosen.

»Also ich . . . nein«, sagte Jo. »Ein Kleid? Auf keinen Fall.«

»Och . . .« Jennifer lehnte sich zurück und starrte in die Luft, als ob sie gerade ein Bild vor sich sähe. »Ich könnte es mir vielleicht vorstellen. Als Kind habe ich ganz gern Kleider getragen.«

»Du?« fragte Kim.

»Ja, du liebe Güte, da gibt es auch schöne Sachen«, wehrte Jennifer sich. »Ich habe natürlich nie etwas in rosa gehabt.«

»Na, Gott sei Dank«, sagte Kim. Sie schmunzelte.

»Aber ein Hochzeitskleid ist ja weiß, also das ist nun wirklich kein Problem«, sinnierte Jennifer weiter. »Meine Mutter hilft mir bestimmt beim Aussuchen.«

Jo starrte sie genauso an wie beim ersten Mal, als sie ihre Eltern erwähnt hatte.

»Meine Eltern wissen schon lange Bescheid«, sagte Jennifer lässig. »Eine Hochzeit . . . na ja, damit haben sie wohl nicht gerechnet, aber das bringe ich ihnen auch noch bei.«

»Ich . . .« Jo schluckte. »Ich würde deine Eltern dann kennenlernen?« fragte sie.

»Schon vorher, hoffe ich. Bei der Hochzeit ist es dann ja ein bißchen hektisch, nehme ich an«, sagte Jennifer. »Aber meine Mutter kriegt das hin. Sie organisiert öfter mal größere Familienfeiern. Mit so etwas kommen immer alle zu ihr.«

»Äh . . . Jenny . . .« Jo schien überfordert. »Das kommt jetzt ein bißchen plötzlich für mich.«

»Ja, sicher.« Jennifer schaute sie zärtlich an. »Du mußt dich erst daran gewöhnen, das ist mir klar. Aber meine Familie ist . . . na ja, sie sind verrückt, aber eigentlich ganz in Ordnung.«

»Sie sind wirklich ein bißchen verrückt, du wirst sehen«, sagte Kim. »Aber echt nett.«

»Du kennst sie?« Jo wurde immer nervöser.

»Jennifer hat mich mal zu so einem Familienfest mitgenommen«, sagte Kim. »Das war sehr unterhaltsam.« Sie grinste.

»Aber es war nicht deine Hochzeit«, sagte Jo erschüttert.

»Nein, das nicht.« Kim schaute sie an. »Beruhige dich erst mal. Das scheint dich ja ganz schön mitzunehmen.«

»Ich . . . es ist etwas ungewohnt für mich«, sagte Jo.

»Deine Familie ist nicht so groß?« fragte Kim.

»Nein, ich –« Jo brach ab. »Nein, nicht so groß«, sagte sie dann.

»Daran gewöhnst du dich. Und außerdem wirst du sie ja nicht jeden Tag sehen«, sagte Jennifer. »Sie wohnen eine halbe Tagesreise entfernt.«

»Hm.« Jo schien erleichtert.

Kim sah Jennifer an und zog die Augenbrauen hoch. Jennifer zuckte die Schultern. Nach diesem stummen Dialog wandte sie sich wieder Jo zu. »Heute ist es ja noch nicht soweit«, sagte sie beruhigend. »Und ich weiß im übrigen ja noch gar nicht, ob ich dich überhaupt heiraten will.«

»Willst du nicht?« Jo wirkte verwirrt.

Jennifer spitzte die Lippen. »Dann muß ich den Ring zurückgeben, oder?« Sie schaute Kim an.

Kim nickte ernst. »Ja, das mußt du.«

»Nein.« Jo schüttelte den Kopf. »Du kannst ihn behalten, egal was du tust.«

»Jo . . . Süße . . .« Jennifer beugte sich zu Jo und blickte ihr tief in die Augen. »Ich werde ihn auf jeden Fall behalten, genauso lange, wie ich dich behalte. Und dich lasse ich nicht mehr los.« Sie strich Jo zärtlich über die Wange. »Nie mehr.«

Jo sah aus, als wollte sie rot anlaufen, aber sie blickte nur verlegen zu Boden. »Wirklich?« fragte sie.

»Ja, wirklich.« Jennifer flüsterte und küßte sie dann auf die Nase. »Für immer und ewig, so heißt es doch, nicht?«

Kim lächelte. Ihr wurde warm ums Herz, wenn sie die beiden so sah. Dann verschwand das Lächeln von ihrem Gesicht. *Das werde ich mit Sonja nie haben,* dachte sie. *Es besteht nicht einmal die Chance dazu.*

»Freust du dich gar nicht?« fragte Jennifer in ihre Gedanken hinein.

»Doch, natürlich.« Kim zuckte hoch. »Ich freue mich sehr.«

»So siehst du aber nicht aus.« Jennifer betrachtete sie aufmerksam. »Du siehst eher so aus, als hätte Jo mich dir abspenstig gemacht.« Sie schmunzelte. »Oder ich dir Jo?«

Kim schüttelte den Kopf. »Du weißt, daß es nicht so ist.«

»Na, wer weiß?« Jennifer legte kokett den Kopf zur Seite. »Vielleicht hat unsere Nacht damals einen bleibenderen Eindruck bei dir hinterlassen, als ich dachte.«

»Ganz zu schweigen von unserem Erlebnis im Darkroom«, ergänzte Jo grinsend.

Kim hob die Hand. »Das vergeßt mal ganz schnell. Ich freue mich sehr für euch, und ich freue mich sehr auf die Hochzeit – zu der ich hoffentlich eingeladen werde.« Nun grinste sie auch. »Den wundervollen Kuchen von deiner Mutter kann ich heute noch schmecken.« Sie fuhr sich genießerisch über die Lippen.

»Ja, kein Vergleich zu dem, was du da ab und zu anschleppst«, sagte Jennifer.

»Ich kann Margit halt nichts abschlagen und Rolf auch nicht«, entschuldigte sich Kim mit schief verzogenem Gesicht.

»Wie geht es deinem Chef eigentlich?« fragte Jo interessiert. »Hat er sich wieder erholt?«

»Er kommt nächste Woche in die Reha«, entgegnete Kim. »Das war das letzte, was ich gehört habe.«

»Das heißt, du bist weiterhin die Chefin der Abteilung«, sagte Jo.

»Nur vertretungsweise«, korrigierte Kim. »Offiziell bin ich nur Teamleiterin.«

»Aber inoffiziell weiß jeder, daß du den Laden schmeißt«, sagte Jo. »Und nicht schlecht.« Ihre Mundwinkel verzogen sich mutwillig. »Was sagt Frau Kantner denn dazu, daß du ihr damit quasi gleichgestellt bist?«

»*Frau Kantner* . . .«, erwiderte Kim betont, »sagt dazu gar nichts. Warum sollte sie?«

»Na ja, ich dachte . . . so gesprächsweise . . . wenn ihr euch seht . . . sofern ihr dann miteinander sprecht . . .«, stichelte Jo.

»Du kannst es einfach nicht lassen, oder?« sagte Kim.

»Och, laß mir doch das Vergnügen«, antwortete Jo heiter. »Viel Vergnügen hatte ich schließlich mit meiner Chefin bisher nicht . . .

im Gegensatz zu dir.«

»Ich habe sehr gern mit ihr zusammengearbeitet, das ist wahr«, sagte Kim.

»Und auch wahr ist, daß ich das nicht gemeint habe«, sagte Jo. »Ich finde es unfair, daß du mich so auf dem Trockenen sitzen läßt – wo ich eigentlich durch dich an der Quelle sitze.«

»An der Quelle zu was?« fragte Kim.

»Zu Informationen über die heiße Sonja!« rief Jo aus. »Meine Güte, die Frau ist Dynamit! Auch wenn sie nicht mein Typ ist, aber das spüre ich. Die muß doch im – *Au!*«

Jennifer hatte Jo mal wieder empfindlich in die Seite gestoßen. »Tut mir leid, Schatz«, sagte sie, »aber das hatten wir heute doch schon mal.«

»Noch einmal so ein harter Schlag, und ich muß mich krankschreiben lassen«, keuchte Jo. »Ich dachte, meine SM-Zeiten wären vorbei.«

»Du hast mal SM betrieben?« fragte Jennifer mit unschuldigem Augenaufschlag.

»Ja, sicher.« Jo verzog das Gesicht, aber diesmal nicht vor Schmerz, sondern belustigt. »Dominastudio Johanna Mayrhofer. Noch nie gehört?« Sie grinste über beide Backen.

»Bei dem Namen müssen die Leute dir ja die Tür eingerannt haben«, sagte Kim neckend. »Das ist doch viel aufregender als *Lady Chantal* oder so was.«

»Ja, fand ich auch«, sagte Jo. »Deshalb mußte ich hierher fliehen. Ich konnte den Ansturm nicht mehr bewältigen.« Sie versuchte einen ernsten Gesichtsausdruck aufzusetzen, aber es gelang ihr nicht.

»Ach, deshalb diese ganzen Peitschen und Handschellen in deinem Schrank«, sagte Jennifer. »Ich habe mich schon gewundert.«

»Tja.« Jo zuckte die Schultern. »Wenn Frau Kantner mich rauswirft, habe ich immer noch meine Peitschen und mache wieder mein eigenes Geschäft auf. Man kann nie wissen.« Sie wandte sich an Kim. »Oder ich verkaufe sie ihr. Steht sie auf so was?« Sie sprang auf, bevor Jennifer ihr endgültig eine Rippe brechen konnte.

»Frag sie doch selbst«, sagte Kim seufzend. Sie gab es auf. »Sie gibt dir bestimmt gern Auskunft.«

»Oh-oh ...« Jo machte eine vage Bewegung mit der Hand. »Das werde ich lieber nicht riskieren. Dann explodiert das Dynamit vielleicht. Aber weißt du was?« Sie schnippte mit den Fingern. »*Sie* könnte ein Studio aufmachen mit dem Namen *Lady Dynamite.*«

Jennifer seufzte tief auf. »Möchtest du lieber sie heiraten statt mich?« fragte sie. »Sie scheint dich ja sehr zu beschäftigen.«

»Ich sehe sie jeden Tag«, sagte Jo, »und ich frage mich –« Sie warf einen Blick auf Jennifer und setzte sich dann wieder neben sie. »Ich frage mich, was mit ihr los ist.«

Kim runzelte die Stirn. »Wie meinst du das?«

»Darf ich jetzt darüber reden, oder werde ich dann gleich wieder geschlagen?« fragte Jo und hob die Hände.

»Versuch halt nicht, Kim auszufragen über ... du weißt schon was«, sagte Jennifer. »Dann schlage ich dich auch nicht.«

»Vielen Dank, Herrin«, erwiderte Jo grinsend. Gleich darauf legte sich ihr Gesicht in nachdenkliche Falten. »Ich habe doch erzählt, daß sie immer fix und fertig ist, wenn ihr Mann angerufen hat – und unausstehlich. Wäre ich vielleicht auch, wenn ich jeden Tag dieses Theater hätte. Auf jeden Fall ... na ja ... ich kann nicht immer weghören, wenn sie telefoniert.«

»Du hast ihre Gespräche belauscht?« fragte Kim fassungslos.

»Ich ... Nein. Normalerweise schließt sie immer die Tür, aber letztens hat sie sie nicht ganz geschlossen, nur angelehnt, und obwohl sie sich bemüht hat, leise zu sprechen, konnte ich halt nicht ... ich mußte es einfach hören.«

Kim starrte stumm vor sich hin.

»Du willst es nicht wissen?« fragte Jo. »Es interessiert dich nicht?«

»Kim ... ehrlich ... wenn Jo aufhören soll, sag es«, fügte Jennifer hinzu. »Ich könnte das verstehen.«

Kim fuhr sich durch die Haare. »Erzähl schon«, sagte sie leise. »Damit ich es endlich hinter mir habe.«

Jennifer zog die Augenbrauen hoch, und Jo fuhr fort: »Zuerst hat sie zu ihm gesagt, ›Ruf mich nie wieder im Büro an‹, aber daran scheint er sich ja sowieso nicht zu halten. Anscheinend hat er sie dann durch den Hörer vollgemüllt, und dann sagte sie mit einer Stimme – ich kann die gar nicht beschreiben – wie Eis, das schneidet: ›Es gibt Grenzen, Uwe ... mit denen du einverstanden warst.

Überschreite die noch einmal, und ich werde sagen, was passiert ist. Dann ist mir alles egal‹.«

Hm. Kim fühlte sich nicht besonders aufgeklärt. Im Gegenteil, das Rätsel Sonja schien noch größer geworden zu sein.

»Kannst du irgend etwas damit anfangen?« fragte Jennifer.

Kim schüttelte nachdenklich den Kopf. »Nichts. Gar nichts. Wie gesagt, solange ich für sie gearbeitet habe, hat ihr Mann nie angerufen. Ich kenne das nicht.«

»Und sie hat noch nie etwas gesagt ... ich meine, jetzt?« fragte Jennifer. »Immerhin redet ihr miteinander. Daraus machst noch nicht einmal du ein Geheimnis.«

»Ja, das ist kein Geheimnis«, sagte Kim abwesend.

Sie erinnerte sich wieder an die Nacht, als Sonja an ihrer Brust geweint hatte. Damals hatte sie als Verursacher Klaus vermutet, was naheliegend war. Aber nun schien das nicht mehr sehr wahrscheinlich. Ihr Mann war wohl die Wurzel allen Übels. Aber wieso trennte sie sich dann nicht von ihm?

Die Frage stellte sich einfach immer wieder – und Sonja hatte sich geweigert, sie zu beantworten.

Kim atmete tief durch. »Ich kann nichts dazu sagen«, seufzte sie. »Und das ist jetzt keine Geheimniskrämerei. Ich weiß es einfach nicht.«

»Es hört sich an, als hätte er etwas Schlimmes angestellt, und sie könnte ihn reinreiten, tut es aber nicht«, überlegte Jo laut. »Aber warum ist sie dann so fertig? Sie hätte ihn in dem Fall doch in der Hand.«

»Daran liegt ihr nichts ... würde ihr nichts liegen«, sagte Kim. »Wenn es so wäre.«

»Die meisten Frauen ... Heterofrauen, meine ich ... haben ihre Männer ganz gern in der Hand«, gab Jo zu bedenken. »Das wissen wir doch alle.«

»Aber sie ist nicht so«, fuhr Kim auf. »Sie ist –«

»Ja?« Jennifer und Jo beugten sich gleichzeitig interessiert vor.

»Sie ist ausgesprochen korrekt«, ergänzte Kim steif. »Sie würde ein solches Verhältnis nicht wollen.« *Und was macht sie dann mit mir? Was für ein Verhältnis ist das?* dachte sie.

»Sie könnte sich scheiden lassen«, sagte Jo.

»Das ist verdammt noch mal *ihre* Sache!« stieß Kim laut hervor.

Einige der anwesenden Frauen im Café drehten sich nach ihnen um. »Es ist ihre Sache«, wiederholte Kim leiser. »Das geht keine von uns etwas an.«

Jennifer legte den Kopf schief. »Dich auch nicht?« fragte sie.

Kim stand auf. Sie schaute auf Jennifer und Jo hinunter.

»Nein, mich auch nicht«, sagte sie und ging.

»Waren wir verabredet?« Jo schaute Kim erstaunt an. Sie hielt noch ihre Jacke in der Hand, die sie gerade hatte aufhängen wollen. »So früh am Montagmorgen?«

»Frau Mayrhofer, haben Sie –« Sonja kam aus ihrem Büro ins Vorzimmer. Sie stutzte kurz. »Ah, Kim . . .«, sagte sie. »Du bist schon da.«

»Sieben Uhr.« Kim hielt lächelnd ihre Armbanduhr in die Höhe. »Pünktlich.«

»Erstaunlich«, sagte Sonja, und ihre Mundwinkel schienen zu zucken. »Frau Mayrhofer«, wandte sie sich wieder an Jo. »Haben Sie die Auswertung von Freitag noch?«

»Sicher«, sagte Jo. »Aber ich würde gern zuerst meine Jacke aufhängen. Ich bin nämlich gerade erst gekommen.«

»Ach ja . . .« Kim schmunzelte. »Guten Morgen . . .«, sie drehte sich leicht zu Sonja, ». . . allerseits.«

Sonja schien irritiert. »Guten Morgen«, sagte sie. »Tut mir leid, ich bin schon seit fünf da. Mir kommt es bald vor wie Mittag.«

»Guten Morgen«, schloß sich auch Jo der allgemeinen Begrüßung mit einem unterdrückten Grinsen an, hängte dann ihre Jacke in den Schrank und ging zu einem anderen. Sie nahm einen Ordner heraus, brachte ihn zum Schreibtisch und öffnete ihn. Das oberste Blatt reichte sie Sonja. »Hier«, sagte sie. »Die Auswertung.«

»Danke.« Sonja wollte mit dem Blatt gleich wieder in ihrem Büro verschwinden.

»Sonja?« hielt Kim sie zurück.

Sonja drehte sich halb um und blickte sichtlich ungeduldig.

»Verschiebt sich unsere Abfahrt?« fragte Kim. »Dann hole ich mir noch einen Kaffee.«

»Ja ... ja, tu das«, erwiderte Sonja. Wieder wandte sie sich in ihr Büro.

»Willst du auch einen?« fragte Kim. »Wenn du schon seit fünf da bist.«

»Nein.« Diesmal drehte Sonja sich nicht um. »Ich hatte schon genug.« Sie ging endgültig in ihr Büro.

»Aber ich will einen«, sagte Jo. »Ich gehe mit dir.« Sie grinste, aber bis sie am Kaffeeautomaten angekommen waren, sagte sie nichts. »Hattet ihr eine schlechte Nacht, ihr beide?« fragte sie dann.

»Hast du noch nicht genug blaue Flecke?« fragte Kim zurück. Sie drückte auf den Knopf für Espresso.

Während der Automat laut dröhnend ansprang, schaute Jo Kim forschend an. »Sie war nicht bei dir heute nacht?«

»Habe ich schon je eine dieser Fragen beantwortet?« konterte Kim erneut mit einer Gegenfrage. Sie zog den Pappbecher mit ihrem Espresso aus dem Automaten.

»Nein«, sagte Jo, »aber ich kann's ja mal versuchen. Vielleicht wirst du irgendwann mürbe.« Sie war anscheinend bester Laune. »Seit wann duzt ihr euch in der Öffentlichkeit? Bisher hieß es doch immer *Frau Wolff* und *Frau Kantner*.«

»Sonja ... Frau Kantner findet das nicht mehr so wichtig«, sagte Kim.

»So ... findet sie.« Jo hatte sich gar nicht so viel Amüsement von einem grauen Montagmorgen versprochen. Sie war begeistert von diesem unterhaltsamen Wochenanfang.

»Jo«, sagte Kim genervt. »Würdest du mir glauben, wenn ich dir versichere, sie war wirklich nicht bei mir?«

»Oh.« Jo nahm ebenfalls ihren Kaffeebecher aus dem Automaten. »Hört sich an, als könnte es stimmen.«

»Es hört sich nicht nur so an«, sagte Kim. »Und jetzt ... bitte ... lassen wir das Thema.«

»Und ich hätte so gern gewußt –« Jo brach ab. »Aber nein, du hast recht. Ich will dich auch nicht länger nerven.«

»Danke«, sagte Kim. »Ich stehe tief in deiner Schuld für so viel Rücksichtnahme.«

»Wenn du gleich wieder so spöttelst, überlege ich es mir vielleicht noch anders«, sagte Jo.

Sie waren am Büro angekommen und gingen hinein. Jo setzte sich an ihren Schreibtisch.

»Das ist immer noch merkwürdig«, sagte Kim lachend. »Ich hätte mich jetzt fast selbst an den Tisch gesetzt. Für einen Moment dachte ich wieder, es ist mein Büro.«

»Ist ja auch noch nicht so lange her«, sagte Jo.

Kim ging zu Sonjas Tür hinüber, die offenstand. Sie schaute hinein und sah Sonja am Schreibtisch sitzen. *Wie früher,* dachte sie. *Als ob sich nichts geändert hätte.*

Sonja hob den Kopf. »Komm rein«, sagte sie. Als Kim eintrat, fügte sie hinzu: »Schließ die Tür, bitte.«

Kim hob die Augenbrauen, aber sie tat, um was Sonja sie gebeten hatte, schloß die Tür hinter sich und drehte sich zu ihr um. »Sollen wir das Projekt besprechen?« fragte sie. »Was für Aufgaben hast du mir zugedacht?«

»Viele«, sagte Sonja. »Wahrscheinlich mehr, als du schaffen kannst mit deinen zehn oder zwanzig Prozent.« Sie stand auf.

Kim wollte gerade ihren Kaffeebecher in den Papierkorb werfen, da huschte Sonja zu ihr herüber. Ihr Kuß kam plötzlich und war mehr als hungrig. Sie drückte Kim an die Wand.

»Seit fünf Uhr«, sagte sie schweratmend, »schaue ich jede Minute auf die Uhr. Die zwei Stunden waren endlos.«

»T-tut mir leid.« Kim stotterte vor Überraschung. »Hätte ich das gewußt, wäre ich früher gekommen.«

»Wir waren für sieben verabredet, und du warst pünktlich – überraschenderweise.« Sonja schmunzelte. »Ich glaube, das ist schon ein großes Kompliment für mich.«

»Ich bin immer pünktlich«, sagte Kim. »Meistens«, schränkte sie ein. »Aber eigentlich –«

»Ja, du bist eine pflichtbewußte Arbeitnehmerin.« Sonja lachte leise. »Daran habe ich keinerlei Zweifel.« Sie musterte Kims Gesicht. »Es ist schrecklich«, sagte sie, »aber wir müssen jetzt arbeiten.« Sie küßte Kim noch einmal, und ihre Zunge versprach so viel mehr. Ihre Hand strich an Kims Hüfte entlang auf ihren Po –

Sie riß sich mit einem plötzlichen Ruck los und ging schnell zum Schreibtisch hinüber. »Das Projekt«, sagte sie. Sie schob sich erhitzt eine Locke von der Wange.

»Ja, das Projekt.« Kim atmete tief durch. Dann konnte sie einfach nicht mehr. »Sonja, du siehst wunderbar aus«, sagte sie leise. Sie trat auf Sonja zu und nahm sie in den Arm. »Du bist die schönste Frau, die ich kenne.«

»Eine Frau, die arbeiten muß«, erwiderte Sonja mühsam. »Und außerdem könnte Frau Mayrhofer jeden Moment hereinkommen.«

»Das tut Jo nicht.« Kim lachte leicht. »Es würde sie ohnehin nur freuen, was sie hier sieht.«

»Du hast ihr erzählt –?« Sonja schob Kim ein wenig von sich.

»Nein.« Kim schüttelte den Kopf. »Habe ich nicht. Aber ihrer Phantasie sind keine Grenzen gesetzt. Das kannst nicht einmal du ihr verbieten.«

Sonja seufzte. »Kann ich nicht, das stimmt.« Sie schaute Kim an. »Sie wird doch nicht –?«

»Wird sie nicht.« Kim streichelte Sonjas Wange. »Keine Angst. Sie ist vielleicht neugierig, aber kein Plappermaul. Du kannst dich voll und ganz auf sie verlassen.«

»Den Eindruck hatte ich bisher auch«, sagte Sonja, »aber bei solchen Dingen . . . hört die Diskretion manchmal auf.«

Kim lächelte, ließ Sonja los und ging zur Tür. Sie öffnete sie und steckte den Kopf hinaus. »Jo?« fragte sie. »Würdest du bitte alles vergessen, was du heute hier gehört und gesehen hast? Und was du in Zukunft sehen oder hören wirst?«

»Gehört? Gesehen? Was?« fragte Jos offenkundig amüsierte Stimme zurück. »Ich weiß von nichts. Ich bin blind und taub. Sie haben mich über das Behindertenprogramm eingestellt.«

Kim schloß die Tür und drehte sich zu Sonja um. »Hast du gehört?« fragte sie schmunzelnd.

»O mein Gott.« Sonja setzte sich hinter ihren Schreibtisch, stützte die Arme auf und legte ihr Gesicht in die Hände. »Ist das peinlich.«

Kim ging zu ihr hinüber. »Gar nicht«, sagte sie. »Glaub mir, du brauchst dir keine Sorgen zu machen. Das wollte ich dir nur beweisen.«

Sonja hob ihr Gesicht ein wenig aus den Händen empor und schaute Kim an. »Geht ihr immer so miteinander um? Ich meine, ist das normal?«

»Wenn das normal wäre, wären wir zwei nicht –« Kim machte mit ihrem Finger eine Bewegung von ihrer Brust zu Sonja und zurück. »Jo ist eine gute Freundin. Und sie ist mit meiner schon seit Jahren besten Freundin Jennifer zusammen. Wenn du dich auf jemand verlassen kannst, dann auf sie.« Sie hockte sich neben Sonja und streichelte ihr Haar. »Ist es denn wirklich so schrecklich für dich? Wir kennen uns alle. Das ist nun einmal so.«

»Wir . . . ihr . . .« Sonja räusperte sich. »Du meinst, alle Frauen, die . . . andere Frauen –« Sie brach ab.

»– lieben«, vollendete Kim. Sie wußte, daß Sonja es nicht aussprechen würde. »Ja, wir alle, wir Lesben.«

Sonja zuckte zusammen. »Ist es . . . ich meine . . . wissen schon alle –« Sie wirkte verwirrt.

»Nein.« Kim lachte und streichelte Sonjas Schulter. »Niemand weiß es. Nur Jo und Jennifer. Das war unvermeidlich. Sie haben es ja praktisch von Anfang an mitbekommen, als ich noch nicht wußte, daß du . . . und ich . . . du weißt schon.«

»Erzählt ihr euch immer gleich alles brühwarm?« Sonja richtete sich auf und lehnte sich in ihrem Chefsessel zurück. Sie schaute Kim unwillig an. »War ich das Stammtischgespräch?«

»Aber nein.« Kim stand auf und blickte auf Sonja hinunter. »Das warst du in keiner Weise. Jennifer hat mich halt ausgequetscht, damals, als ich vom Seminar zurückkam. Und . . . nun ja . . . ich war ziemlich durcheinander.«

»*Du* warst durcheinander?« Sonja sah erstaunt aus. »Für dich war das doch ganz normal. Ich meine, ich . . . für mich war es das nicht, aber du hattest doch schon Erfahrung.«

»Es gibt Erfahrungen und Erfahrungen«, sagte Kim. Sie griff nach den Lehnen von Sonjas Stuhl, drehte sie zu sich und beugte sich über sie. »Ich hatte Erfahrungen mit Frauen, aber nicht mit dir«, sagte sie leise und hielt Sonjas Augen fest.

Sonja bewegte sich unbehaglich in ihrem Sessel und versuchte Kims Blick auszuweichen. »Ist es nicht immer dasselbe?« fragte sie und schaute an Kims Schulter vorbei auf die Wand.

»O nein.« Kim küßte sie zart auf die Wange. »Du bist etwas ganz Besonderes, das habe ich dir schon mal gesagt. Und das habe ich auch damals schon so empfunden.«

»Weil ich noch nie mit einer Frau zusammen war?« fragte Sonja, immer noch ohne den Blick zu Kim zu wenden.

Kim schüttelte den Kopf. »Da warst du nicht die erste«, sagte sie. »Ich glaube, das habe ich schon mal angedeutet.«

»Ja.« Sonja räusperte sich. »Ich erinnere mich. Aber –« Sie schaute Kim etwas abschätzend von der Seite an. »Wenn es nicht das war, was war es dann? Ich verstehe es immer noch nicht.«

»*Du*, Sonja!« Kim lachte. »*Du* warst es! Was denn sonst?« Sie beugte sich hinunter und hauchte einen Kuß auf Sonjas Lippen. »Du bist eine wunderbare Frau, weißt du das denn nicht?« Sie lächelte Sonja zärtlich an.

»In letzter Zeit habe ich so meine Zweifel daran«, murmelte Sonja in sich hinein, mehr an sich selbst als an Kim gerichtet.

»Was ist los, Liebes?« Kim wurde ernst. »Willst du es mir nicht sagen? Irgend etwas bedrückt dich – hat dich schon damals bedrückt. Sonst wären wir vielleicht gar nicht zusammengekommen. Nur weil du geweint hast –«

»Ich habe geweint?« Sonja starrte aufgeschreckt zu ihr hoch.

»Erinnerst du dich nicht mehr? Im Hotel? Du hattest einen bösen Traum – glaube ich.«

»Ein böser Traum . . . ja.« Sonja blickte stumm vor sich hin.

Kim richtete sich auf. »Du mußt mir nichts sagen«, seufzte sie, »wenn du nicht willst. Ich habe versprochen, nicht zu fragen.«

Sonja schob ihren Sessel nach hinten und stand auf. »Ich . . . Manche Dinge sind nicht so einfach«, sagte sie. Sie blätterte in den Akten auf ihrem Tisch, obwohl sie sie offensichtlich nicht wirklich sah.

»Du bist nicht gerade glücklich verheiratet, oder?« fragte Kim mitfühlend.

Sonja blickte Kim kurz an. »Nein«, sagte sie, »aber ich *bin* es. Und ich muß darauf Rücksicht nehmen.«

»Deine Gefühle spielen keine Rolle?« Kim zog die Augenbrauen hoch.

Sonja lachte trocken auf. »Meine Gefühle? Die am allerwenigsten!«

»Das muß schrecklich für dich sein«, sagte Kim. Sie sah die Belastung in Sonjas Gesicht und fühlte sich hilflos. »Kann ich denn gar nichts tun? Dir irgendwie helfen?« Sie hob die Hände.

»Helfen?« Ein mattes Lächeln schlich sich in Sonjas Mundwinkel.

»Mir ist nicht zu helfen. Das habe ich mir selbst zuzuschreiben.« Ihr Lächeln wurde sanft und liebevoll. »Du hilfst mir schon genug. Beim Projekt und ... na ja, auch sonst.«

»Auch sonst?« Kim lächelte ebenfalls. Sie trat auf Sonja zu. »Was meinst du denn damit?«

»Du weißt schon ...«, sagte Sonja. Sie schien verlegen.

Kim zog sie zu sich heran und küßte sie. »Meinst du das?« flüsterte sie an ihren Lippen.

Piep! »Frau Kantner?« quäkte Jos Stimme aus der Gegensprechanlage. »Ich will ja nicht drängeln, aber Ihr Termin ist in zwanzig Minuten.«

»Oh ... ja.« Sonja wand sich aus Kims Arm und drückte auf den Sprechknopf. »Danke, Frau Mayrhofer. Ich komme sofort.« Sie schaute auf den Schreibtisch hinunter, auf dem eine Menge Papiere lagen. »Jetzt habe ich dir gar nicht erklärt, was du im Projekt eigentlich tun sollst«, sagte sie. »Das erfährst du gleich auf der Sitzung. Ich habe sie extra einberufen, damit wir die neue Lage besprechen können. Das neue Konzept ... und daß du jetzt dabei bist. Das ist ja schließlich auch wichtig.«

»Schön, daß du das so siehst«, sagte Kim lächelnd. »Die Sitzung ist drüben im Konferenzgebäude?«

»Ja«, sagte Sonja. »Und ich habe die Hälfte noch nicht fertig.« Sie seufzte. »Es ist einfach alles zuviel.«

»Erklär mir das nötigste auf dem Weg«, sagte Kim und packte die Papiere zusammen. »Ist das alles?« Sie hielt das Paket hoch.

Sonja nickte. Dann runzelte sie die Stirn. »Eine Sache noch ...« Sie ging zu einem ihrer Schränke hinüber und nahm einen Aktenordner heraus. »Das sollten wir auch noch mitnehmen, aber dann haben wir, glaube ich, alles.«

»Gut.« Kim nickte. »Laß uns gehen.«

Sonja ging zur Tür vor und öffnete sie. »Ich bin die nächsten zwei Stunden nicht erreichbar, Frau Mayrhofer«, sagte sie zu Jo. »Danach auf dem Handy. Wir fahren dann gleich vom Konferenzraum los.«

Jo nickte bestätigend. »Alles klar«, sagte sie. »Ich halte die Stellung.« Sie blinzelte Kim zu.

Kim schüttelte tadelnd den Kopf. Sie beugte sich zu Jo hinunter, als sie an ihr vorbeiging.

»Nicht, was du denkst«, flüsterte sie ihr zu.

»Ich denke nicht, ich bin angestellt.« Jo grinste.

Kim grinste zurück und folgte Sonja aus dem Zimmer.

Sie hörte noch, wie das Telefon klingelte und Jo abnahm.

»Nein, Herr Kantner, Ihre Frau ist nicht da«, begrüßte Jo den Anrufer. »Sie ist gerade in einer Sitzung.«

ENDE TEIL 1

– FORTSETZUNG FOLGT –

Weitere Titel der édition el!es

Anna Peters: Herzköniginnen

Liebesroman

Susanne gibt eine Zeitungsanzeige auf und lernt die um einiges ältere Anna kennen. Sie beginnen eine rege Brieffreundschaft, verlieben sich, treffen sich schließlich – und werden in einer leidenschaftlichen, intensiven Beziehung glücklich.
Die Geschichte wird allein in den Briefen erzählt, die sich beide schreiben.

Ruth Gogoll: Wie ein Stern, der vom Himmel fällt

Erotischer Liebesroman

Weihnachtliches Plätzchenbacken gehört eigentlich in glückliche Familien. Wenn jedoch die unfreundliche Nachbarin nur für sich allein backt, dann ist das verdächtig. Und wenn diese Nachbarin zwar spröde, aber ungemein attraktiv ist und mit ihren schönen Augen lockt, dann erwacht der lesbische Jagdtrieb: Wenn schon Plätzchenbacken, dann bitte nur zu zweit ...

Tala Storm: Der lange Weg I

Liebesfantasy

Cay-La erwacht eines Morgens ohne Erinnerung. Sie schließt sich zunächst der schönen Kallisto an, doch als die eine Kriegerin töten will, wechselt Cay-La die Seiten. Zusammen mit der Kriegerin und ihrer Gefährtin versucht sie ihre Vergangenheit zu erfahren, die Erinnerung an sich selbst wiederzufinden. Eine nicht ungefährliche Reise ins Reich der Amazonen beginnt, denn der Zorn Kallistos begleitet sie ...

Ruth Gogoll: Ostereier

Erotischer Liebesroman

Eine Geschichte um Ostereier? Nein, eine Liebesgeschichte. Die Begegnung in einem Supermarkt kurz vor Ostern – ist sie Zufall oder Schicksal? Befördert der Einkauf von Obst und Gemüse die Liebe – oder hindert er sie an ihrer Erfüllung? Und was ist mit der geheimnisvollen Bemerkung, mit der alles begann?
Das alles sind Fragen, denen sich die beiden Protagonistinnen stellen müssen. Werden sie eine Lösung finden?

Gerri Hill: Der Mond scheint nur für dich

Liebesroman

Die Malerin Kara malt bevorzugt morgens oder abends: Wenn es nicht mehr hell ist und der Mond scheint. Sie liebt den Mond, ihren stummen Begleiter durch die Jahre. Doch als sie Ginny kennenlernt, ändert sich alles – und der strahlende Mond wird Zeuge einer wachsenden Liebe ...

Victoria Pearl: Sag's mit Rosen

Erotischer Liebesroman

Blümchen heißt das alte Wohnmobil, mit dem Jessie herumfährt und geradeheraus Frauen anbaggert. Leonie ist von dieser Masche nicht begeistert, doch sie kann sich Jessies Charme nicht entziehen. Eine gemeinsame Reise in dem engen Gefährt bleibt nicht ohne Folgen, aber Leonie befürchtet die baldige Trennung; wie wird Jessie sich entscheiden?

Ruth Gogoll: Eine Insel für zwei

Erotischer Liebesroman

Neunzehn Jahre alt und auf der Suche nach der großen Liebe: Das ist Andy, als sie Danielle kennenlernt, Besitzerin einer Werbeagentur. Danielle hält Liebe für eine Illusion. Sie lädt Andy zu einer Reise durch die Ägäis ein, doch fordert dafür einen hohen Preis.

Andy läßt sich darauf ein, weil sie Danielle liebt und hofft, daß Danielle auch lernen wird zu lieben. Fast scheint es, als hätte Andys Liebe eine Chance, doch da geschieht etwas Unvorhergesehenes ...

Ruth Gogoll: Tizianrot

Erotischer Liebesroman

Tanita schwärmt unsterblich für ihre Mathematiklehrerin Diana. Nach Tanitas Abitur verlieren sie sich aus den Augen. Zufällig treffen sie sich Monate später wieder, und die Überraschung ist perfekt, als sich herausstellt, daß auch Diana Interesse an Tanita hat. Schnell kommen sie sich näher, die Erfüllung aller Träume scheint nah, doch da tauchen unerwartete Schwierigkeiten auf.

Ruth Gogoll: Taxi nach Paris

Der lesbische Erotikbestseller

Sie begegnet ihrer Traumfrau, aber viel zu schnell landen beide im Bett – während sie sich verliebt hat, geht die andere nur ihrem Gewerbe nach. Jedoch sie ist sich sicher, das Herz der Angebeteten erobern zu können. Wird die Liebe stärker sein als die Zerreißproben und die beiden Frauen in der Stadt des Lichts zusammenführen?